KB159274

성벽
앞에서

소설가 G의 하루

성벽 앞에서 소설가 G의 하루

1판 1쇄 발행 | 2019년 1월 7일

지은이 | 정태언
펴낸이 | 정홍수
편집 | 김현숙 이진선
펴낸곳 | (주)도서출판 강
출판등록 | 2000년 8월 9일(제2000-185호)

주소 | 서울시 마포구 동교로 17안길 21(우 04002)
전화 | 02-325-9566
팩시밀리 | 02-325-8486
전자우편 | gangpub@hanmail.net

값 14,000원
ISBN 978-89-8218-235-8 03810

이 도서의 국립중앙도서관 출판예정도서목록(CIP)은 서지정보유통지원시스템 홈페이지(http://seoji.nl.go.kr)와 국가자료공동목록시스템(http://www.nl.go.kr/kolisnet)에서 이용하실 수 있습니다.(CIP제어번호: CIP2018040402)

* 잘못 만들어진 책은 구입처에서 교환해드립니다.

정태언 소설집

성벽 앞에서

소설가 G의 하루

강

차 례

성벽 앞에서

소설가 G의 하루

1

할 수 있을까. G는 안경 속의 눈을 슴벅였다. 하얀빛을 발하는 화강암들이 그의 눈을 꽉 채우며 밀려들었다. 새로 축성을 하고 얼마 되지 않아서인지 하얀빛은 도드라졌다. 그 하얀 돌들 사이로 시커멓게 때가 탄 원래의 돌들이 듬성듬성 박혀 있었다. 몇백 년 동안 그 자리를 차지하고 있던 돌이었다. 한데 G의 눈에 그게 추레했다. 꺼멓게 세월에 그을린 돌이 추레하다기보다 그 흰 돌 사이로 뜨문뜨문 박힌 자리 때문에 그랬다. 특히 숭례문 누각 옆의 두 돌은 확연히 티가 났다. 하나는 너무도 새하얗기에, 깨끗하다기보다는 가벼워 보여 왠지 스티로폼으로 급조된 사극 촬영장의 세트 같다는 느낌, 그래서 G는 자꾸 가짜인 것 같다는 생각을 지울 수 없었다. 다른 하나는 거무튀튀한 세월의 더께와 2008년 화재 때 둘러쓴 그을음을 채 씻어내지 못하고 하얀 돌들 틈에 생뚱맞게 놓여 있었다. 분명 복원에 참가한 석수들도 원래 있던 돌의 모양새와 크기, 결 등을 계산해 새 돌을 저 자리에 놓았을 터였다. 그렇다 해도 그 위치가 영 거슬렸다. 어울리지 않는 자리에 억지로 참석해 몸 둘 곳을 모르며 불편한 시선을 두리번대는 듯한 거무스레한 돌. 그는 불쑥 그 장면을 떠올렸다. 아무도 없는 성벽 위, 출입제한구역인 그곳에 서서…… 할 수 있을까.

G는 꼼꼼히 주변을 살폈다. 이른 오전이라 사람들은 없었다. 다만 감시 카메라만 이곳저곳에서 G를 주시했다. 그때 문화재 관리인이 그의 곁으로 슬슬 다가왔다. 입을 헤벌리고 누각 쪽을 뚫어져라 올려보던 G는 뭔가 위법 행위를 하다 들킨 사람처럼 다급히 몸을 돌려 그곳을 벗어났다. 급작스레 움직이자 아랫배가 찌릿했다. 그제야 아까부터 그곳이 탱탱하게 불어 있었다는 사실을 알아챘다. 관리사무실 쪽에 화장실이 있는 것 같았지만 그는 얼른 출구를 빠져나와 우중충한 건물들이 있는 골목으로 접어들었다.

몇 군데 건물을 들락거리다가 이층으로 올라가는 층계참에서 열려 있는 화장실을 겨우 발견하곤 급히 뛰어들었다. 소변 줄기는 방광을 통해 겨우겨우 찔끔거리며 나왔다. 좀처럼 그의 아랫배는 꺼지지 않았다. 한참이나 소변기 앞의 벽을 보며 힘을 주었지만 더 이상 진전이 없었다. 물을 내리는 버튼은 잔뜩 녹이 슬어 있었다. 그걸 누르자 수압이 약했던지 '어휴, 어휴' 소리를 내며 겨우 수도관을 타고 오른 물이 찔찔 흘러내렸다. 그 소리는 G가 아침에 집을 나서며 내뿜던 '어휴' 소리 비슷했다. 그가 나올 때까지 소변기는 간헐적으로 숨을 겨우겨우 뱉어냈다. 어휴! 어휴! 이제 그렇게 탁발을 나설 시간이었다.

이른 시간부터 숭례문 근처를 떠돌며 그 희한한 생각에 젖어 있었다는 게 어이가 없었다. 오줌 누는 일조차 마음대로 할 수 없는데, 어떻게 그런 일을. 감히 역사(力士)라니. G는 부르르 진저리를 쳤다. 아직도 요의가 남아 있었다. 다시 화장실을 찾아 나설까 주위를 두리번거렸다. 그사이 풀이 죽은 그의 물건은 자신 없다는 듯 요의를 가셔냈다. G는 손등을 덮는 검정 코트를 연신 걷어 올리며 시계를 들여다보았다. 전화를 하기엔 이른 시간이었다. 아침에 집을 나설 때, G의 등뒤로 던져진 아내의 말이 다시 스멀거렸다. "잘하고 와요." 아내는 구체적으로 말하진 않았지만 G는 그게 뭔지 잘 알았다. 탁발을 해야 한다는 사실. G는 다시 다짐을 두었다. 숭례문을 등지려다 뒤를 돌아보았다. 아까 그 돌들이 또렷이 눈에 잡혔다. 그 위치가 다시금 그를 불편하게 만들었다.

2

탁발이란 말이 요즈음 G의 머릿속을 계속 맴돌았다. 자기 처지로 볼 때 그 말은 딱 들어맞았다. G는 소설가였다. 자기 책 한 권도 갖지 못한 채 등단 5년 차를 넘어서고 있는 변변찮은 사십대 끝에 다다른 소설가. 그는 남들에게 자기를 소개할 때 '삼류소설가'라고 스스로 자괴적인 수식어를 붙였다. 오늘 아침 집을 나설 때 그는 탁발을 하러 갈 곳을 헤아렸다. 아내의 "잘하고 오라"던 말은 첫번째로 탁발을 나갈 곳을 정해주었다. 다만 아침에 시간이 일러 거리를 얼쩡대다가 숭례문에 이르렀던 것이다.

사는 게 탁발을 하는 것만 같다는 생각이 요사이 G에게 불쑥불쑥 찾아들었다. 탁발을 하러 나갈 때 가장 중요한 마음가짐은 주는 대로 받고, 거기에 감사함과 고개 숙임이라고 새겼다. 그러고 보면 거의 대부분의 나날을 그런 마음 없이 살아왔다. 얼마 전 우연찮게 들은 『금강경』 강의의 내용 중 강하게 머리에 남는 게 있었다. 전에 G가 스승에게 몇 차례 들은 내용이었지만, 새삼스러웠다. 그 중심에 탁발이 있었다.

매일 석가는 탁발을 나간다. 그것도 탁발을 하러 나가는 집이 부잣집이든 가난한 집이든 관계없이 정해진 순서에 따라 탁발할 집의 수까지 정하고 나간다. 한데 그걸로 『금강경』이 시작되는 까닭은 무엇일까. 별 필요도 없는 하찮은 부분을 왜 넣었을까. 『금강경』 독송을 하려면 그 내용이 시작 부분에 끼어 있어 꼭 읊고 가야만 했다. 저 높은 반야의 지혜를 논하는 마당에 정말 시시하고 소소한 그런 내용을 왜 넣었을까. G는 예전에도 그게 궁금했다.

이시세존식시(爾時世尊食時) 착의지발(着衣持鉢) 입사위대성(入舍衛大城) 걸식어기성중(乞食於其城中) 차제걸이(次第乞已) **환지본처(還至本處)** 반사흘(飯食訖) 수의발(收衣鉢) 세족이(洗足已) 부좌이자(敷座而坐).

그때 세존께서는 공양 때가 되어 가사를 입고 발우를 챙겨 걸식하고자 사위대성에 들어가셨다. 성 안에서 부잣집 가난한 집 따지지 않고 차례대로 한 집씩 돌며 걸식하고 나서 **도로 머물던 자리로 돌아와** 공양을 마친 뒤 발을 씻은 다음 자리에 앉으셨다.

"그 위대한 경(經)도 먹고사는 문제가 제일 앞에 와 있다는 점이야. 그걸 간과하면 정말 뜬금없는, 별 볼일 없는 그런 게 되었을걸? 그래서 『금강경』의 구조가 탁발을 나가는 걸로 시작하는 거지. 이 지상에 발을 붙이는 것, 그건 먹고사는 문제와 다름 아니지. 그러고 나서야 비로소 부처의 말씀이 시작되는 거야. 이 얼마나 준엄한 문제인지. 그런데 요즘 우리 소설에는 이게 별로 없어. 있다곤 해도 너무 피상적이거나 자기 것이 아니라서 빈약해. 아니면 너무 탁발에만 매달려 그걸로 소설을 채우니 구식 소릴 듣는 거지. 부처 행적을 탁발로만 채우면 어디 그게 경인가. 또 탁발도 나가지 않고 그냥 설법만 한다면 지상에 발을 딛고 있는 우매한 인간들에게 먹히겠느냐 이 말이야."*

G는 스승의 말씀이 그제야 가슴에 새겨지는 것을 느꼈다. 석가는 일찍 탁발을 마치고 자리에 들어 설법을 시작하는데, 자신은 오늘, 탁발에 온 하루를 보내야 할 것 같았다. 자기뿐 아니라 대부분의 사람들이 그렇게 탁발에 온 하루를 바친다. 그것도 모자라 야근이니 철야니 하는 말들은 이미 일상어가 되지 않았는가. 물론 G도 글 쓰는 일로 야근, 철야를 많이 했다. 지상에 발을 붙이기 위해 G는 조심스럽게 시계를 들여다보고 휴대전화를 꺼내 들었다. 며칠 전 상갓집에서 만난 초등학교 동창에게 전화를 걸었다. 그는 은행에 다니고 있었다. 벨이 울리는 동안 G는 몇 번이나 심호흡을 했다. 그리고 약속시간을 정했다. 그는 숭례문을 빙 돌아 시청 광장 쪽으로 방향을 잡으며 자기 깜냥으로 들어 올릴 수 있는 돌이 있나, 아

---

* G의 스승은 자신의 작품에서도 『금강경』의 '환지본처'를 다음과 같이 강조했다. "그 경전에 탁발을 나갔다가 돌아와서 밥그릇을 놓고 옷을 걸고 하는 장면은 너무나 일상적인 사소한 일이었다. 그만큼 먹고사는 문제를 해결하지 않으면 안 된다. 그렇다면 '환지본처'는 그냥 흘러가는 일상사라기보다 뭔가 중요한 시금석일 터였다. 그러고 나서야 나는 '환지본처'야말로 우리 삶에서 가장 중요한 원점이자 초심을 강조하는 뜻이라고 새길 수 있었다. 모든 일을 시작할 때 원점으로 돌아가서 행하지 않으면 안 된다. 처음처럼." 그래서일까, G에게도 늘 이 점을 주지시켰다. 새로운 작품을 쓸 때마다 항상 초심으로 돌아가라고.

니 그것까지는 못해도 어찌하면 저 성벽에 오를 수 있을까 딴 궁리를 했다.

동창을 몇십 년 만에 만난 게 지난 금요일 상갓집에서였다. 모여 앉은 친구들은 같은 초등학교를 나온 터라 술자리에서 나온 대화 내용은 오래전 이야기들이 주를 이루었다. 그 내용들은 G에게 가물가물했다. 그중에는 정말 그랬는지 아리아리한 것들도 꽤 있었다. 예전에 그랬다는 것들은 세월을 지나치며 화려하거나 아니면 남루한 옷으로 갈아입었다. 그 동창은 G의 이름을 듣더니 아주 오래전 이야기를 들춰냈다. "너 스케이트 타다 얼음에 빠졌던 거 기억이 난다. 너 맞지? 또 한 애 이름이 뭐더라? 하여간 둘이 굉장했지. 다 녹은 얼음판에서 스케이트 탈 생각을 했으니." G는 그때 생각이 나서 피식 웃었다.

그때 같이 앉아 있던 친구 하나가 G를 소설가라고 추켜세웠다. G는 벌겋게 낯을 붉혔다. 그래도 거기까지는 좋았다. "야, 그런데 니 소설 너무 어렵더라. 하나도 모르겠더라구. 좀 재미있고 쉽게 써야 우리 같은 사람도 알아먹지." 어떻게 알고 문예지에 실린 G의 소설을 읽어본 친구였다. G는 어찌 대답해야 할지 몰라 어정쩡하게 소주가 담긴 종이컵만 만지작댔다. "미안하다"라고 말할 수도 없는 노릇이었다. '그게 왜 미안한가. 재미있고 쉽게 읽혀야 팔린다는 건 나도 잘 알아.

그렇지만 그런 작품만 있으면 어떻게 하니', G는 속으로 그렇게 항변했다. G 딴에는 어떻게 해야 '문학성' 있는 작품을 쓰느냐 그것을 문제로 삼고 있었다. 그러나 G는 정작 그 문학성이란 말을 자기 작품에 적용할 수 있는지 반문했다. 문학성은 고사하고 팔리는 글을 쓸 재주가 자신에게 없다는 사실이 육개장 국물이 벌겋게 묻은 비닐 식탁보 위에서 지저분하게 어른댔다.

"책 제목이 뭐야?" 은행에 다닌다는 동창이 관심을 보이며 G에게 물어왔다. "책? 아직 없어. 곧 나올 거야." 하필 그날 낮에 한 출판사로부터 이메일을 받았다. 책은 곧이 아니라 언제 나올지 종잡을 수 없었다. G도 책을 내고 싶은 생각은 간절했다. "자네도 이제 자기 책 한 권쯤은 갖고 있어야 하잖아. 요즘 책 내기 힘들어. 치사하게 여기저기 매달리지 말고 그냥 자비출판하지." G와 함께 문학을 하는 지인들의 말이었다. 그러나 알량한 자존심이랄까, 자비출판이라는 권유는 못 들은 척 흘려 넘겼다. G는 염두에 두었던 출판사 문을 여기저기 두드렸다. 아직 아무런 답도 주지 않는 곳도 몇 군데나 됐다. 물론 받은 답은 늘 그랬다.

안녕하십니까?

편집부에서 인사드립니다. 먼저 옥고를 보내주신 데 감사의 말씀을 드립니다. 편집부의 검토 결과를 알려드리겠습니다. 편집부에서 검토해보았으나 선생님의 작품이 지닌 많은 장점에도 불구하고 저희가 출간하기에는 다소 어렵다는 결론을 내렸습니다.

잘 아시다시피 저희의 검토 결과는 작품에 대한 객관적인 평가일 수는 없으며, 출간 방향과의 부합이라는 면에서 본 주관적인 결정일 것입니다. 그럼 저희의 결정을 존중해주시길 부탁드리면서 짧은 글 줄이겠습니다. 하시는 일마다 성공이 깃들길 빌겠습니다.

안녕히 계십시오.

이런 식이었다. 지난 금요일에도 출판사로부터 이런 이메일을 받았다. 쉬는 주말 동안 자기 작품에 대해 주제 파악을 해보라는 그런 메시지로 보였다. 다른 유명 출판사에서는 투고한 지 열흘 남짓 만에 거절의 편지를 보내기도 했다. 그 열흘 속에는 추석 연휴가 끼어 있었다. 아주 빠른 검토였다. 그런데 어찌된 일인지 그 출판사에서 석 달 뒤, 거절의 내용을 담은 이메일을 새로 발송했다. 확인 사살용 총알처럼 그 메일은 G의 가슴을 뚫었다. 그런 내용의 메일은 엇비슷했다. 마치 인터넷을 뒤지면 떠도는 판에 박힌 서식 문구처럼, 관공서의 양식화된 문구처럼, 완곡하게 표현한 거절의 내용은 서로서로 닮아 있었다. 하기야 출판을 의뢰한 그 수많은 사람들에게 어찌 일일이 답을 해주겠는가, 또 그런 의무라도 있단 말인가. 잘 읽히고 문학성 있는 작품들이 얼마나 밀려들겠는가. 거기다가 잘 팔릴 것 같은 작품, 작가라면 언제나 오케이겠지. 결국에는 자기 글이 함량미달이라는 현실 앞에 G는 풀이 죽었다. 그런데도 그의 마음속에서 '그것만은 아니다'라고 울컥 솟구치는 뭔가가 있었다.

G는 그렇게 양지의 방법으로 출판을 의뢰하다가 결국 포기할 지경에 이르렀다. 어느 날, 그는 음지의 방법을 빌리기로 작정했다. G가 가끔 나가는 모임의 회원 자제가 결혼을 하는 날이었다. 그 모임은 외국으로 문학기행을 다녀온 뒤 결성되었는데, 거기엔 우리나라에서 모르는 사람이 없는 대작가가 함께했었다. 결혼식에 그도 참석했고, 뷔페 자리에서 술잔이 오갔다.

"요즘 글은 잘돼갑니까?"

"쓰고는 있습니다. 그것보다 소설집을 내야 하는데 뜻대로 잘 안 되는군요. 저, 창작 기금을 받았거든요. 근데 약속한 출판 기일도 있고 해서 마음만 초조합니다."

그랬다. G는 한 문화재단으로부터 등단하고 10년 미만의 작가에게 주는 창작 기금을 수혜했다. 그걸 받으면 대개 메이저급 출판사에서 책을 내기가 수월하다는 말이 돌았다. 그래봐야 G의 원고는 몇 차례 거절당하고 말았지만. 대한민국 대작가에게 넌지시 이 사실을 알렸다. "아니, 거기서 기금 받으면 책 내기 쉬운데……" "마침 M사에도 원고를 보내놨는데, 아직 가타부타 연락이 없네요."

M출판사라면 이 대작가의 영향력이 대단한 곳이라 알려져

있었다. 거기서 그가 내는 책들은 곧장 베스트셀러가 되었다. G는 이 점을 잘 알았다. 구석진 자리에 앉아 있던 G는 뷔페의 한가운데서 찬란한 무지갯빛을 내뿜는 샹들리에를 올려다보며 괜스레 가슴을 벌름거렸다. 테이블의 침침한 구석 자리에 놓인 자기 접시에서 시커먼 양념이 묻은 갈비 한 쪽을 포크로 집었다. 그때 컴컴한 음지를 떠올린 것이다. 슬며시 대작가에게 지금의 상태를 토로했다.

"꼭 M사가 아니어도 되는데, 벌써 석 달 가까이 까먹었습니다. 재단과의 약속한 날이 아홉 달 정도 남았는데 뭐가 뭔지 잘 모르겠습니다." "내가 한번 대표에게 알아볼게요." "감사합니다, 선생님께 누를 끼치는군요. 감사합니다." 그 음지의 방법도 지난 금요일 오후에 받은, 익숙한 거절의 문구들로 채워진 이메일로 끝났다.

G가 소설을 쓰겠다고 마음먹었을 때, '아, 저런 작품을 써야지', 꿈꾸던 것들이 있었다. 지금 그렇게 쓰면 구식이니 구투니 구(舊)자를 달겠지만 그 울림은 지금도 G에게 여전했다. 그렇다고 이미 우주 공간에 그 작품에게 할당된 공간이 메워졌기에 비슷하게 쓴다면 표절이 될 것이었다. 그 작품들에는 미치지 못해도 독자들이 진가를 알아줄, 혹은 어찌어찌 운이 좋아 학생들 교과서에라도 실릴 수 있는 정도의 그런 작품을 쓰고 싶었다. 하기야 「해 뜰 날」이라는 유행가도 학생들

의 교과서에 실리지 않았나. 그러지 말라는 법도 없다. G는 당선 소감에 공명할 수 있는 작품을 쓰겠다고 했었다. 한데 그 반응이 '니 소설, 너무 어렵더라'라니.

이럴 때 창작집이 나왔더라면 얼마나 편했을까, G는 아쉬워했다. 그건 오지 않은 일이었다. 주는 대로 받아야 한다고 마음을 다잡았다. 그게 탁발의 우선 조건 아닌가. 초상집에서 곧 한번 찾아가겠다고, 은행에 다니는 동창과 약속을 했었다. 그 말의 실행이 무척 앞당겨진 것이다. 동창이 근무한다는 은행 간판이 멀리 눈에 들어왔다. G는 선뜻 들어서지 못하고 은행 건물 주위를 빙빙 돌았다. 약속 시간까지 아직 삼십여 분이나 남아 있었다.

3

G는 동창을 만나기 전에 뭐라고 말해야 할지 막막했다. 내세울 게 없었다. 며칠 전에도 동네에 있는 은행에 갔었다. "직장에 다니세요?" 대출 담당은 구체적인 것을 원했다. 구체적인 직업. G가 현재 직업으로 내세울 것은 소설가뿐이었다. 다니는 직장도 없고, 그렇다고 생판 노는 것도 아니고. 하루 중 몇 시간은 읽고 쓰고 한다. 하지만 소설가라고 쓰기에는 찜찜한 구석이 있다. 더구나 아직 자기 책 한 권도 갖지 못

한 소설가였다. 그렇게 말하면 분명 대출 담당은 입술을 씰룩일 것이었다. 가소롭다 그 말이겠지. 지레짐작으로 G는 담당 창구에 붙박이로 붙여놓은 플라스틱 스프링 줄이 달린 검정 볼펜만 만지작거렸다. "선생님은 봉급 생활자가 아니시군요. 그렇다면 자영업 하세요? 사업자등록증하고 월매출액을 알 수 있는 자료가 있어야 합니다." G는 자영업자도 아니라고 고개를 저었다. 결국 자기가 소설가란 말은 하지 못했다. 머뭇대는 그에게 대출 담당은 소득을 증명할 수 있는 증빙 자료를 요구했다. 아니면 은행에서 예금 등의 실적이 있어야 한다고 했다. 그런 것은 없었다. 여러 군데 들러보았지만 역시 소득이 문제였다. 지난해 그가 원고료로 받은 돈은 채 이백만 원도 되지 않았다. 소득증명원을 본 대출 담당들은 어렵다고 고개를 저었다. 측은하다는 눈빛, 한심하다는 눈빛들이 날아드는 것만 같아 G는 후닥닥 동네 은행을 나섰다.

"용미출에 대해 생각 좀 해봤어?" 동창은 커피 잔을 내려놓고 소파에 등을 기대며 또다시 그 말을 꺼냈다. "네 이야기 잘 들었지. 나도 얻은 게 있고……" '용미출'이란 소리에 새삼 성벽 밑에 어정쩡하게 서서 난감한 표정을 짓던 자기 모습이 머리를 스쳤다. 자기가 이곳에 왜 왔는지를 얼른 상기하고는 커피를 홀짝이며 동창의 말에 귀를 기울였다. 용무칠을 용미출과 맞바꾸어 대출을 성사시켜야만 했다. 그는 아주 오랫동안 그의 머릿속에 저장된 용무칠을 얼른 용미출로 수정했다.

용미출은 초상집에서 G가 소설을 쓴다는 이야기를 들은 동창이 좋은 소재라며 던진 것이었다. "예전 산이며 동네들이며 죄 없어졌는데 글 쓰는 너라도 이런 걸 알려야지 않겠니." "한데 용미출이 뭐지?" 그의 설명을 들은 G는 그게 용무칠이라는 것을 알았다. 용미출이란 이름에 G는 어떤 이물감을 느꼈다. 아니 이물감보다도 잘 알던 곳이 아주 낯설고 다른 모습으로 다가드는 느낌이었다. 개발이 거의 끝나자 용무칠이니 모루지니 하는 지명들은 사라졌다. 디지털미디어시티, 월드컵파크 같은 새로운 게 그 자리를 차지했다. 지금껏 살고 있는 토박이라고 하는 동네 친구들도 새 지명을 스스럼없이 불러댔다. 얼떨떨했다. 그 동네를 떠난 지가 꽤 오래전이라 G의 머릿속에 잠재한 지명들은 옛것일 수밖에 없었다. 몇 달 전 동창모임이 있을 때였다. 회장을 맡은 친구로부터 걸려온 안내 전화는 아리송했다. "야, 거기 있잖아, 디엠시 못 미쳐 월드컵파크 4단지 앞에 보면……" 일제강점기 때 강제로 창씨개명을 당한 할아버지의 기분은 어땠을까, 문득 G는 그런 생각을 했다. 용미출은 영어식 지명과는 또 다른 성질의 것이었다. 먹물 냄새가 쾨쾨하게 밴 구투 같았다. 식자깨나 있는 사람들이 만들어낸 말 아닐까.

"네 말대로 용무칠보다는 용미출이 맞는 듯하더라구. 용무칠에 대해 풀이를 하려 해도 통 감이 오질 않아." "아, 그렇다니까. 내가 어렸을 때 할아버지한테 들은 이야기야. 우리 할아버지가 일제강점기 때 사범학교 나오셔서 교직에 계셨거든. 할아버지 말씀이 정확하다니깐." 동창은 집요했다.

초상집에서 그 지명을 놓고 서로 우겨댔다. "아 글쎄 용미출이 아니라 용무칠이라니까." G는 자기가 맞다는 것을 확인시키려 곁의 친구들에게 용무칠을 강조했다. 몇몇이 G를 거들었다. "거긴 용무칠이지, 무슨 용미출이야. 그런 말은 오늘 처음 들어보네." 그것은 자기가 졸업한 학교 이름을 지금껏 잘못 알고 있다는 것과 다를 바가 없었다. 용무칠은 동네 앞산 끝자락의 지명이었다. 그것을 잘못 알고 있을 리가 없다고 G는 확신했다. "이 친구야, 자네도 예전에는 늘 용무칠이라 했을걸. 난 용미출이라고는 오늘 처음 들어." "그럼 거길 왜 용무칠이라고 부르나. 무슨 뜻이 있을 것 아냐?" 그 질문에 답을 할 수가 없어 말문을 닫았다. 문득 자기가 소설가인지 반문했다. 언젠가 자기 글에 용무칠이란 지명을 썼던 기억이 났기 때문이다. '용(龍)'이 들어가니 자연 예사롭지 않은 지명이라고는 막연하게 생각하고 있었으나 그 유래는 알 수 없었다. 어려서부터 동네 아이들은 거기를 용무칠이라 불렀다. 초등학교 삼학년 때 그 동네로 이사한 G도 지금까지 그렇게 불러왔다. G에게도 궁금증이 없었던 것은 아니다. 그러나 거기서 태어나고 자란 아이들도 매한가지로 유래를 몰랐다. 그게 무슨 뜻이냐고 물으면 그냥 옛날부터 전해져오는 대로 용무칠이라고 했다. G에게 동조하는 친구들은 꽤 되었다.

G가 용무칠이라 우기는 곳은 서울 상암동의 난지도와 면해 있던 매봉산 끝자락에 있었다. 그가 어렸을 때 거기엔 너럭바위가 있었다. 그 아래로는 두 물줄기가 만나고 있었기에 물밑으로는 소용돌이가 쳤다. 용무칠을 지나친 그 물길은 매봉산과 난지도 사이를 따라 흐르다가 한강으로 합수되었다. 여름방학이면 G도 아이들과 그곳엘 자주 갔다. 아이들 몇이 누워도 충분할 정도로 평평하고 넓은 너럭바위가 산 끝에 하얗게 자리한 곳이 용무칠이었다. 날이 궂을 때면 용무칠에는 자주 물안개 비슷한 게 꼈다. 그래서일까, G는 거기에 갈 때면 소름이 돋았다. 두려움과 이상한 서기(瑞氣) 같은 게 G를 휩쌌다. 매년 산 제물을 원하던 곳. G의 동네 사람들이 일을 당하지는 않았지만, 외지에서 수영을 하러 그 바위에 옷을 벗어놓은 채 첨벙 뛰어들었다가 그만 일을 당하는 게 1년에 몇 차례나 되었다. 물속의 소용돌이는 집어삼킨 사람들을 백여 미터 내려와 물살이 잠잠해지는 지점에 뱉어놓았다. 대개 시체는 개흙 바닥에 가라앉아 있었다. 건져놓으면 배와 넓적다리가 유난히 물에 퉁퉁 불어 있고 살갗 위로 살짝 보랏빛까지 머금은 그런 익사체들. 용무칠의 제물들이었다. 그러나 그 상서롭던 용무칠의 기운도 오래가지 못했다. 매봉산의 한쪽 언저리가 잘려나가고 마을 앞 난지도에 온갖 쓰레기와 산업 폐자재 등을 갖다 버리기 시작했다. 용무칠은 빠르게 쓰레기 더미에

묻혀 자취를 감추어버렸다. 용무칠 뒤 매봉산 자락은 뿌연 먼지에 허옇게 퇴색해갔고, 잿빛의 죽은 나뭇가지 여기저기에 쓰레기 더미에서 날아든 비닐 조각들이 볼썽사납게 걸려 있었다. 용무칠은 그렇게 G에게 남아 있었다. 그냥 이제는 사라진, 향수 비슷한 뉘앙스를 풍기는 역할을 할 뿐이었다. 용무칠. 용미출. 동창의 열변에 잠깐 얼떨떨했던 G는 술만 몇 잔 더 마셨다.

G는 조금 곤혹스러웠다. 그냥 지나가는 말인 줄 알았는데, 동창은 지명을 놓고 꽤 오래 생각한 것 같았다. 동창은 다음을 짚었다. 첫째, 용무칠이란 지명의 유래에 아무런 근거가 없다는 것. 둘째, 용미출(龍尾出)이란 지명은 누가 봐도 그 뜻을 알 수 있는데 누군가 무식하게 그 뜻도 새기지 않은 용무칠로 혼동해 불렀고, 그것을 왜 그런지 뜻도 새겨보지 않은 채 따라 하다가 그만 용무칠로 굳어졌다고 우겼다. 용무칠이라는 잘못된 지명에는 반성이 뒤따라야 한다는 게 그의 주장이었다.

사실 처음에 G는 열을 내는 그 동창의 말보다는 그가 은행에 근무한다는 것에 더 관심이 쏠렸다. 건넨 명함을 보니 충분히 그럴 수 있는 자리라는 확신이 섰다. 자기의 급한 사정을 좀 도와줄 수 있을 거라는 희망을 품은 채 그의 말을 대충 흘려듣고 있을 때였다. 느닷없이 역사(동창의 표현대로라면 장사(壯士)였다)가 등장한 것이었다. 역사는 상조회사 여직원이 어지러워진 상을 치우고, 새로이 오징어채와 돼지고기 수육이 담긴 접시들을 내려놓을 때 G의 주위를 환기시키며 나타났다. 환기 정도가 아니라 G에게 어떤 신호를 보내는 것만 같았다. 그 신호를 받으려 그때부터 G는 동창의 말을 귀 너머로 대부분 흘려보냈다. 간간 아기장수 이야기가 그의 귀를 스칠 뿐이었다. 역사는 G의 눈앞에서 금고만 한 커다란 돌들을 양손에 하나씩 번쩍 들어 올리는 생생한 장면을 연출하고 있었다. 성벽 위에서 그 화강암 덩이를 든 두 팔을 하늘을 향해 힘껏 내뻗치며 우뚝 서 있는 것이었다.

입을 헤벌린 채 G가 정신을 놓고 있을 때 곁에 있던 친구가 그를 툭 쳤다. 그 틈을 타 동창의 장사가 G의 역사를 밀쳐냈다. 아기장수 설화였다. 아기장수 설화를 갖고 있지 않은 동네가 우리나라에 몇이나 될까. 양쪽 겨드랑이에 날개를 단 채 태어났지만 역적이 될까 봐 부모에 의해 살해당하는 그런 유의 설화. 아니면 날개를 낫으로 잘라버렸더니 시름시름 앓다가 죽어버리는 아기장수 이야기. 아기장수 설화의 원형처럼, 보통 아기장수는 죽을 때 유언으로 곡식 따위를 함께 묻어달라면서 꼭 그 사실을 비밀로 해달라고 한다. 그렇지만 아기장수의 출현 소식을 듣고 몰려든 관군의 위세에 그만 사실대로 털어놓는 어머니. 땅에 묻은 곡식들이 군사들과 병장기로 채 변신하기 전에 발각되어 그 꿈도 이루지 못한 채 스러지는 아기장수. 그런 설화는 너무도 흔했다.

"그 아기장수가 관군이 퍼부은 수많은 화살을 맞고 마지막에 용을 쓰다가 죽기 직전에 가까이 있던 그 바위를 집어 던졌다는 거야. 그게 우리가 놀던 그 바위지." "그럼 용무칠은 뭐지?" 다른 탁자에서 술을 먹다가 조금 전에 옮겨온 친구가 엉뚱하게 물었다. "아 글쎄, 용무칠이 아니라 용미출이라니까." 아기장수의 숨이 끊어지는 순간 그 바위 모퉁이에서 용마가 제 모습을 드러내지 않고 하얀 꼬리만 보이다가 그만 사라져버렸고, 용마의 꼬리가 나왔다고 용미출이라 한다는 것이었다. 그게 은행에 다니는 동창의 설명이었다. G는 용무칠이란 지명에다 이보다 더 질서정연하고 논리적인 유래를 붙일 수가 없었다. G는 고개를 주억거렸다. 아기장수는 그렇게 변주되어 용미출의 너럭바위를 집어 올리곤 G의 앞에 버티고 섰다.

동창은 그 아기장수를 대동하고 G의 앞에서 얼굴에 웃음을 머금었다. G는 문득 그 웃음이 여유롭다고 느꼈다. 얼른 여유롭다는 그 수식어를 거둬들였다. 여유로운 웃음 따위는 너무 상투적 아닌가. 그럼 그 웃음에다 어떤 수식어를 붙여야 하나. 재력과 논리로 겸비한 저 당당한 웃음. G는 씁쓰레했다. 계급적 관점에서 순수한 웃음을 그렇게 굴절시키는 것은 아닌지. 다시 동창의 눈을 바라보았다. 그도 멋쩍었는지 화제를 돌렸다. G는 건성으로 그가 동의를 구하는 질문에 그렇다고 대답했다. 아차 했다. 탁발을 나왔음을 새삼 상기하곤 자세를 고쳐 잡았다. 화장실이라도 한 번 더 다녀오고 싶었다. 그러나 찔끔대며 나올 게 뻔해 그만두었다. 며칠 전 은행에서 대출을 하려다가 그를 가로막은 여러 장애물에 대해, 자기의 소득에 대해 잔뜩 움츠러든 채 떠듬대며 동창에게 설명했다. 아까 겨우 변기로 물을 흘려보내던 그 화장실의 '어휴' 소리가 새삼스럽게 G의 귓가로 울려왔다.

동창의 지시로 G의 신상 정보와 소득세증명원 따위를 들고 나갔던 젊은 직원이 들어와 다소곳하게 소파 옆에 서 있었다. G는 그가 무슨 말을 할지 미루어 짐작했다. 어렵다는 말이겠지. 그것보다 G는 벌거벗겨진 자신을 추슬러야 한다는 마음을 먹었다. 탁발이야 원래 그런 것 아닌가. 못 준다고 해도 할 말이 없다. 부하 직원에게 조용히 속삭이는 동창의 말이 G를 잠시 더 기다리게 만들었다. 소곤대는 말이었지만 G에게는 또렷하게 들려왔다. "그런 거 말고 여러 가지 있잖아. 참, 그 햇빛론은 되지 않나?" "그건 이율이 좀 높아서……" "한번 알아봐. 안 되면 그거라도 해야지." G는 풀이 죽었다. 자기 직업이 은행에서 별 소용이 없다는 것. 새삼스러웠다. 창구 쪽으로 돌아가는 직원의 뒷모습을 보며 침을 꿀꺽 삼켰다. 애써 G는 자기 직업이 소설가라는 것을 되새겼다. 어깨에 힘을 주며 허리를 곧추 폈다. 다시금 그의 눈앞에 그 역사가 거

뜬하게 돌을 드는 장면이 어른거렸다. 비록 용미출의 아기장수 같지는 않았지만 G는 자기가 품고 있던 그 역사를 떠올렸다. 용미출의 아기장수 이야기는 정말 설화였다. 그러나 G가 듣고 보았던 역사의 이야기는 설화가 아니었다.

4

은행을 나섰을 때 G는 며칠이라도 숨을 돌릴 수 있겠다고 안도했다. 그때 가면 또 어떻게 되겠지. 이게 탁발하는 사람의 원칙 아닌가. 그는 '잘한' 결과를 아내에게 알렸다. "잘하고 와요"의 첫째 순위가 그것 아니었겠나. 요즘 G는 아내한테 미안한 게 한둘이 아니었다. 그런 생각이 든 순간 또 '미안하다'라는 어휘를 떠올린 자신이 마뜩잖았다. G는 그 단어 대신 '고맙다'라는 말로 얼른 바꿨다. 그 자동화된 '미안하다' 앞에서 자신이 한없이 추락하고 있었다. 그 말을 들은 상대방도 맥이 쭉 풀릴 터였다. 자신이 한 일에 대가도 없다는 것을 상기시키는 말이 '미안하다' 아닌가. 버거운 상황을 헤쳐 나가려면 힘이 필요한데, 그만 '미안하다' 하고 말한 그 지점에서 힘을 쭉 빼버리게 한다고 G는 이해했다. 반면 '고맙다'는 자신의 행위나 마음 씀씀이에 대해 인정도 받는 동시에 앞으로 더 힘을 낼 수 있는 말이라고 굳게 믿기 시작했다. 그것은 최근 G가 절감하는 바였다. 그런데도 도로 '미안하다'가 툭 튀어나왔다. 어휘의 선택은 무릇 작가로서 신중해야 하는 게 아닌가. 그 '미안하다'는 너무도 자동화된 말이기도 하고 비생산적인 말이라고 G는 거듭 되새겼다. 뒤따라온 동창의 기척에 G는 얼른 아내와의 전화를 끊었다.

점심을 하고 가라는 동창의 권유를 마다하지 못하고 함께 발걸음을 떼었다. 보신탕 먹자는 말에 G는 고개만 끄덕였다. 사실 G는 보신탕을 즐겨하지 않았다. 일행들이 원하면 그냥 따라가 풋고추나 된장에 찍어 술잔을 기울일 정도였으니까. 그래봐야 살아오며 그가 보신탕집에 간 횟수는 다섯 손가락에 꼽을 정도였다. G는 고마움에 그냥 따라나섰다. 개고기전골이 벌건 국물을 뿜어내며 가스 불 위에서 끓고 있었다. 동창은 그래도 G가 소설가란 게 믿기지 않는다는 듯 추켜세웠다. 그래봐야 지점장 직함을 단 그 앞에서 오그라드는 건 어쩔 수가 없었다. G는 동창이 무안해할까 봐 국물도 저었다. 그러곤 그의 앞에 놓인 한 뼘 정도의 파란 고추를 과감히 베어 물었다. 빳빳한 고추는 바짝 약이 올라 있었다. 얼른 물로 입을 헹궈냈다. 어째 G는 날이 갈수록 매운 것을 잘 먹지 못한다고 느꼈다. 예전 같으면 그 정도의 매운 고추는 아무 문제가 아니었다. 베어 물었던 고추는 식탁에 허연 씨를 질질 흘리며 원래 있던 접시에 던져졌다. 그 옆으로 약이 바짝 오른 서너 개의 고추가 탱탱한 몸통을 뽐내며 놓여 있었다. 별안간 어느 보신탕집이, 아니 그 보신탕집이 있는 시장 입구에 누워 있던 한 사내가 기억났다. 보신탕집에 올 때마다 G의 눈앞에서 그때가 또똑히 꿈틀거리며 살아나는 것이었다.

언젠가, 아마도 복날이었던 것 같다. 그 무렵 G는 조그마한 회사에 나갔다. 업무라는 것도 그렇고, 보수도 신통치가 않아 1년이 못 되어 때려치웠다. 흔히 건강식품 광고에서 몸이 축축 처지고 매사 의욕이 없는 사람에게 꼭 필요하다고 내거는 문구처럼 그 무렵 G의 몸이 그랬다. 밤이면 아내 앞에서 잔뜩 주눅이 들었다. 알 수 없는 무력감. 임포텐츠 상태. 고속버스터미널의 공중화장실 같은 데 가면 붙어 있는, 읽기만 해도 아랫배에 힘이 들어가는 그런 광고들을 봐도 별 반응을 보이지 않아 자괴감까지 느끼던 그런 때였다. 그날이 중복인지 말복인지 어렴풋해도 분명 복날이었다. 그날 회식은 시장 골목에 자리한 보신탕집으로 정해졌다. 삼십여 도를 오르내리는 폭염에도 에어컨이 제대로 작동하지 않는 그런 집이었지만 빈자리 없이 꽉 찼다. 땀을 푹푹 흘리며 G는 처음으로 개고기전골을 집어삼켰다. 그만큼 절박했던 것이다. 술이 몇 잔 들어가자 G는 자신의 상태를 동료들에게 털어놓았다. 그러자 동료 하나가 주인 여자에게 소리를 쳤다. "아줌마, 여기 그거 하나 줘요. 심! 필요한 사람 있네." 그러자 주인 여자는 웃으며 뭔가 접시에 담은 것을 얼른 냄비 속에 집어넣었다. 단골한테만 특별히 준다는 심. 사전을 뒤적여도 뜻이 나오지 않는 심, 그것은 개불알이었다. 아무리 정력에 좋다 해도 선뜻 손이 가지 않아 미적미적댔다. 그건 G의 몫이었다. 동료들은 심의 효과에 대해 떠들고 나서 G의 입에 강제로 물렸다. 역한 노린내가 입속에 퍼졌다. 씹을 때 약간 오도독거리는 촉감에 삼복더위에도 불구하고 오글오글 소름도 돋았다. G는 부르르 진저리를 쳤다. 결국 그걸 다 삼키고 나서 G는 연거푸 소주 몇 잔을 들이켰다. 잠시 뒤 화장실에 갔을 때 오줌발을 세워보며 그동안 기를 죽게 했던 그놈을 북돋아보았다. 별로 신통치 않았다. 그러자 억지로 먹었던 개심에서 풍기던 노린내가 기도를 타고 도로 기어 나왔다. 욱 하고 토악질이 올라오는 것을 겨우 참았다. 입 밖으로 나올 그것을 눈으로 다시 보고 싶지 않았다. 그 사내를 본 것은 찝찝한 속을 추스르며 보신탕집을 나섰을 때였다.

아마도 노숙인 같았다. 그가 입은 하늘색 셔츠와 검정 트레이닝 바지는 땟국에 절어 추레했다. 그 사내는 시장 입구의 보도블록 위에 벌렁 누워 있었다. 처음에는 술 취한 사람이겠지, 별 신경을 쓰지 않고 조금 떨어져서 그 곁을 지났다. 순간 가로등 불빛 아래로 그의 신체 부위 하나가 G의 눈에 유난히 확대되어 왔다. 그것은 갑자기 하늘을 향해 치솟기 시작했다. 곧바로 사내는 트레이닝 바지의 고무줄을 밑으로 잡아당겼다. 작은 나무토막같이 빳빳한 그의 물건이 곧추서기 시작하더니 하늘을 찌를 듯이 점점 커지는 게 아닌가. 그의 물건은 G를 비웃듯, 아니면 사는 게 그런 것이 아니라고 일갈을 하듯 더욱 공중을 향해 솟아올랐다. 취한 G의 눈앞에서 사내의 '심'은 우뚝 버티고 있었다. 그 사내에겐 개심 따위는 필요치 않을 것 같았다.

동창을 앞에 둔 보신탕집에서 그 장면이 새롭게 살아났다. 그때는 지금보다 훨씬 더 나이가 젊었다. 다시 아랫배가 무지근해졌다. 잇따라 졸졸거리며 힘겨워하는 '어휴' 소리가 G를 맴돌았다. 그때 동창은 그에게 이제는 사라진 동네에 대한 추억들을 글에 담으면 좋지 않겠느냐고, 그래서 자기 같은 사람들에게 많은 추억을 주면 좋겠다고 했다. 용미출같이. G는 전골에 담긴 풀 죽은 부추를 한 젓가락 건져내며 고개만 끄덕였다. G는 용미출의 아기장수가 자신이 꿈꾸던 그런 역사가 될 수 있을까 속으로 반문했다. 아기장수를 그가 꿈꾸던 금고만한 돌을 들어 올리는 역사로 만들 자신이 영 없었다. 설사 용미출의 그 너럭바위가 금고보다 훨씬 더 큰 집채만 한 것이라 할지라도 전설 속에나 있는 아득한 것이었다.

동창과 헤어진 G는 축 처지는 어깨를 추스르며 다음 탁발할 곳을 헤아렸다. 『금강경』에는 아무런 구별 없이, 시주할 집이 부자든 가난뱅이든 개의치 않고, 그 차례에 따르면 그뿐이라 했다. G의 머릿속에서 그러한 순서가 이리저리 흔들렸다.

몰아치는 바람이 그의 앞 머리칼을 흩어놓으며 눈을 찔렀다. 막막하긴 하지만 갈 곳이 있긴 했다. 2008년을 찾아서였다.

문단의 몇몇 작가가 G에게 손을 내밀었다. 같이 작품집을 내자는 것이었다. G를 포함한 그들 모두 2008년에 등단했다. G는 고마웠다. 그런데 문제가 있었다. 작품집의 테마를 2008년과 관계 있는 것으로 못 박은 것이다. 처음에 G는 느닷없는 그 주제에, '아, 이렇게도 연결이 되는구나'라며 고개를 끄덕였다. 하루하루 미루다가 원고를 완성하기로 한 날이 정말 코앞으로 바짝 다가왔다. G는 답답했다. 그해에 대해 쓸 거리가 있는지 인터넷 검색도 수십 번이나 해보았다. 늘 그렇듯 사건 사고도 많았다. 그래봐야 하나의 사건을 빼곤 G에게 반짝 뜨이는 게 없었다. 그건 숭례문 화재였다. 그 사건은 이미 그가 썼다. 어찌되었든 뭔가를 찾아야 했다. 골똘하던 G는 아무런 실마리를 잡지 못하다가 급기야는 오전부터 숭례문 성벽 앞에 서기에 이르렀다. 신기루같이 불쑥 나타났던 그 역사를 눈앞에다 또다시 불러내고 있었다.

5

G가 기억하고 있는 역사는 여럿이었다. 예전에는 서울 변

두리를 떠돌며 힘을 팔던 차력사들이 많았다. 지금은 인적이 거의 끊긴 세운상가에는 그때 유난히 굵은 팔 위로 어른 주먹만 한 알통을 달았던 사내가 있었다. 어렸을 때 친구들과 시내에 나갔다가 그 사내를 몇 차례 보았다. 사내는 그의 조수가 휘두르는 각목을 팔로 가볍게 받아냈다. 어린 G의 허벅지만 한 각목은 동강이 나며 쪼가리는 콘크리트 바닥으로 탕탕탕 요란하게 떨어졌다. 연이어 그 사내는 주먹으로 놋대야를 힘껏 내리쳐 움푹 들어간 자국을 만들어낸 다음 툭 튀어나온 가슴을 훌쩍 펴며 좌중을 둘러보았다. 그 사내 뒤로는 살아있는 뱀들이 담긴 주머니와 말벌집 따위가 놓여 있었다. 꼭 그때가 되면 그의 조수가 넋 놓고 구경하던 아이들을 몰아냈다. 늘 그 사내가 어디까지 힘을 쓸 수 있는지 궁금했지만 갈 때마다 그 이상을 보지 못했다. 그 힘의 끝이 어디인지 모른 채 맥이 빠져 집으로 돌아올 때면 G와 친구들은 그게 다 약을 팔려는 그 조수 때문이라고 욕을 해댔다.

역시 초등학교 때 한 남자가 남산에 있는 어린이회관 옆의 백여 개나 되는 가파른 계단에서 승용차에 건 밧줄을 입에 물어 위로 끌어 올리는 것을 보았다. 강렬했다. 어떻게 저걸 끌어 올릴 수 있을까. 골목에서 공을 차다가 차 밑으로 굴러가 박히면 그 공을 꺼내려 아이들 몇이 붙어 밀어봐도 꼼짝도 않는 차였다. G는 그런 자동차를 끌어 올리는 장면이 믿기질 않았다. 텔레비전을 통해 중계되었기에 그 프로를 본 사람이라면 쉽게 잊지 못할 장면이었다. 모든 사람을 사로잡는 힘을 필요로 하던 시기였다. 그러던 어느 날이었다. 누군가 G에게 살면서 기억에 남는 특별한 날을 들라고 한다면 그는 서슴지 않고 어릴 적 그날을 꼽을 것이다. 그는 오랫동안 그날을 자기 인생에서 아주 풍요로운 하루였다고 여겼다. 그 풍요는 힘과 관계하고 있었다. 비록 나중에 그 내막을 알기는 했어도 한 번 새겨진 그 풍요롭다는 느낌은 지워지지 않은 채 골 깊게 남았다.

용미출 근처에 살 무렵 G는 동네 아이들과 부모 몰래 자주 극장에 가곤 했다. 비록 서울 변두리의 동시 상영을 하는 삼류극장이었지만 학교 근처 골목마다 숨어 있던 만화 가게에 비하면 견줄 바가 아니었다. 영화 상영 도중 스크린에 잿빛 장대비가 내리며 치직거리기 일쑤였어도 좋았다. 또 필름이 끊어져 십여 분씩 영화가 중단되어 여기저기서 야유의 휘파람 소리가 극장을 메워도 참을 수 있었다. 그 극장에서는 일주일에 여섯 편의 영화를 상영했다. 월요일과 화요일에 상영한 영화는 수요일과 목요일에는 다른 두 편의 영화로 대체되었다. 그리고 금요일과 토요일, 일요일에는 또 다른 프로가 상영되었다. 아주 드문 일이었지만 어떤 때는 같은 영화가 이틀 정도 반복될 때도 있긴 했다. 동네 형들의 말로는, 아마 필름을 제때에 가져오지 못했거나, 아니면 들여온 필름이 개봉관에서 이류극장을 돌고 또 다른 삼류극장을 도는 사이 닳아서 영사기에 넣어봐야 끊어지기 때문이라고 심드렁하게 말했다. 날이 갈수록 영화 프로는 바뀌지 않고 이틀이 아니라 며칠씩, 그러다가는 일주일 내내 상영되는 횟수가 잦아졌다. G도 중학교에 올라가며 비록 개봉관은 아닐지라도 좀더 나은 영화관에 가곤 했다.

한창 그 극장에 다닐 때 대개 영화 한 편이 G의 마음에 들면 다른 하나는 그렇지 않았다. 가령 이소룡이 쌍절곤을 돌리는 영화와 질질 짜는 비운의 사랑을 담은 영화가 짝을 이룬다고 할까. 다른 아이들처럼 G도 강력한 힘이 담긴 영화, 주인공이 적수의 일방적인 공격을 받고 쓰러져 거의 죽음 앞에 다다랐다가 사력을 다해 비틀비틀 일어나 상대방을 제압하는 불굴의 의지가 배어 있는 영화, 그런 것을 원했다. 어느 날이었다. 임꺽정과 프로레슬러 김일을 주인공으로 한 영화가 나란히 극장 간판을 장식했다. 극장에는 앉을 자리가 없었다. G의 반 아이들도 꽤 왔다. 잠시 필름이 끊어져 상영이 중지되고 극장에 환한 백열등이 켜졌을 때 그의 반 아이들끼리 서로 여기저기서 이름을 부르며 손을 흔들었다. 박치기왕 김일이 등장하는 그 영화에서 김일은 '압둘라 더 부처'인가 하는 거구의 사내에게 반칙을 당해 온몸에 피 칠갑을 한 채 고전하다가 마지막에 박치기로 그를 받아 넘겼다. 임꺽정도 엄청난 힘을 쓰며 서림이 이끌고 온 관군을 집어 던졌다. 그런 영화를 본 게 처음이었다. 그것도 한 번에 두 편씩이나. 뿌듯한 느낌에 가득 차 집에 돌아가면 기다리고 있을 부모의 꾸중 따위는 뒷전이었다. 마치 명절 바로 직전에 준비한 여러 음식 앞에서 느끼던, 명절을 쇠기 위해 새로 사준 옷과 신발을 보며 느끼던 그런 넉넉함이랄까. 그 빔을 입고 아이들 앞에서 으스댈 것을 상상하며 거울 앞에서 우쭐댈 때처럼 G는 신이 나서 돌아왔다. 오랫동안 G의 가슴에 남는 대단히 풍성한 날이었다. 얼마 전에 G는 어렸을 적 그 풍요로운 날을 다시 맛보려고 영상자료원에 그 영화들이 있는지 검색했지만 영화 포스터만 남아 있지 정작 그 필름들은 사라지고 없었다.

그 풍요롭던 날이 있고 얼마 지나지 않았을 때였다. 그게 전부 쇼라는 말을 들었다. 텔레비전에서 중계해주는 프로레슬링도 전부 짜고 하는 것이라 했다. 억울해서 G는 그럼 철철 흐르는 붉은 피는 무엇이냐고 되물었지만 들려오는 답은 역시 쇼를 향했다. 영화 속에서 임꺽정이 집어 던진 관군은 집어 던져진 게 아니라 애당초 낙법을 염두에 두고 임꺽정에게 달려든 눈속임이라고 못 박았다. 그런 말들이 돌면서 프로레슬링도 텔레비전 화면에서 차츰 사라져갔다. G는 혼란스러웠다. 용미출의 아기장수를 전혀 모르던 시절, 그가 열광했던 그 장면, 비록 상대편이 흉기로 찌른 이마에서 벌건 피가 쉴 새 없이 흘러내리고 있었지만 죽을힘을 다해 그 이마로 박치기를 하던 사투가 쇼라니. 점차 G의 가슴에 간직된 그런 역사들이 미심쩍기만 했다. 툭 튀어나온 가슴 근육과 뱀 굵기만

한 선으로 나누어진 배 근육, 두터운 핏줄이 시퍼렇게 울뚝 드러나 있는 알통, 그런 것을 겸비하고 힘을 뽐내던 그런 역사들은 G에게 수상한 그늘을 남겼다. G는 자기가 흠모하는 역사는 그런 종류와는 거리가 멀다고 거듭 되뇌었다. 아무도 모르게 높은 동대문 성벽을 타고 올라가 깊은 잠에 빠져 있는 서울 시민을 관객 삼아 '쇼'가 아닌 진짜 힘을 쓰며 우뚝 서 있는 모습.

G는 언젠가 어렸을 때 동대문 성벽 위의 돌덩이를 들어 올린 어떤 역사 이야기를 들었다. 그리고 그가 성년이 막 되었을 때 그 역사에 대한 소설을 읽었다. 그때 G의 머릿속을 스친 인상은 지금도 여전했다. 처음에는 '아아, 이런 사람도 있을 수 있구나'였다. 그러다가 '아아, 이런 소설도 있구나'로 바뀌었다. 가슴이 두근두근 뛰었다. 자신도 언젠가 저 성벽의 돌을 훌쩍 들어 올릴 수 있다는 바람을 간직했다. 그게 불가능하다면 하다못해 비슷한 역사를 만들어 이야기를 쓸 수 있지 않을까, 자신감을 내보였다. 더군다나 그 역사가 자기 힘을 훌쩍 펼쳐 보인 그곳은 G가 이 세상에 얼굴을 내민 곳과 착 달라붙어 있었다. G의 고향인 셈인 동대문 성벽 옆의 대학병원. 지금은 사라지고 다른 건물과 공원으로 바뀌고 말았지만. 그 역사를 안 뒤로 동대문은 그 대학병원보다 더 친숙한 곳이 되어 있었다.

어떤 그리움에서랄까, 역사에 대한 인상은 G에게 깊게 새겨졌다. 그가 어렸을 때 일찍 돌아가신 어머니에 대한 그리움도 어느 정도 작용했을지 모를 일이었다. 이북에서 내려온 피난민들이 자리를 잡은 동대문 옆 창신동 일대. 신설동 쪽으로 내달리던 기동차의 철길 옆과 청계천의 천변마다 긴 나무다리 위에서 아슬아슬하게 걸쳐 있는 바라크들. 어머니와 함께한 기억들 속에 남은 풍경이었다. 집에서 그리 멀지 않은 곳에 위치한 그 풍경들 속을 G는 어머니를 따라 가끔 지나쳤다. 빼곡한 바라크들 속에 함경도에서 내려왔다는 어머니의 먼 친척이 있다고 들었다. 그런데, 훨씬 뒤에야 안 사실이지만 동대문 성벽의 돌을 든 역사도 한국전쟁 때 함경도에서 피난 내려왔다는 것이다. 그 함경도라는 지명은, G에게 묘하게 다가들었다. G의 어머니도 함경도에서 산 때가 있었다. 엄밀히 짚자면 서울 태생이지만 일제 때 외할아버지가 가족들을 이끌고 만주까지 갔다가 어찌어찌해서 정착한 데가 함경도의 나진이었다. 해방이 되며 어머니를 비롯한 외가는 바로 서울로 돌아왔지만 함경도라는 말을 들을 때마다 알 수 없는 친숙함과 그리움 따위가 슬금슬금 배어들었다. 더 이상 볼 수 없는 어머니처럼, 갈 수 없는 함경도라는 어감은 G에게 아득한 그리움을 남겼다. 멀고 먼 북방이었다. 함경도에서 왔다는 역사는 지금껏 G의 눈앞에서 돌을 번쩍 들어 올리는 듯했다. 그 금고만 한 돌을 볼 수 있도록 해준 그 작가를 향한 깊은 고마움을 G는 지금도 고스란히 간직하고 있었다.

어쩌다 밤늦게 동대문을 지나치면 밝은 조명을 받으며 고요히 서 있는 누각에서 그 역사가 툭 튀어나와 "커다란 금고만 한 돌덩이를 그의 한 손에 하나씩 집어서 번쩍 자기의 머리 위로 치켜올"리는 광경이 눈앞에 어른거리곤 했다. 그때마다 가슴이 벌름거렸다.

지금 세상에 그런 이야기를 누가 들어주겠는가. 하루만 지나도 믿기지 않는 일들, 가슴을 울리며 감동으로 남는 이야기들, 치를 부르르 떨게 만드는 엽기적인 이야기들이 사실을 바탕으로 수도 없이 지나쳐 간다. 힘센 역사의 이야기를 G가 되풀이한다면 그건 거들떠도 보지 않을 터였다. 혹 유명한 연예인이 그에 훨씬 못 미치는 힘을 써도 그것은 아마도 인터넷 검색어의 순위 중 상위를 차지할 것이다. 그래서 힘 쓰는 역사의 이야기만으로는 안 될 것이었다. 또 용미출의 그 아기장수 같은 이야기로도 안 될 것이었다. 요즘 이야기는 그 이미지 밑에 전설처럼 숨어야 한다는 것을 G는 깨닫고 있었다. 그렇기에 G는 단 한 번만이라도 그런 이미지를 남기고 싶었다. 진짜 힘을 쓰는 역사. G가 흠뻑 빠진 동대문의 그 역사. 그가 탄 버스가 동대문을 휘돌 때면 아주 가끔씩 자기도 언젠가는 자신의 역사를 저 위에 올려 보내리라 다짐하곤 했다. 사람들이 알아주든 알아주지 않든 상관없이 선명하게 남을 그런 이미지를, 성벽을 이루고 있는 금고만 한 돌덩이를 한 손에 하나씩 집어서 머리 위로 치켜올린 역사 같은 그런 이미지를 만들어내고 싶었다. 숭례문이 불타고 누각이 모두 무너져 내렸을 때 G는 그 돌들을 끄집어냈다. 이제 그 돌들을 번쩍 들어올릴 자기의 역사를 고대하고 있었다. 그러다 마침내 G는 숭례문의 그 돌을 직접 들어보려는 망상에 사로잡히게 되었다.

6

G는 또다시 숭례문으로 향했다. 들르기로 한 출판사에 연락을 했더니 오후 다섯시쯤 오라는 것이었다. 그의 어깨에 진 가방에는 한 권의 책으로 묶일 원고가 들어 있었다. 그걸 받아들일지 모를 일이었다. 파일로 보내면 되는데 몇 번 출판 거절을 당한 뒤로 G는 풀이 죽었다. 그래서 직접 원고를 출력해 다니는 중이었다. 책을 내기 위한 탁발을 앞두고 G는 숨을 한껏 들이쉬었다. 몇 년에 걸쳐 여기저기 발표한 소설들이 어깨에 매달려 있었다. 거의 무게감도 없는 가방이 자꾸 어깨에서 흘러내렸다. G는 연신 그것을 추어올렸다. 그는 과작인 편이었다. 별 뜻이 있는 게 아니라 빨리 작품을 쓸 재주가 그에게는 없었다. 써놓고 나면 번번이 미진하다는 생각에 이리저리 뜯어고쳤다. 그러나 무엇보다도 그가 뜸을 들인 까닭은 작품을 빨리 쓰고 다른 작품에 착수할 정도의 원고 청탁이 없었

기 때문이다. 그래서 주무르고 또 주물렀다. 그래도 확신이 서지 않았다. G는 재차 삼류라는 말을 곱씹었다. 축 늘어져 숭례문으로 들어섰다.

2008년으로 해가 바뀌고 조금 지났을 무렵 G는 처음으로 숭례문에 들어가보았다. 물론 어렸을 때 남산으로 소풍 왔다가 몰래 숭례문 앞 잔디밭까지 들어간 적이 있었지만 정식으로 들어가기는 처음이었다. 서울시에서 시민에게 개방을 한 지도 꽤 되었지만 와볼 기회가 없었다. 그 무렵 G는 소설을 더 이상 쓰면 안 된다고 결심했다. 부질없는 짓이라며 이참에 그만두자고 마음을 다잡았다. 더구나 등단도 못한 상태였다. 그날 G는 숭례문을 거쳐 일자리를 알아보러 가는 중이었다. 숭례문을 처음으로 통과하는 자리였지만 별 느낌 없이 일자리를 찾을 수 있다는 실낱같은 희망을 품었을 뿐이다. 공교로웠다. 며칠 지나지 않아 숭례문에 화재가 났고, G는 그걸 가지고 단편소설을 썼다. 그렇게 G는 내세우지도 못하는 소설가가 되었다. 차라리 그때 소설가의 길로 접어들지 않았다면. 가끔씩 후회가 들기도 했다. 그렇지만 등단할 때 쓴 당선 소감은 뭐였던가. 그것은 자신과의, 또 혹 자기 글을 읽어줄지 모를 독자와의 약속 아니었던가. G는 숭례문의 성벽 앞에서서 물끄러미 위를 올려다보았다. 거기에는 돌을 들 그 역사도, 장사도 아무도 없었다. 그는 우두커니 지나온 길을 더듬었다. 돌아갈 수 없는 길이라는 생각이 들었다. 이젠 용무칠을 용미출이라 해야 한다는 것처럼. 언젠가 용미출 앞에서도 가면 안 되는 줄 뻔히 알고도 그 길을 갔었다. 지난번 문상 자리에서 그 동창이 들추어내기 전까지 까맣게 잊고 있었다.

용미출 못 가 산자락 밑으로는 제법 넓은 논들이 펼쳐졌다. 얼음이 얼었을 때 스케이트를 신고 몇 바퀴만 타도 발목 근처가 약간 시큰거릴 정도의 넓이였다. 그 옆으로 자그마한 논까지 몇 개가 연이어 있었다. 조금 떨어진 곳에는 강이 흐르고 있었지만 아주 추운 날씨가 이어져 강이 꽁꽁 얼어붙기 전에는 아예 그곳에 들어가지 못했다. 그래서 근방의 아이들은 스케이트와 썰매를 가지고 논으로 몰려왔다.

초등학교의 겨울방학이 끝나갈 무렵, 갑자기 날씨가 풀린 어느 날이었다. 그 며칠 전부터 개학의 전조처럼 얼음도 얼었다 녹기를 되풀이해서 얼음판도 들쑥날쑥했다. 벼 그루터기들이 얼음 위로 쭈뼛쭈뼛 솟아 나왔다. 곰보처럼 진흙이 들어찬 수많은 구멍 자국을 만들어놓은 철 지난 얼음판에서 G는 주저주저했다. 살얼음보다는 조금 더 두껍게 언 얼음판. 발로 디디면 마치 햇살이 퍼지듯 흰 얼음판 위로 사방으로 금이 쫙 뻗어나갔다. 집으로 되돌아갈까 말까 망설였다. 스케이트를 걸쳐 메고 꽤 멀리 걸어온 게 억울해 얼음판에 한쪽 발을 붙였다 떼었다 하기를 되풀이했다. 그때 옆 동네의 또래 아이가 다가왔다. G는 스케이트 타기 힘들겠다고 고개를 가로저었다. 그 아이는 집요했다. 한번 타보자고 우겼다. 결국 그 아이에게 넘어갔다. '용기'라는 말과 누가 더 '깡이 세냐'가 G를 부추겼다. 결국 가위바위보를 해서 진 사람이 먼저, 이긴 사람은 나중에 그 논 끝까지 얼음 위를 왕복하기로 했다. G가 이겼다. 그 아이가 논둑에서 스케이트 끈을 꼭 조여 매고는 먼저 얼음 위에 섰다. 쫙, 얼음에 금이 가는 소리가 날카롭게 울렸다. 그 아이는 울퉁불퉁한 얼음 위를 제법 빠르게 치고 나갔다. 그러나 삼 분의 일도 못 가 얼음이 깨지며 그 아이의 스케이트 한쪽이 진흙에 처박히고 말았다. 더 갈 수도 없었다. 반대쪽 스케이트를 신은 발을 옮기면 여지없이 얼음이 깨지고 말았다. 수렁에서 한쪽 발을 건져 간신히 빼 옮기려는 순간 다른 발이 얼음을 깨며 아래로 처박혔다. 연거푸 한 발을 얼음 위에 올려놓고 다른 발을 꺼내려 힘을 주다가 중심을 잃고 고꾸라졌다. 짚은 두 손도 얼음을 깨며 논바닥으로 빨려 들었다. 그 아이는 그 동작을 셀 수 없이 했다. G는 터져 나오는 웃음을 참을 수 없어 그만 킥킥거렸다. 그건 생리작용이었다. 진흙이 잔뜩 묻은 얼굴 속에서 굳게 앙다문 아이의 입을 보고선 그만 G의 생리작용이 멈추어버렸다. 그 아이는 아예 논의 얼음을 일자로 가르며 빠져나왔다. 제 딴에는 최단거리라 생각하고 일자로 나온다 했지만 그가 그려놓은 선은 지그재그였다. 마치 용미출 밑 샛강에서 잡은 물고기의 배를 솜씨 없게 따놓은 것처럼, 논은 삐뚤빼뚤한 선을 따라 시커멓고 질척한 내장을 토해놓았다. 음력 정월, 아무리 날씨가 풀려 얼음이 열게 얼었다지만 진흙 범벅이 된 그 아이는 오들오들 떨며 G를 노려보았다. "나 갔다 왔다. 니 차례야!" G는 그대로 내빼고 싶었다. 뻔했다. 그 아이처럼 얼마 가지도 못한 채 덜덜거리며 흙투성이가 될 게 눈에 선했다. 그렇지만 약속이었다. 그 아이의 번뜩이는 눈빛이 심상치 않았다. 갈 수도 안 갈 수도 없는 길. G는 얼음판 위에 섰다. 하지만 출발해서 두세 걸음도 떼지 못하고 처박히기 시작했다. 어쨌든 G는 진흙투성이가 되어 끝까지 갔다 왔다. 두 아이는 아무 말도 않고 용미출을 등진 채 턱을 덜그럭거리며 집으로 향했다.

그때 일이 되살아나자 한기가 G를 감쌌다. 부르르 진저리를 친 G는 새로 복구된 숭례문에서 뭔가 하나라도 건져야 한다는 간절한 심정으로 여기저기를 둘러보았다. 솔직히 별 감흥이 없었다. 그 몇 년 사이 자기에게 무슨 일이 있었던가, G는 곰곰 생각에 빠졌다. 숭례문에 처음 불이 붙었다가 진화했을 때의 장면. 그때 그 사투를 벌이는 숭례문을 텔레비전에서 보고 두꺼비의 모습을 발견했다. 우리 전설에 나오는 두꺼비, 강한 독을 뿜어내며 공격하는 지네에 대항해 싸우는 두꺼비. 그걸 매개로 등단을 했다. 그런데 며칠 전 처음 들은 용미출의 아기장수는 오늘까지 아무런 감흥도 주질 않았다. G는 소설가로서 자기가 무능하다는 자조감에 빠졌다. 그의 눈앞에 화강암의 견고한 성벽이 꽉 들어찼다. 역시 아침에 눈여겨 보았던 돌 두 개가 계속 거슬렸다. 저걸 바꾸어놓을 수만 있다면. 동대문의 역사는 "지렛대나 도르래를 사용하지 않고서는, 혹은 여러 사람들이 달라붙지 않고서는 들어 올릴 수 없는 무게를 가진 돌을" 치켜들었다. 맨손으로 저 금고만 한 돌을. 숭례문 누각은 아득했다. 거길 기어오를 수도 없었다. 남몰래 누각으로 오르는 계단을 밟고 손쉽게 오를 수는 있겠지. 그것은 치사한 음지의 방법이었다. G는 그 동대문의 성벽 위에 역사처럼 성벽을 타 오르고 싶었다. 그의 두 손과 두 팔에 의지해 올라간 저 위에서 두 손을 높이 치켜들고 싶었던 것이다. 물론 두 손에는 돌덩이가 얹혀 있어야 했다. 사람들이 감탄할 만한 무게의 돌덩이를 들려면, 수직의 벽을 타려면 돌의 결을 알아야 했다. G는 잠시도 눈을 떼지 않고 성벽을 응시했다. 어디가 오를 수 있는 자리일까. 또 손으로 잡아야 할 곳은 네모난 돌의 어느 부분인가. 오래되어 칙칙하게 색이 변한 돌들과 하얀 속살을 보이는 새로 쌓은 돌들이 모자이크되어 눈앞이 희끈거렸다.

G는 새로 쌓은 성벽 한끝으로 다가갔다. 더 가지 말라는 금줄의 감촉이 그의 무릎에 느껴졌다. 불쑥 쿡쿡 터져 나오는 웃음을 겨우 참았다. '이러면 대체 뭐가 나온단 말인가. 어떻게 여기서 2008년을 찾는단 말인가. 숭례문 화재를 그때 그리지 않았는가. 새삼 그걸 변주해봐야 신통치가 않다. 이건 자

동화의 문제이다. 가장 경계해야 할 대상이 자동화 아닌가.'
그때 제복 차림의 관리인이 G에게 다가왔다. 눌러쓴 모자 아래의 얼굴은 마스크가 거의 덮고 있었다. 그 사이에서 의심을 품은 눈초리가 G를 주시했다. 그게 G의 눈에 들어왔다. "왜 그렇게 쳐다보십니까?" G는 그 눈초리가 마음에 들지 않아 툴툴거리는 목소리로 쏘아붙였다. 심사가 편치 않은 G가 아닌가. "아, 그게 아니라 선생님께서 하도 꼼꼼하게 여기저기 둘러보셔서 뭔가 도움 드릴 게 없나 해서 그랬습니다. 혹시 숭례문과 관련해서 궁금한 게 있으시면 성심껏 답변해드리겠습니다." G는 멋쩍은 웃음을 흘렸다. 궁금한 게 있지만 그에게 물어볼 종류가 아니었다. 주임이라고 신분을 밝힌 관리인은 숭례문의 역사에 대해 길게 늘어놓았다. 그리고 성벽의 구조에 대해 전문 용어를 써가며 꼼꼼하게 설명했다. 성벽 위 턱돌 위에 방패처럼 생긴 곳은 공격과 방어를 위해 세워진 것으로 그 명칭이 여장이라 했다. 그 여장 하나를 한 '타'라고 부른다는 것이었다. 그의 설명에 따르면 숭례문을 비롯한 서울 성곽은 같은 구조로 되어 있다고 했다. 여장 한 타에는 몸을 보호한 채 활이나 총을 쏘려고 낸 구멍이 세 개 있는데 양쪽 구멍은 원거리를 쏘도록 일직선인 반면 가운데 구멍은 성벽을 기어오르는 적을 향하도록 비스듬히 밑을 향했다. 성벽을 기어오른다는 말에 G는 뜨끔했다. 이어 견고하도록 약간 비스듬한 경사를 두고 성벽을 쌓은 게 조상들의 지혜라고 덧붙였다. 귀가 솔깃했다. 그것은 맨손으로도 타고 오를 수 있다고 하는 말과 같지 않은가. "그 정도까지는 아니구요." 이어지는 그의 설명 사이사이 G는 자기가 들어 올릴 만한 돌들을 눈으로 더듬었다. 차도에 막혀 성벽을 마감한 석축의 단위로 서너 개 돌이 더 얹혀 있었다. 누각 옆 그 돌들 쪽으로 거푸 G의 눈길이 갔다. "선생님, 혹시 오전에도 오지 않았나요?" G는 움찔했다. 아니라고 손사래를 치며 얼른 눈길을 다른 쪽으로 돌렸다. 감시 초소가 눈에 들어왔다. 출입구 쪽과 남산을 향한 쪽에 한 군데 더 있었다. G는 감사하다며 고개를 꾸벅이고 홍예문 속으로 발을 떼었다. 관리 주임은 G에게서 물러나 다른 사람에게 다가갔다.

홍예문 천장 위에서 용 두 마리가 날고 있었다. 숭례문 화재가 있기 전 2008년 초, G는 그 용들이 날고 있는 문을 통과했다. 그때 용들은 우중충했다. 새로이 날아든 지금의 용들은 그때와는 다르게 약간 장난스러운 눈길을 머금은 채 화사한 모습을 띠었다. '우중충한 것과 화사한 것 틈 사이에 뭔가 없을까.' 주의 깊게 홍예문 천장을 올려보던 G의 눈에 예전에 보았던 우중충한 용들이 새로 입힌 칠 밑에서 조금씩 꿈틀거리는 게 잡혔다. 그뿐 아니었다. 검은 먹물을 두른 흑룡 한 마리도 한데 뒤엉켰다. 언젠가 G가 서예를 하는 장인에게 얻어온 액자 속의 용이었다. 귀기(鬼氣)를 품고 날고 있는 용. 이를테면 고찰의 천왕문을 통과할 때 사천왕에 서려 있는 그런 귀기랄까. '한밤중에 푸르게 빛나는 조명을 온몸에 받으며 성벽을 디디고 우뚝 솟아 있는 역사'*에게서 풍기던 귀기랄까. 그에 미치지는 못할지라도 예사롭지 않은 귀기 비슷한 느낌을 받았던 그 용을, G는 불러내고 있었다.

G의 장인이 사는 지방의 시민회관에서 서예전이 열렸었다. 그는 장인의 작품들을 보러 갔다. 전시실을 둘러본 G가 화장실을 가려고 시민회관의 복도를 따라 걸을 때였다. 어두컴컴한 벽을 우중충하게 장식하고 있는 큰 액자에 자기도 모르게 눈길이 갔다. 복도의 한쪽 벽면을 꽉 채운 용이, 아니 '용(龍)'자가 눈에 들어왔다. 몇 호짜리인지 모르지만 어떻게 붓으로 저렇게 크게 쓸 수 있을까 감탄이 나왔다. 특히 '용'자의 우변(⾩)은 영락없는 한 마리 용이었다. 검은 먹빛을 한 흑룡 한 마리가 머리를 치켜들고 하늘로 날아오르려는 모습. 아마도 그 작가는 그걸 계산에 두었을 것이라는 짐작이 갔다. G는 가져갔던 카메라에 얼른 그 글씨를 담았다. 하지만 거리가 가까워 글씨가 다 잡히지 않았다. G는 뒤로 물러나 그 액자를 카메라에 담고는 재빨리 찍힌 사진을 확인했다. 카메라에 잡

* 동대문의 역사가 등장하는 소설의 묘사로, 이 장면을 떠올릴 때마다 G는 역사가 마치 동화 속에서처럼 점점 커져 까마득히 올려다보아야 할 거인으로 변하는 환상에 빠지곤 한다.

힌 글자는 G의 그림자 때문에 변형되어 있었다. 복도 한끝 창에서 밀려드는 햇살 때문에 거푸 찍어도 마찬가지였다. '용'자의 좌변(育)은 사라지고 그 자리에 G의 그림자가 들어찼다. 사진에 남은 글자는 우변이 변신한 용의 모습만 있었다. 둘이 합성된 형상은 기묘했다. 마치 G의 그림자가 날아오르려는 그 용을 붙잡아 타려는 모습 아닌가.

G는, 아니 G의 음영은 용을 타려 몸통을 꼭 부둥켜안고 있었다. 하늘로 승천하려는 장수처럼. 그러나 엄밀히 말하자면 그건 날아오르려는 용의 몸통에 어정쩡한 자세로 매달린 형국이었다. 그런데도 G는 강렬한 느낌을 받았다. 몇 번인가 그는 꿈에 그 먹빛 흑룡을 타고 하늘을 날았다.

그날 처갓집에서 저녁을 먹던 G는 장인에게 그 글씨를 쓴 사람에 대해 물었다. 그 지방 인근에서는 '용'자만 쓴 서예가로 알려져 있다고 했다. G의 장인은 서재 한쪽에 포개어 세워놓은 액자들 사이에서 그 '용'자를 꺼냈다. 그 서예가가 쓴 글씨였다. 액자 안의 한지는 누렇게 바래 있었다. 오래전에 받은 것 같았다. 시민회관 것과 견주면 작았다. 획을 자세히 들여다보니 하늘로 박차고 오르려는 용의 모습은 그대로였다. 장인의 말에 따르면 그 서예가의 용이 유명해서 이 지방의 시청 등에 걸려 있다고 했다. 또 그가 청와대까지 그 글씨를 보냈다는 풍문도 있다는 것이었다. G의 장인이 아는 정도는 거기까지였다. 집에 있던 '용' 글자도 직접 그 서예가가

들고 온 것이었다. 그는 평생 '용' 한 글자만 고집했고, 점차 그 지방의 서화회 회원들 사이에서도 별 취급을 받지 못하다가 오십이 넘을 무렵에 죽었다고 했다. 장인은 요절이란 표현을 썼다. 그 글자를 곰곰 들여다보니 썼다기보다는 그렸다는 게 어울리는 듯했다. 굵은 붓을 힘차게 놀려 완성한 용의 머리 부분에서는 승천하며 포효하는 힘이 느껴졌다. 선뜻 범접하기 어려운 귀기 같은 게 그 속에 배어 있었다. 평생 계속해서 '용' 한 글자만 그린 사람. G는 문득 그가 존경스러워졌다. 그의 길. 가지 않으면 안 될 길이었나. 아니면 그 길밖에 길이 없었나. 아마도 그 서예가는 자신이 그려낸 무수한 용들의 포효를 들으며 하늘 높이 날아올랐을 것이다. 지상에서 알아봐주지 않는 그 용들을 타고 지상을 떠나 승천했을 것만 같았다. 그날 G는 장인에게 사정해 그 액자를 받아 왔다. G는 방 한쪽에 걸어놓은 그 액자를 보며, 시민회관에서 찍은 사진처럼 날아오르려는 용의 몸통을 껴안고 비상하는 자기 모습을 그렸다. 아내가 집이 더 우중충하고 께름하다며 벽에서 떼어내기 전까지 그 용은 G의 곁에서, 잠자리에서 몇 달을 그렇게 날아오르고 있었다.

G는 한참을 고개를 뒤로 젖힌 채 홍예문의 천장을 올려다보았다. 거기서 조금 전까지 그가 더듬던, 귀기 서린 모습은 어느새 흩어져 자취를 감췄다. 그 자리에는 새로운 용들이 날고 있었다. 화재가 나기 전 그곳을 날던 용들, 자기 집 베란다

의 창고에 처박힌, G가 타려 했던 무채색의 흑룡, 그리고 그의 마음을 사로잡은 역사, 용미출의 바위를 집어 던졌다던 아기장수와 백마가 그 새롭게 등장한 화사한 용들 사이에서 G의 눈에 들어올 듯 말 듯 하다가 가물가물 사라졌다. 그 잔상들은 그냥 판에 박힌, 익히 알고 있는, 그런 수준에서 어른대고 있었다.

그곳을 빠져나왔을 때, G의 머릿속이 복잡해졌다. 거기서 아무것도 못 건진다는 것은 자동화되어버린 일상 때문은 아닐까, 씁쓸했다. 거기에다 메마른 감수성. 그렇다면 결국 형식의 문제가 아닐까. 하루하루 일상은 이전 형식과 같았다. '낯설게 하기'만이 살아남을 수 있는 방법 아닌가. 어떻게 해야 낯설게 보일까. 중국에서 날아와 광장을 꽉 메우고 있는 황사와 미세먼지, G의 곁을 쉴 새 없이 지나쳐가는 자동차들이 뿜는 매연은 시야를 온통 희뿌옇게 만들었다. G는 두 눈을 크게 뜨고 저쪽 광장을 한참 바라보았다. 그 광장이 낯설게 보이길 바라며, 그리고 거기에서 낯선 게 툭 튀어나와주길 고대하며 한동안 제자리에서 꼼짝 않고 있었다. 지금 구겨져 땅에 떨어지고 있는 자신의 영혼을 어떤 형식에다 담을까. G는 얼굴을 찌푸리며 담배를 피워 물었다. 그때였다. 어디선가 숨어 있던 구청 단속요원 둘이 다가와 그에게 신분증을 요구했다.

"여기는 금연 구역입니다."

곳곳이 금연 표지판을 설치해놓은 지뢰밭이었다. G는 몇 만 원의 벌금 스티커를 끊었다. 이번 달 한 잡지사로부터 받은 원고료 일부가 담배 연기처럼 허공에 흩어지는 것을 보았다.

7

맥이 풀린 G는 흐릿하게 시야를 가로막는 대기를 뚫고 광화문 쪽으로 향했다. 벌금 스티커를 끊은 탓인지 마음이 찜찜했다. 까짓것 하고 넘기면 그만이었다. 그래도 자꾸 마음 한 쪽이 무거워졌다. 근처 골목 입구에 있는 찻집으로 들어가 커피를 받아들고는 창가 자리에 앉았다. 짙은 피로감이 몰려왔다. 그는 우두커니 밖을 내다보았다. 미세먼지 경보가 떨어져도 사람들은 개의치 않고 바삐 길을 오갔다. '다들 일을 하는 것이다. 그런데 대체 나는 뭘 하는 걸까.' G는 얼른 커피 잔을 입에 댔다. 쓴맛이 입속을 파고들었다. 평소 단맛을 즐기는데 아무것도 넣지 않았다는 것을 알아챘다. 주춤 자리에서 일어나 컵에 시럽 몇 방울을 떨구고 돌아와 앉았다. 쓴맛이 여전히 입가를 맴돌았다. 창밖 고층 빌딩의 회전문이 계속 돌고 있었다. 사람들이 쉬지 않고 그리로 들락거렸다. 고개를 살짝 트니 고층 빌딩을 짓는 공사 현장이 보였다. 저 위로 노란 안전모를 쓴 인부들이 안전망 곁에 매달려 망치로 쇠파이프를 열심히 두드리고 있었다. '그래, 모두 열심히 일을 하는구나.' 그 생각이 자꾸 G를 붙들고 늘어졌다. '그렇다면 나는……' 생각은 거기서 더 나아가지 못했다.

G는 지금 처한 곤란한 현실을 뚫고 나갈 묘안을 일과 결부시키며 찾아보려 했지만 온통 마땅치가 않았다. 조금 전에 본 공사 현장은 G가 예전에 다친 허리 때문에 만만치가 않았다. 머리를 스친 다른 일들도 그와는 뚝 떨어져 있는 것들이었다. 복권이라도 맞으면 모를까. 잡다한 생각들은 빙빙 제자리에서 맴돌며 소용돌이를 만들어냈다. G는 허우적거리다 점점 그리로 빨려들어갔다. 오래전 용미출의 물길이 집어삼켰던 사람들을 한참 떨어진 곳에 뱉어내듯 그 잡다한 생각의 소용돌이는 G를 한참이 지나 토해냈다. G는 앞에 놓인 식은 커피 잔을 집어들었다. 지금 자기 일은 글을 쓰는 것이라고 할 수밖에 없다. 소설가란 소설을 계속 쓸 때만 해당되는 직함이다. 그 결과가 신통치는 않지만 자신도 글을 붙들고 있지 않은가. G는 소설가 구보의 말을 상기했다. '골머리는 빠질 대로 빠지면서, 돈은 안 생기는'* 게 소설 쓰기라고. 지금도 마

* 구보 박태원의 표현이다. 평소 구보는 '하루 대부분을 꼭 처리해야 할 속무에 헤매지 않으면 안 되었을지라도 저녁 후의 조용한 제 시간 속에서 독서와 창작에서 그 기쁨을 찾았'나 보았다. 그의 하루(「소설가 구보씨의 일일」) 속에서 그런 생활의 면모를 흘린다. 그 특별하지도 않은 '일일' 속에서 그는 '요사이 그 기쁨을 못 갖는다'고 실토한다. 그것은 '생활'이 없기 때문이라는데, 대체 '생활'의 범주는 어디까지를 의미하는 것일까, G는 빤한 질문을 던져본다. 하여튼 그는 생활이란 게 돈과 떼려야 뗄 수 없다는 사실을 절감한다. 그런데 머리를

찬가지 아닌가. 며칠째 탁발을 나서고 있는 G는 창으로 보이는 생활의 현장을 내다보며 한숨을 뿜어냈다. 불쑥 글이 쓰고 싶다는 생각이 간절하게 올라왔다. G는 흐늘흐늘 늘어지는 자신을 일으켜 세웠다. 지금은 무엇보다 탁발이 우선이었다. 지상에 발을 딛기 위해. G는 의자 등받이에 허리를 곧추 펴서 딱 붙였다. 오가는 사람들을 지켜보며 G는 이 순간 자기도 일을, 생활을, 다른 말로는 탁발을 하고 있음을 자신에게 거듭 확인시켰다.

저녁 무렵 출판사를 찾아가기로 한 것은 첫 창작집을 내기 위해서였다. 아직도 시간은 꽤 남았다. 무척 긴 하루라는 느낌이 들었다. G는 옆의 빈 탁자에 놓인 신문을 펼쳐 들었다. 숭례문 복원과 관련한 기사가 눈에 들어와 주의 깊게 읽었다. 잘 알고 있는 내용이었다. 복원에 쓰였던 소나무 중 일부가 값싼 러시아산이라는 말이 나돌며 떠들썩했다. 또 칠을 한 지 얼마 되지 않아 갈라지고 들뜬 단청의 재료를 놓고 시끄러웠

쥐어짜 소설을 써봐야 다른 직업에 비해 정말 돈도 안 된다는 것은 다 알고 있는 일 아닌가. 물론 특별히 유명세를 타고 있는 작가들이 G의 이 표현을 본다면 발끈할 것이다. 어쨌든 자신을 삼류소설가라고 여기는 G에게 그런 현실은 더하면 더했다. 생활과 결부된 현실이. 그렇다고 함부로 그런 투정을 한다면 모든 사람들이 손가락질을 하며 욕을 해댈 것이다. "때려치우지, 왜 그딴 짓을 하니. 생활이 어쩌니 저쩌니 엄살을 부리는데 정말 죽겠는 사람의 입에서는 그런 소리 나오지도 않아. 저기 공사장에서 땀 흘리는 사람들 좀 봐. 미쳤다고 저러고 사니? 정신 차리든가 아니면 엄살을 말든가." G의 귓속에 그런 비난들이 윙윙거렸다.

다. '전통을 따르느냐, 아니면 지금 시대에 맞추어야 하느냐'를 놓고 의견들이 지면을 차지하며 팽팽하게 맞섰다. G는 또다시 '구투'라는 말에 골몰했다. 아까 본 숭례문의 홍예문 천장의 용들도 이전과는 다른 형상이었다. 숭례문은 몇 차례 중수되었다. 어떤 것이 원형인지 확실치 않아 의견도 분분했다. 그것은 새로운 형식일까. 그 시대를 떠난 작품들을 '복원'이라는 단서를 달지 않고 비슷하게 베낀다면 모방인 것이다. 그게 지나치다 싶으면 표절이 될 것이다. 표절은 '짝퉁'이었다. 그렇다면 구투는, 어떤 상품이 인기가 좋아 엄청 팔렸을 때, 솜씨 좋게 베낀 짝퉁까지는 아니라도, 그 비슷이 약간의 변형만 가한 채 시중에 내놓는 유사 상품 같은 것이랄까. 모방, 표절과 짝퉁, 구투 등의 불편한 말들이 자꾸 G의 머리를 어지럽혔다.

G는 빈 의자 한쪽에 놓인 자신의 글을 넌지시 바라보았다. 자기 작품들이 그 불편한 말들 틈에 끼어드는 것은 아닐까. 갑자기 자신이 없어졌다. 어느 술자리에서 그의 스승이 한 일갈이 휘익 머리를 스쳐갔다. "무릇 글에서 생명의 호흡이란 무엇인가? 이것은 새로운 맛과 새로운 감각을 언어로 표현하는 것이고 이게 문학의 핵심이지. 그런데 옛날 호흡을 무의식적으로 한다는 것은 호흡을 끊는 행위나 마찬가지야. 생명의 호흡을 해야, 작가도 살고 글도 살아남을 수가 있어." G는 심호흡을 했다. 그래도 가슴이 뻥 뚫리지 않은 채 명치끝에 다

뿜어내지 못한 숨덩이가 그대로 얹혀 있었다. 생명의 호흡이라. G는 분명 자기가 생명의 호흡을 못하고 있음을 절감하며 거푸 숨을 몰아쉬었다. 호흡을 하지 못하는 데에는 글이 마음에 차도록 써지지 않는 까닭이 있었다. 또, 탁발만을 강요하는 생활도 소심하고 쩨쩨한 그를 한껏 움츠리게 만들었다. 무엇보다 구투에서 벗어나지 못하고 딱딱하게 굳어가는 생각과 감정들을 느낀 순간, '어 이건 내 게 아닌데'라는 발뺌에도 불구하고, 분명 그것들이 그의 것이라는 사실을 확인할 때, 서늘한 기운이 등골을 훑으며 숨을 멎게 하곤 했다. 아닌 게 아니라 그는 요 근래 숨쉬기가 힘들었다. 글에서 생명의 호흡은 놔두고라도 정말 그의 목숨을 위한 호흡을 제대로 못해 잠자리에서도 자주 몸을 뒤척이며 숨을 몰아쉬기 일쑤였다.

우울한 낯빛으로 G는 신문의 다른 면을 펼쳤다. 몇 자 읽는 순간 얼굴이 훅 달아올랐다. 누군가에게 자기의 속내를 들킨 듯했다. 아니면 누가 정말로 자기의 일거수일투족을 감시한 끝에 쓴 게 아닌가 할 정도였다. 읽는 내내 G는 창피했고, 편치 않았다. G가 펼쳐 든 신문에는 한 작가가 '셰익스피어'라는 필명으로 자신의 고민을 털어놓으며 상담을 구하고 있었다.

Q: 사십대 작가입니다. 저는 늘 대단한 작품을 써야 한다는 강

박관념에 시달립니다. 다르게 말씀드리자면 무리한 목표를 세워 제 자신을 들들 볶고 있습니다. 작품을 발표한 지도 오래되어 저는 늘 작가로서 부담을 안고 살아갑니다. 저를 닦달해서 오랜 공백을 한 번에 역전시키고 싶은 게 사실입니다. 작가로서의 정체성도 사라지는 것 같아 매사 자신이 없습니다. 또 그 매사를 심각하게 받아들입니다. 아주 가벼운 일이나, 텔레비전을 틀면 아내와 아이들을 몰려들게 만드는 예능 프로그램의 시시한 수다나, 줄거리가 빤한 그런 영화에 관심 보이는 걸 한심하게 생각하고 있습니다. 그래서 가족이 둘러앉았을 때도 그렇고 가끔 열리는 동창들의 모임에서도 곧장 분위기를 썰렁하게 만들어놓습니다. 저도 좋은 아빠, 좋은 남편이 되고 싶습니다. 하지만 그런 책임감이 저 자신을 심각하게 만들어가고 있어요. 저도 예전에는 이렇지 않았습니다. 어쩌다 제가 이렇게 됐는지 모르겠어요. 아내는 결혼 전 유머러스해서 반했다고 합니다. 지금은 그런 시절조차 까마득합니다. 이 전부가 제가 무능한 아빠, 무능한 남편이 되는 걸 두려워해서 그러는 걸까요. 어쨌든 저는 저 자신을 누르고 있는 것에서 벗어나고 싶군요. 하지만 방법을 모르겠습니다.*

G는 '셰익스피어'라는 그 작가가 누구인지 무척 궁금했다.

---

* '셰익스피어'의 솔직함과 그 용기에 고개를 주억이며 G는 이 기사를 꼼꼼히 읽었다. 그 내용은 영락없이 자신의 고충과 상태를 대변하고 있었다. 문득 아침에 욕실의 커다란 거울 속에서 본 자기 얼굴 위로 '셰익스피어'라는 필명이 포개지고 있었다.

심각함이 문제였다. 사실 소설이란 소소한 이야기를 다루는 게 아닌가. G도 그 심각함에서 자유롭지 못하다고 절실히 느꼈다. 아이들과 「나는 가수다」를 보다가 논쟁을 일으키곤 했다. "저건 공정치 않은 게임이야. 저 나이 먹은 가수는 젊은 층보다는 중년 이상의 사람들에게 인정을 받잖아. 노래도 오늘 잘했고. 그런데 모바일 투표 같은 걸 하면 중년층이 얼마나 참여할 수 있니? 결국 젊은 층이 지지하는 가수는 실력이 모자라도 살아남고, 가창력 면에서 월등 앞서는 저 가수는 나이 먹었다는 이유로 떨어지게 되어 있어." "그냥 보세요. 저거 예능이에요. 그러면 맘 편한데." 결국에는 계속되는 G의 구시렁 소리를 피해 아이들은 텔레비전 앞을 떠나 자기 방으로 숨어들었다. 식구들이 떠난 텔레비전 앞에 혼자 앉아 있기도 머쓱했다. 그럴 때면 G도 슬그머니 자리를 떠 책상에 놓인 노트북의 빈 화면을 응시하곤 했다. 집에서도 겉돌고 있다는 느낌에 심기가 불편했다.

어디 그런 일이 한두 번이었나. 금전적으로만 무능한 아빠가 아니었다고 G는 고개를 떨구었다. 아이들이 자주 쓰는 표현을 빌리면 '찌질'했다. 그 위로 지난번 초상집에서 친구의 말까지 되살아났다. "니 소설 너무 어렵더라." 글도 겉도는 게 아닐까. G는 그 말의 뜻이 '셰익스피어'가 말하는 시시한 게 아닌 심각한 것과 맞물려 있을지도 모른다고 수긍했다. 무능한 남편, 무능한 아빠. 찌질한 아빠. 그 상태를 벗어날 방법이 무엇인지 질문 밑에 달려 있는 조언을 주의 깊게 읽어 내려갔다. 두 사람의 상담사가 그 '심각함' 때문에 고통을 받고 있는 '셰익스피어'에게, 아니 'G'에게 조언을 주고 있었다.

A1: 상담심리학 교수

셰익스피어 님께. 좋은 작가, 위대한 작가가 되고 싶으시다고요? 시시하다고 생각하는 일상을 감성으로 녹여내세요. 내가 좋아하는 반찬을 내 쪽으로 살짝 밀어줄 때의 아빠의 모습이라든지, 추위 잘 타는 나를 위해 잠자리에 들 때 자신의 체온으로 미리 이부자리를 따뜻하게 해놓고 "당신 추울까 봐 내가 덥혀놨지!"라고 미소 짓는 남편의 모습. 그런 소소한 모습들이 셰익스피어 님의 책 속에 있다면 사람들은 틀림없이 좋아할 겁니다. 작가가 일상과 격절되었을 때 오히려 좋은 글이 영글어지는 말의 보금자리에서 가장 멀리 떨어지게 되죠. 그러니 일상을 품고 가십시오. 일상을 재발견하십시오. 먼지도 태양빛을 받으면 찬란해지듯이 소소한 일상에 문학적 상상력을 가미하신다면, 그 소소한 이야기들이 셰익스피어 님을, 어느덧 다른 사람들이 귀 기울여주는 작가로 만들 겁니다.

A2: 정신과 의사

잠시 작가로서 남편으로서 아버지로서의 역할을 내려놓고 스스로를 즐겁게 해보세요. 최소한 가족에게는 선생님의 행복한 표정만으로도 좋은 아빠이고, 좋은 남편이 될 것이라고 생각합니다.

과연 자신이 그렇게 할 수 있을까. 상담심리학 교수의 글을 본 G는 맥이 풀렸다. 일상에 대한 사랑과 관심, 특히 '먼지도 태양빛을 받으면 찬란해지듯이 소소한 일상에 상상력을 가미하라'는 압권이었다. 자기를 즐겁게 해주라는 정신과 의사의 말도 맞았다. '셰익스피어'는 이 조언들을 듣고 고개를 끄덕였을까. G는 멍하니 창밖을 내다보았다. 뿌옇게 햇빛을 가로막는 황사와 미세먼지는 찬란하지 않았다. 그 먼지 속을 바삐 걷는 사람들의 모습에도 별 감흥을 느끼지 못했다. '좋은' 남편이란 말 위로 아침에 "잘하고 와요"라며 만 원짜리 몇 장을 내밀던 아내의 얼굴이 겹쳤다. 심각한 표정으로 G는 다 식은 커피 잔을 훌쩍 비웠다. 호흡이 힘들어 허리를 곧추 펴고 거듭 숨을 들이마셨다가 내쉬었다. 여전히 명치 언저리가 답답했다. 생명의 호흡을 못한 터라 G의 가슴이 뻐근하게 조여왔다. 대체 무엇이 숨도 제대로 쉬지 못하게 한단 말인가. 소소한 일상에서 행복을 찾아야 하는데 심각해서일까. 아니면 힘에 부치는 무언가를 늘 찾고 있기 때문은 아닐까. 그런 소소한 일상의 행복을 느끼지 못하고 매번 반복하는 자동화된 일상들. '환지본처'를 한 석가의 눈에 비친 일상이라. 탁발을 해온 공양의 내용물이 어제와는 어떤 차이가 있을까. 그게 큰 문제는 아닐 것이었다. 아마도 시주하는 사람들을, 그들의 마음을 만나러 간 것이겠지. 또 탁발 뒤 발을 씻을 때 눈에 잘 띄지도 않는, 길에서 묻혀 온 오늘의 '소소한 먼지'는 또 어제의 그것과는 어떤 차이일까. 거기에는 그 위대한 경을 이끌어갈 우주가 있겠지. G는 소소한 먼지를 보지 못하고 흘려보낸 날들이 대부분이라고 한숨을 내쉬려 했다. 또 숨이 막혔다. 피가 머리 위로 몰리는 듯 얼굴이 벌게졌다. G는 아침에 집을 나서서부터 지금까지 묻힌 소소한 먼지가 어떤 게 있는지 빠르게 짚었다. 그것은 소소한 게 아니라 감당키 어려운 심각하고 무거운 것이었다. G는 아침나절 눈여겨본 숭례문 성벽의 그 돌들을 든다는 게 무모한 망상이라는 것을 절감했다. 주제에 맞지 않게 버거운 것을 꿈꾸다가 숨도 제대로 쉬지 못하는 그런 지경에 이른 것은 아닌지 자가 진단을 했다. 그런 질문을 던지며 비척비척 거리로 나왔다.

G는 근처의 대형서점으로 발길을 옮겼다. 문예지들이 있는 곳으로 다가가 책꽂이 여기저기를 살폈다. 그는 자기 단편이 실린 문예지를 찾고 있는 중이었다. 맨 아래 칸에 있는 잡지를 쭈그려 앉아 꺼냈다. 이른바 일급이 아닌 지방에서 발행하는 문예지였다. 그래도 그곳에서 청탁 메일이 왔을 때 G는 감지덕지했다. 집에서도 받아본 책이었지만, 새로이 그 작품을 읽기가 싫어 책상 한쪽에 쌓은 책더미 위에 올려놓고는 펴보지도 않은 그 문예지를 꺼내 들고 자기 작품이 나온 부분을 펼쳤다. G는 자기 작품을 조금 읽다가 오자를 하나 발견하곤 도로 책꽂이에 꽂았다. 다른 문예지를 꺼내 들자 그가 참신하

게 여기는 신예 작가의 글이 눈에 띄었다. G는 그 작가가 작품을 발표할 때마다 빼놓지 않고 챙겨 읽었다. 그 작가의 글에는 독특한 상상력과 요즘의 감수성이 녹아 있을 뿐 아니라 작품 세계도 웅숭깊었다. 거기다가 찌질한 구차함도 없었다. 그 작가의 작품들을 읽으며 빨리 소설을 써야겠다는 힘도 얻곤 했다. 반가움에 G는 그 문예지를 들고 서점 한 귀퉁이로 물러나 읽기 시작했다. 몇몇 사람이 그가 가로막은 서가에서 책을 찾으려 손으로 밀어도 쳐다보지 않은 채 단편 하나를 다 읽었다. 그런데 G는 고개를 갸웃거렸다. 그의 머리를 스친 생각은 역시였다. 결국 짧은 시기에 그 발랄하고 참신한 발상은 사라지고 예의 구투라는 냄새를 풍기기 시작하는구나. 이건 자동화야. 감수성의 문제일까. 감수성의 자동화, 그게 더 나아가지 못하고 맴도는 지점들에서 문제를 일으키는 것이다. 눈에 띄는 그 감수성은 그 작가의 특징이라 할 수 있었다. 이번에는 그게 주제와 겉돌며 생뚱맞게 따로 놀았다. 주제는 그 작가의 감수성을 내팽개치고 저 혼자 달려나갔다. 글쎄, 이것도 '낯설게 하기'일까. 왠지 생뚱맞다고 G는 아쉬워했다. 그때 조금 전 '셰익스피어'에게 했던 일상을 감성으로 녹여내라는 조언이 되살아났다.

8

"선생님도 장편을 쓰셔야죠. 요즘엔 창작집은 잘 읽지 않습니다."

출판사의 팀장이 그런 말을 꺼냈다. 종이컵에 담긴 녹차 팩의 실과 종이 손잡이가, 초록빛으로 물들어가는 뜨거운 물속으로 스르륵 빨려들었다. G는 망연스레 그걸 지켜만 보았다. 이 출판사의 대답도 마찬가지였다. 서둘러 출판사를 빠져나왔다. 구차스럽다는 생각과 그럴수록 자기 작품에 대한 자부심이 고개를 쳐들었다. 굳이 장편소설까지 들먹이며 거절할 필요는 없지 않은가. 지금 많은 출판사들이 장편에 눈독을 들이고 있다는 사실은 잘 알고 있었다. 아까 대형 서점의 신간에도 장편소설이 대다수를 차지했다. G는 아직 장편에 대한 꿈조차 꾸질 못했다. 단편 하나 가지고도 몇 번을 주무르며 쩔쩔맸다. 또 다른 한편에는 단편소설에 대한 그의 집착이 강한 것도 사실이었다. 우리나라 단편소설 한 편에 담긴 삶의 총량은 이제 세계의 어느 나라 단편보다도 우위에 있다고 자부하는 터였다. 또 분량의 면에서도 독특한 위치를 차지한다고 믿었다. 그런데 이제는 거의가 장편을 요구하는 것이다.

지루하고 길었던 하루가 저물어가고 있었다. G의 어깨가

축 처졌다. 출판사에서 또 거절의 말을 들은 게 한몫했다. '내 작품이 별 가치가 없다는 것이겠지. 어쩌면…… 내 작품을 제대로 읽어내지 못했던 건 아닐까.' G는 정말 하루가 너무도 지루해 읽히지 않는 장편소설 같다는 생각을 했다. 하지만 그 장편에 담을 내용치곤 너무도 소소하고 시시했다. 기승전결도 없는 하루. 그 속에 눈에 띄는 소소한 먼지는 어떤 게 있을까. 문득 아침에 탁발을 나서며 했던 다짐이 새록새록했다. 탁발은 원하는 대로 받는 게 아니라 주는 대로 받아야 하는 것. 또 선을 넘어선 것이다.

퇴근 시간이 조금 지난 때 사람들, 그러니까 '생활'이 있는 사람들이 바삐 발걸음을 옮겼다. 차도도 헤드라이트를 켠 자동차들로 꽉 찼다. G는 돌아가야 할 자기 자리를 가늠해보았다. 그래도 동창을 만나 급한 불은 껐다. 또 '소소한 먼지'의 가치를 하루가 저물 무렵 조금이라도 알게 되었다. 그리고 자동화된 '용무칠'이 아니라 '용미출'이 있었다. 그때 너럭바위를 집어든 아기장수가 새삼 되살아났다. 퍼뜩 G는 발걸음을 숭례문 쪽으로 돌려야겠다는 마음이 치밀었다. 도심에는 어둠이 빠르게 깔렸다. 마치 바쁜 일이라도 있다는 듯이 G는 발걸음을 재게 놀렸다.

그가 숭례문에 다다랐을 때는 이미 출입이 통제되는 시간이었다. 관리초소에는 CCTV 설치와 운영에 대한 안내판이 붙어 있었다. 그 주위를 몇 차례나 빙빙 돌던 G는 남대문시장 쪽으로 발길을 옮겼다. 숭례문 주위에는 몇 군데나 CCTV 설치를 알리는 문구가 있었다. 꼭 보라는 듯한 그 문구를 피해 숭례문이 잘 보이는 남대문시장의 포장마차에 앉아 소주와 꼬막 한 접시를 앞에 놓았다. 온종일 걸었던 다리가 뻐근했다. 몇 잔 들어가자 포장마차 안의 정물들이 눈에 크게 확대되어 들어왔다. 시뻘건 핏물이 배어 있는 꼼장어. 상추 위에서 축 늘어져 있는 죽은 낙지. 포장마차의 간이 탁자를 덮은 노란 비닐 장판 위에 바퀴벌레처럼 달라붙은 거무스레한 담뱃불 자국. G는 다시 감수성이란 말을 되씹었다. 대체 저것들을 가지고 감수성을 살린다면 어떤 표현이 될까. 이것이 문학인데 아직 자기는 이야기에 빠져 있는 게 아닌지 반문했다. 낮에 했던 생각들이었다. 포장마차 너머의 숭례문으로 처음 들어섰을 때는 어떠했는가. 스토리가 소설에서 맥을 못 추는 시대. 그걸 바탕으로 삼는다면 이제 소설이 버틸 근거는 없단 말인가. 그게 있다 쳐도 다른 곳에서 다 가져가지 않았나. 콘텐츠진흥원이니 스토리뱅크니 그런 곳에 더 많은 이야기들이 있는 마당에 자기 같은 소설가, 삼류소설가 따위가 만들어낸 이야기가 어찌 독자에게 먹힐 수 있단 말인가. 그걸 계속 고수한다면 영락없는 구투의 삼류소설가라는 멍에를 지고 마는 것 아닌가. 더구나 현실에서는 소설보다 더 소설 같은 사연들이 넘쳐나고 있다. 친구들이나 아는 사람들과의 술자리에서는 정말 기가 막힌 스토리들이 전개된다. 그 이야기를 꺼낸 인물은, 조금 보태기는 했지만 실제 있었던 일이었다고, 몇 번 강조한다. 기껏 고심해 짜놓은 G의 스토리는 그 술자리의 안줏감도 될 수 없었다. G는 그런 현실이 야속했다. 그런 판인데 조그만 구멍가게 상권마저 대기업에서 다 가져가듯 알량한 소설가들에게서 스토리마저 다 빼앗아가다니. 하기야 금고만 한 돌을 들어 올리려면 스토리를 좇아서는 안 되는 것. 더군다나 아기장수 이야기는 이제 초등학생 어린아이도 '옛날에 들은 거예요'라며 귀담아듣지 않을 것 같았다. G는 포장마차의 담뱃불에 탄 검은 자국을 손으로 지그시 눌렀다.

예전에 아버지 말을, 그것도 G의 장래를 걱정하는 말을 들을 때였다. 수심 짙은 아버지의 표정을 피하려 고개를 숙이면 노란 고무 장판 위에 아버지의 담뱃불이 만들어놓은 검은 자국이 보였다. 손가락으로 그 자국을 누르면 구멍 둘레에서 전해지는 까칠한 감촉이 G의 손가락을 타고 들어 한참을 머물렀다. 아버지의 말도 그랬다. 앞에 떠다놓은 스테인리스 대접의 냉수를 벌컥 들이켜고는 몇 차례 G에게 한 말이 있었다.

"그래, 문학을 한다는 건 좋은 일이다. 다만 그건 생업이 따로 있고 나서의 일이지, 그걸 우선에다 놓는다는 것은 엄청난 희생을 각오해야 한다. 가령 장가를 들지 않고 네 몸 하나라면 모른다. 그런데 결혼을 하면 네 아내와 아이들을 먹여 살리는 일이 지상 과제인데 그게 될 법한 말이냐. 이 애비도 한때 문학에 뜻을 둔 적이 있었다. 그러나 가만 보니 문학가로 이름이 남는다는 건 죽어서나 가능하지 살아서는 쉽지 않다는 걸 알았다. 또 되려면 톨스토이나 도스토예프스키 정도는 되어야지 그냥 삼류소설가를 하려면 안하는 게 낫다." 그때 아버지가 한 말은 그의 미래에 대한 예언 같았다고 G는 절감했다. 톨스토이나 도스토예프스키 같은 거장의 이름이 아닌 '삼류소설가'라는 말이 뇌리에 박혀 떠나가지 않았다.

G는 아버지 사진첩에 끼어 있던 낯선 얼굴을 아로새기고 있었다. 허연 수염을 길게 기른 노인의 사진이었다. G는 처음에 그게 누구인지 궁금했다. 어려서는 그가 태어나기도 전에 돌아가셨다던 조부의 사진이라고 추측했다. 그의 조부 역시 수염을 기르긴 했지만 사진첩이 아닌 버젓이 안방 한쪽 벽면을 차지한 액자에 들어 있었다. 더구나 사진첩의 노인을 자세히 들여다보면 한국 사람의 얼굴이 아닌 이방의 얼굴이었다. 그게 톨스토이의 얼굴이란 걸 안 건 훨씬 뒤였다. 루바쉬카를 입은 평범한 서양의 노인. G 앞에 가끔 그 얼굴이 나타났다. 그럴 때마다 왜 아버지가 그 얼굴을 앨범 속에 턱 붙여놓았는지 궁금했다. 아버지가 가지고 있던 책 중에 톨스토이의 『부활』이나 『인생독본』은 누렇게 바래다 못해 몇 장 넘길라치면 곧 부서져버릴 것 같았다. 아버지도 잘해야 '메이드 인 코리아의 삼류소설가'를 넘어서질 못할 것 같아 그 톨스토이의 사

진과 책을 곁에 지니는 것으로 만족했을지도 모르는 일. 아니 그것보다 가족의 생계를 위해서일지도 몰랐다. 도무지 가족에게 별 도움을 주지 못하는 G로서는 냉수를 앞에 놓고 진지한 표정을 짓던 아버지가 새삼스러웠다. G는 다시 포장마차 장판에 눌어붙은 담뱃불 자국을 한 손가락으로 꾹 눌렀다.

숭례문은 노란 조명을 온몸에 받고 서 있었다. 정전이라도 된다면 몰라도 어림없는 일이었다. 거기다가 화재 이후 한층 감시가 강화되지 않았는가. G는 고개를 저으며 두어 잔 연거푸 잔을 비웠다. 반쯤 포개진 포장 틈으로 보이는 숭례문에 눈길을 주었다. 군대 시절 보초를 서다가 자리를 이탈하여 잠시 오줌이라도 눌 때 누가 나타날까 봐 계속 자기가 서 있던 자리를 불안스런 눈으로 살피듯이 숭례문을 힐끔거렸다. 그래봐야 아무 소용도 없었다. 그럴수록 G의 머리는 조여들었다. 마침 소변이 마려웠다. 그는 상가에 있는 화장실로 들어가 일을 보았다. 소변기에 가까이 다가가 바지를 내리려고 할 때 자동 센서를 통해 물이 쏴아 쏟아졌다. 오전에 그 '어휴' 소리를 내던 화장실의 변기와는 다르게 힘이 느껴졌다. 술 덕분인지 몰랐지만 오줌 줄기도 시원스럽게 변기로 쏟아져 내렸다. 자리로 되돌아와 소주를 두 병째 시켰을 때 옆에서 술을 먹던 사람들이 자리를 뜨고 G만 혼자 남았다.

갑자기 G는 헛웃음을 쳤다. 어디 그게 할 수 있는 일인가. 그러면서도 포장마차 주인 여자에게 그 성벽의 돌에 대해 물었다. "저 돌들을 어떻게 옮겼대요?" 주인 여자는 그게 무슨 말인지 한동안 이해하지 못했다. 조금 혀가 꼬부라진 G는 성벽의 돌들을 누가 어떻게 올렸는지 재차 물었다. "아, 저걸 사람이 어떻게 해요, 크레인으로 들어 올렸지. 위로 올리고도 제자리에 놓으려면 몇 사람이 붙어야 꿈쩍을 할 거 아녜요. 그래도 숭례문 공사할 때는 인부들이 꽤 왔는데 요즘은 경기가 통 말이 아니네." 누군가 손바닥으로 그의 머리를 세게 때린 것 같았다. 아아, G는 탄식했다. 그 돌을 들어 올릴 수 있는 방법은 몇 사람이 같이 드는 거였다. 같이 들어줄 사람이 주위에 몇 사람이나 될까. 그러고 보니 문학을 한답시고 게으르게 일상과 담쌓으며 퍼질러져 있던 나날들이, 그 어느 겨울날 깨어진 얼음판 위에 그가 지저분하게 남긴 진흙 자국처럼 길게 꼬리를 물었다. 그런 생각을 하며 G는 숭례문을 골똘히 바라보았다. 갑자기 그 역사가 어른댔다. 빛나는 조명을 온몸에 받으며 역사는 "커다란 금고만 한 돌덩이를 그의 한 손에 하나씩 집어서 번쩍 자기의 머리 위로 치켜올린 것이었다. 지렛대나 도르래를 사용하지 않고서는 혹은 여러 사람이 달라붙지 않고서는 들어 올릴 수 없는 무게를 가진 돌을 그는 맨손으로 들어 올린 것이었다." G는 그 구절을, 그 장면을 곱씹었다.

집으로 돌아가야 했다. 탁발을 마치고 자리에 앉아 본격적인 일을 시작해야 할 시간이었다. 환지본처. 아침에 탁발을 나올 때 곰곰 생각에 젖게 만든 경의 한 구절을 웅얼거리며 G는 주인 여자에게 셈을 치렀다. 경건한 시간을 맞아야 하는 때인 것이다. 어차피 그 문으로 들어선 것 아닌가. 오늘 새겨야 할 소소한 먼지들도 있었던 것 같았다. 잠시 주제넘은 생각에 골똘했던 것이었다. 금고만 한 돌을 쳐든 역사를 꿈꾼 G의 하루가 아스라이 멀어져갔다. 자신의 돌을 들어야 한다고 G는 다짐했다. 먼지 같은 가벼운 돌이라도. 하루를 돌이키며 그가 쓸 작품에는 찌질하고 궁상맞은 내용은 절대 쓰지 않으리라 마음먹었다. 그런 것을 누가 읽겠는가. 어쨌든 자기 길을 가야 했다. 코트 단추를 꼭 여몄다. G는 묵묵히 자리를 떴다.

언젠가였다. G가 업무차 시베리아의 한 도시에 갔다가 '다짠'이라 불리는 라마교 사원에 간 적이 있었다. 인적도 없는 사원 입구에 상인들 몇이 앉아 그에게 물건을 사라고 좌판을 내밀었다. 향과 초, 그리고 오방색의 천 조각들이 놓여 있었다. 사원 안팎의 나무들마다 그 여러 색의 천들이 묶여 펄럭였다. G는 천을 하나 사며 그 명칭을 물었다. '성공을 기원해주는 말'이라 했다. 천마였다. 손수건만 한 그 푸른 천에는 백마가 갈기를 휘날리며 하늘을 나는 문양과 부랴트어로 된 불경 구절이 프린트되어 있었다. 어떤 성공일까. G는 속세에서 하고픈 갈망들을 속으로 되뇌었다. 그중에는 좋은 소설을 쓰게 해달라는 기원도 들어 있었다. G는 사원 한가운데 있는 나뭇가지에 그 천의 한끝을 묶었다. 말은 바람을 가르고 흙먼지 속으로 내달리다 허공으로 치솟았다. 그때 그의 앞에서 한 노파가 무심히 앞을 지나갔다. 남루한 쥐색 점퍼와 검정 치마를 걸친 노파의 낯빛도 그녀의 옷 색과 비슷했다. 슬리퍼를 끌며 사원 한끝으로 갔다가 도로 G 쪽을 향해 다가오는 게 눈에 띄었다. 몇 차례 그런 동작이 되풀이되자 G는 그녀가 자기에게 뭔가 원하고 있다고 짐작했다. G는 주머니에서 지폐 한 장을 꺼내 노파에게 내밀었다. 그러자 노파는 놀란 눈으로 G를 바라보더니 곁의 본전(本殿)을 손으로 가리켰다. 그러고는 그대로 곁을 지나쳐갔다. 새카맣게 탄 피부 속에서 반짝대는 노파의 두 눈. 뭔가 잘못 짚었나 싶어 무안해진 G는 얼른 본전으로 들어섰다. G 또래의 승려가 '아르샨'이라는 성수를 그의 손바닥에 따라주었다. 그것으로 정화를 하라는 뜻인가 보았다. 불전을 내려 해도 불전함은 보이지 않았다. G는 노파의 손짓이 무엇인지 좀 의아했다. 유리로 막은 여러 불상들을 거쳐 본전의 주위를 돌아 나오려 할 때 불전을 놓는 접시가 보였다. 거기엔 지폐 두어 장과 동전들이 담겨 있었다. 아마 노파는 거기에다 돈을 놓으라고 한 모양이었다. G는 지폐를 접시에 내려놓았다. 밖으로 나온 G는 마니차를 만지작거리며 우두커니 사원의 마당에 꽤 오래 서 있었다. 노파와 본전의 승려를 빼면 사원에서 그가 만난 사람은 없었다. 노파가 또 저쪽에서 나타나 이쪽으로 묵묵히 오고 있었다. 노파에게 주제넘은 생각을 했던 게 미안해졌다. G는 물끄러미 그 노파가 자기 곁을 지나쳐갈 때까지 제자리에서 움직이지 않았다. 그때 G는 '묵묵히'란 말을 되새겼다. 노파는 사원 울타리를 끼고 설치해놓은 십여 개의 마니차를 돌리며 수행 중이었다. 서늘하고도 청정한 기운이 주위를 감싸고 돌았다. G는 발길을 돌려 사원을 빠져나왔다. 뒤돌아보니 자신이 매단 백마가 펄럭펄럭 허공을 가르고 있었다. 그 밑을 다시 노파가 지나갔다. 묵묵히 자기 길을 가야 할 때였다.

G가 남대문시장을 빠져나와 숭례문을 등지려는 순간이었다. 홍예문의 용들이 꿈틀대며 하늘로 날아오르기 시작했다. 용들 틈에는 G가 꿈에서 타고 날았던 먹빛 용도 있었다. G는 잘못 보았겠지, 뒤돌아섰다. 순간 그의 머리 위로 날개를 단 백마, 흑마, 적토마들이 날아들었다. 천마들이었다. 라마교 다짠의 프린트한 천마가 아닌 진짜 천마들이었다. 깜짝 놀란 G의 눈은 그 하늘을 나는 말들을 재빨리 따라갔다. 말 등 위에는 자그마한 아기들이 보일 듯 말 듯 어른댔다. 순식간에 그 말들은 숭례문 누각 아래 성벽을 따라 쭉 늘어섰다. 아기장수들이었다. 말에서 내린 각 고을의 아기장수들은 누가 더

힘이 센가를 겨루려는 듯 성벽 위에서 금고만 한 돌들을 번쩍 번쩍 치켜든 두 팔을 하늘을 향해 쳐들고 있었다. 그들 가운데 용미출의 아기장수도 있는 듯 보였다. G는 넋이 나갔다. 믿을 수 없는 눈앞의 저 생생한 장면을 어떻게 글로 옮길 수 있을까. G는 숨죽이며 뚫어져라 그 광경을 한참이나 지켜보았다. 눈가가 뜨뜻해지려 했다. 갑자기 마음이 바빠졌다. G는 다급히 발걸음을 떼었다. 탁발을 마치고 자신의 자리로 돌아갈 때였다.

* G의 스승은 『금강경』의 내용에서 '환지본처'를 가끔씩 강조하곤 했다. 그는 자신의 소설에다가도 이를 쓴 바 있다. G는 가끔씩 그 내용을 펼쳐보곤 한다. (윤후명, 「강릉, 모래의 시(詩)」, 『꽃의 말을 듣다』, 문학과지성사, 2012)

* 이 작품에서의 '역사'는 김승옥의 단편소설 「力士」에 나오는 인물이다. 여기서 G가 인용하고 있는 '금고만 한 돌덩이'나, 성벽 위에 서서 돌덩이를 드는 역사에 대한 표현은 이 작품에서 따온 것들이다. (김승옥, 「力士」, 『김승옥문학선집1』, 문학동네, 1995)

* 구보 박태원의 표현은 다음 글에서 가져왔다. 박태원, 「나의 생활보고서—소설가 구보씨의 일일」, 『구보가 아즉 박태원일 때』, 깊은샘, 2005; 박태원, 『소설가 구보씨의 일일』, 문학과지성사, 2004.

* 「'즐거운 나'가 좋은 아빠」(『한겨레신문』 2011. 11. 3)를 바탕으로 상담 내용에 약간의 수정을 가했다. 아래 나오는 전문가들의 의견도 마찬가지다. G는 '셰익스피어'라는 필명의 소설가와 만나 흉금을 터놓고 싶은 생각이 들 정도(어쩌면 '셰익스피어'가 손사래를 치며 G를 만나기를 꺼려할지도 모른다)로 성격이나 처한 상황이 너무 같다고 느낀다. 그렇기에 약간 수정을 했다고는 하지만 '셰익스피어'를 비롯한 필자들께서는 G가 원 글의 의도를 하나도 곡해시키지 않았음을 아실 것이다.

원숭이의 간

간을 내놓고 가라는 말에 G는 생뚱맞게도 원숭이를 떠올렸다. 오래전 아버지에게 들은 이야기였다. 하얀 벽 위로 원숭이가 깜빡 나타났다가 스러졌다. G도 좀 심각하다고 느끼기는 했다. 그래도 간을 내놓으라는 말까지 들을 줄은 몰랐다. 진료실은 하얀색으로 채워져 있었다. 눈앞에 확대되어오는 의사의 가운, 벽을 채운 색, 모두 하얬다. 하얀 것은 그뿐이 아니었다. G의 얼굴도 하얗게 질려버렸다. G는 이 자리를 우선 모면하고 싶었다. 그때 원숭이가 떠올랐다. 자기 간을 지킨 지혜로운 원숭이. 그건 너무도 까마득한 옛날이야기였다. 그 상황은 눈앞에 재현되지 않았다. 다시 떠오른 원숭이는 동물원에서 본 것이었다. 우리 안에 갇혀 있는 놈을 놀리기라도 하면 발톱을 드러낸 앞발을 휘저으며 달려들다가 철창에 부딪치고 마는 원숭이. 결국 분을 참지 못하고 벌건 엉덩이를 드러낸 채 펄쩍펄쩍 쇠창살을 타고 오르내리는 동물에게 어떻게 지혜를 배울 수 있단 말인가. 그냥 설화일 뿐이었다. 동물원에서 재미있게 지켜본 성난 원숭이의 모습이 떠오르자 그의 얼굴은 화끈 달아올랐다. 며칠 전 일이 새삼스러웠다. 자기 모습도 그와 다를 바가 없었다. 끊어진 장면들이 꼬리를 이었다. 어떻게든 수습해야 했다. 오른쪽 갈비뼈 근처가 욱신거렸다. G는 숨을 몰아쉬었다. "오늘부터 간은 여기에 놓고 가는 겁니다. 간이 없다는 게 뭘 말하는지 아시죠. 지난번과는 달라요. 무척 심각합니다." 의사의 말에 G는 진료실에 앉아 있는 자신의 처지를 새삼 깨달았다. 하얀 벽 위를 얼쩡대던 원숭이는 금방 사라졌다. 대신 벽에 걸린 의사의 학위증서와 외래교수 임명장, 감사장 따위를 넣어 걸어둔 몇 개의 액자만이 확대되어 눈에 들어왔다.

약을 받아 쥔 G는 어깨를 늘어뜨린 채 병원을 나섰다. 봄바람이 누런 먼지를 몰고 그의 얼굴을 훑았다. 황사를 머금은 뿌연 대기를 우두커니 서서 바라보았다. 의사의 말도 뿌옇기는 마찬가지였다. "우선 푹 자고, 스트레스 받으면 안 됩니다. 화내면 안 됩니다, 치명적이란 거 아시죠. 물론…… 안 됩니다. ……안 됩니다." 병원에서 흔히 듣는 말들. 진부했다. '안 됩니다'만이 귓가를 맴돌았다. 경과를 보고 입원 여부를 결정짓자는 말을 뒤로한 채 G는 비척비척 무거운 발걸음을 뗐다. 막막했다. 집에다는 뭐라 해야 하나. 선배에게도 무슨 말이든 해야 할 것 같았다. G는 주머니 속의 휴대전화를 계속 만지작댔다. 씩씩대며 이층 술집 계단을 몇 차례나 뛰어올랐는지, 기억이 가물거렸다. G의 양미간에 잔뜩 주름이 잡혔다. 간을 빼놓았다면 그런 일은 생기지도 않았겠지. 다시 원숭이가 펄쩍거리며 뛰어다녔다. 경망스런 그 동물의 형상을 얼른 지워버렸다.

텁텁한 바람 속에서 퍼져 나오는 냄새에 G는 얼굴을 찌푸리며 급히 손으로 입을 막았다. 이번 봄 들어 G는 자주 그런 냄새를 맡았다. 역했다. 매캐한 매연 냄새도 아니었다. 다른 해 4월 말의 바람은 뭐랄까, 집에서 아이들이 기르고 있는 폭신한 하얀 털의 말티즈 같은, 그것도 샴푸를 써서 막 목욕을 시키고 나왔을 때의 향기를 머금은 채 나긋하게 품속을 파고드는 그런 바람이었다. 자신을 향해 사납게 달려드는 올해 바람은 그렇질 않았다. 비릿한 날내가 스며 있는 것만 같았다. 가끔씩은 코끝을 찌릿하게 파고드는 노린내를 머금은 채 차갑게 으르렁거린다고 G는 느꼈다. 짐승 우리 같은 데서 풍기는 고약한 냄새. 동물원 철창 앞에서 먹을 것을 들고 있으면 원숭이 따위가 채가려 다가들 때 훅 파고드는 냄새였다. 그런 냄새가 밴 바람이 달려들 때면 울렁거리는 속을 달래려 손바닥으로 얼른 입을 틀어막았다. G는 허청대며 누런 대기 속으로 황황히 빠져들었다. 걸으면서 처리해야 할 일의 순서를 가늠해보았다. 병원에서의 일은 당분간 집에다 말 안 하고 묻을 참이었다. 바짝 다가온 원고 마감. '훈장(勳章)'이라는 제목만 잡아놓고는 좀처럼 풀어내지 못하고 있었다. 숨이 턱 막혔다. 또 집안일들이 기다렸다. 대부분 금전적인 문제였다. 여러 은행으로부터 밀려드는 문자들. G의 능력 밖인 게 많았지만 어떻게든 움직여야 했다. 아버지의 음성이 들려오는 것만 같았다. "거봐라. 내가 뭐라던."

G의 아버지는 언젠가 그런 당부를 했다. "문학을 하는 건 좋지. 그런데 그게 힘든 일이다. 여간해선 직업이 될 수 없거든. 게다가 장가라도 가봐라. 무슨 수로 식구들을 먹여 살리니. 괜히 문학 한다고 폼이나 잡고 다니려면 아예 하지도 말아라. 나도 하고 싶었다만……" 별안간 가슴이 싸했다. 왜 아버지가 말끝을 흐렸는지 G는 곰곰 생각에 잠겼다. 그는 아버지의 앨범을 유품으로 간직했다. 그 안에 누런 인화지 위로 이방의 얼굴을 한 노인 사진이 한 장 들어 있었다. 그 사진을 빼고는 아버지 독사진이나 가족, 친척, 아니면 아버지 친구들과 찍은 사진들이었다. 낯선 이방의 노인이 낄 자리가 아닌 듯했다. 허옇게 센 긴 수염을 날리고 있는 노인. 초등학교 때 G는 그 얼굴의 주인이 궁금했다. 아버지가 누구라 일러주었다. 어려운 이름이었다. G는 곧바로 잊어버렸다. 그게 톨

스토이의 사진이란 것을 알게 된 것은 한참 뒤였다. 아버지가 가지고 있던 톨스토이의 『인생독본』 같은 책은 하도 펼친 탓인지 몇 장 넘길라치면 페이지가 곧 떨어져 나올 것 같아 얼른 책장을 덮고 말았다. 그런 상태의 책들이 몇 권 더 아버지 근처에 있었다. 표지에 적힌 어떤 이름들은 발음도 되지 않는 기괴한 것들이었다. 도스토예프스키도 있었던 것 같았다. 일없이 마당을 서성이다 방에 들어가면 그런 책들을 뒤적이던 아버지의 모습이 선했다.

아버지는 G가 어렸을 때 아들이 판검사가 되길 간절히 바랐다. 그러나 그건 다른 생에서나 꿈꿀 일이었다. 판검사까지는 아니라도 번듯한 사회의 일원이 되기를 바랐을 텐데. 막상 소설가란 말을 듣자 기가 막혔을 터였다. 아들의 불안스러운 장래를 예견하는 듯 안타까운 눈길로 G를 물끄러미 바라만 보았을 것이다. 문학판에서 그저 그런 소설가. 아닌 게 아니라 얼마 전부터 G는 '삼류'라는 수식어를 가학적으로 자기에게 붙였다. '젠장. 남들이 별로 알아주지도 않는 삼류소설가. 굼벵이를 먹는 삼류소설가.'

몇 달 전, 누나가 중국을 다녀오며 G에게 조그마한 초록색 종이 상자를 내밀었다. "얘, 간에 좋다니까 꼭 챙겨 먹어. 한 달 치 분량이다." 초록색 상자를 여니, 같은 색의 플라스틱 병에 캡슐이 가득했다. 약 이름도, 성분 표시도 없이 조야했다. 정체 모를 캡슐이 꺼림칙했다. G는 그 초록색 상자를 식탁 구석에 밀어 넣고는 잊고 있었다. 보름 전쯤이었다. 오른쪽 옆구리가 심상치 않았다. 몸 안에서 누군가 주먹으로 툭툭 치는 것만 같았다. G는 먼지가 뽀얗게 쌓인 그 초록색 상자를 찾아 허겁지겁 캡슐을 집어삼켰다. 그런데 막상 삼키고 나자 찜찜했다. G는 종이 상자 안을 검지로 더듬었다. 사용설명서가 손끝에 와 닿았다. Grub 100%. 그게 캡슐 안에 들어 있던 분말의 정체였다. G는 영어 사전을 뒤졌다. 굼벵이였다. 순간 G의 얼굴이 벌겋게 달아올랐다. 그건 캡슐 안의 분말 성분 때문이 아니었다. G는 믿기지 않는 듯 미간을 잔뜩 찌푸리며 자디잔 사전 글씨를 재차 확인했다. '삼류문인'. 결국 Grub은 굼벵이고, 굼벵이는 삼류문인, 아니 Grub은 삼류문인이었다. Grub은 G에게 곧장 '삼류문인'으로 달려들었다. '삼류'라는 말은 그렇게 찾아왔다. 캡슐을 삼킬 때마다 굼벵이는 간이 좋지 않다는 것을, 아니 G가 삼류문인이란 것을 일깨우며 목에 착 달라붙었다. 그 뜻은 어쩌면 간의 상태가 좋지 않다는 의사의 말보다 더 정확한 진단 같아 G는 씁쓰레했다.

G는 자기 자신을 삼류로 취급하면서도 막상 남들이 자기를 그렇게 취급하면 견딜 수가 없을 것만 같았다. 그런 지레짐작으로 선배와 난리를 친 것인지도 몰랐다. 어떻게든 화해를 해야 했다. G는 인상을 찌푸렸다. 지금 잡고 있는 글도 말 그대로 지지부진이었다. 흐릿해지는 기억, 상상력의 부재, 무뎌가는 감각. 작품을 포기할까 생각도 들었다. 하지만 일

년 만에 들어온 청탁이었다. 그렇다고 어쭙잖은 작품을 내보냈다가…… 두려웠다. G의 생각이 거기에 미치자 오른쪽 갈빗대 언저리가 다시 쿡쿡 쑤셔왔다. 간이 좋지 않은 삼류소설가. '삼류'라는 말이 찾아온 뒤 G는 두어 차례 그 사내가 스쳐갔다.

십여 년 전, 모스크바의 시장 한 귀퉁이 간이주점에서 G는 그를 만났다. 그날 진눈깨비가 사납게 흩날렸다. 한기를 느낄 때, 그 주점이 G의 눈에 띄었다. 잔뜩 때가 낀 회색 펠트를 무겁게 둘러쓴 주점이었다. 비닐로 얼기설기 덧댄 비스듬한 문을 열고 들어섰다. 취기 섞인 목소리들로 왁자지껄했다. G는 엉거주춤 의자에 몸을 걸쳤다. 발밑으로 구정물이 질퍽였다. 사내가 말을 걸어온 것은 그때였다. 모스크바에서 뭘 하느냐 물었다. G는 모른 척했다. 거듭 물어왔다. 어설프게 둘러대기도 뭣해서 러시아 문학을 공부하러 왔다고 짧게 대답했다. 말을 섞기가 싫었다. G는 꼬질꼬질한 잿빛의 거적 벽만을 주시했다. 간단히 한기만 면하고 나갈 참이었다. 그때 그 사내가 몸을 틀어 G 쪽으로 의자를 바짝 당겼다. "난 말이요, 소설가요." 그의 혀는 조금 꼬부라져 있었다. "난 말입니다, 병들어 있는 사람이요. 또 난 심술궂은 사람이란 말이요. 별로 남의 호감도 사지 못하는 인간이지요. 이게 다 간이 좋지 않아 생기는 일 같다는 거지요." 뜬금없었다. "러시아 문학 한다니까 이 말이 무슨 뜻인지 알지요?" 마흔을 훌쩍 넘긴 것 같은 그 사내는 G의 몫까지 술을 더 시켰다. G는 마다했지만 금방 새 잔이 놓였다. 도무지 사내가 왜 그런 말을 지껄이는지 이해할 수 없었다. 술주정뱅이의 횡설수설 같았다. 안주로 시킨 어포가 입속을 역한 비린내로 꽉 메웠다. 사내는 몇 마디 더 지껄였다. 아니 읊었다. "정말 몰라요?" G의 얼굴이 일그러졌다. 대체 무엇을 하자는 것인가. "러시아 문학 공부한다더니, 쳇!" 그때였다. G 앞에 사내가 읊고 있는 구절이, 아니 그 구절을 독백으로 읊조리는 배우의 표정이 되살아났다. 칙칙한 검정 재킷을 걸친 초췌한 중년의 배우는 의뭉스러운 표정으로, 한 줄을 읊고는 관객을 조심스레 돌아다본다. 관객의 반응이 어떤지 떠보며 다음 대사로 넘어간다. 그리고 간이 나쁘다는 데 이르러서야 거들먹거리는 표정으로 치료를 받지 않기로 했다는 사실을 알린다. '지하생활자'*가 지껄이는 소리였던 것이다. G는 무뚝뚝하게 알은체했다. 그는 반색을 하며 말을 이어갔다. 지루했다. 한마디로 자기 글을 알아주지 않는다는 불평이었다. 출판사에 자기 작품을 보냈다가 거절당한 일부터 어느 잡지에 발표한 글의 내용, 자기 문학의 핵심이 무엇인지 따위가 꼬부라진 혀 위에서 중심을 잡지 못하고 흔들거렸다. 사내는 점점 흥분하고 있었다. 정말로 간의 상태

* 도스토예프스키의 『지하로부터의 수기』가 연극으로 상연되었다. 그 연극을 본 G의 머릿속에는 침침한 불빛 속에서 독백을 지껄이는 그 배우의 음험한 얼굴이 남아 있었다.

가 좋지 않은 것 같았다. 사내는 여러 작가의 이름을 꺼냈다. 한창 주목받는 작가들도 몇몇 끼었다. "그 사람들 글이 대단하다고 난린데, 읽어보면 그건 문학이 아니요…… 거기에 현실이 있소? 이 미쳐 돌아가는 세상 말이오. 방 안에 틀어박혀 뭐가 그리 좋은지 룰루랄라 할 뿐이지 막상 밖으로 나와 길을 막는 돌벽이라도 만나면 그들은 꼬리를 내린 채 슬그머니 뒤돌아서고 만단 말이요. 쥐새끼같이 말이요." 목소리는 점점 높아갔다. 그의 말을 어디까지 믿어야 할지도 난감했다. 정말로 흙탕물에 젖은 쥐 한 마리가 덜 여며진 포장 틈새로 들어오려는 참이었다. 쥐는 새카만 눈알을 굴리며 머뭇대다가 G와 눈이 마주쳤다. 사내는 주먹으로 탁자를 세게 내려쳤다. "미친 세상이라 못 알아본단 말이요. 진짜와 가짜를!" 쿵 하는 소리에 놀랐는지 쥐는 순식간에 몸을 감췄다. 순간 뒤에서 닳아빠진 군복을 입은 러시아인 노동자가 G 쪽을 보며 빈정댔다. "소설가, 좋아하시네!" 급기야 좁은 간이주점 안에서 드잡이가 벌어졌다. 누군가 안주 접시를 집어 던졌다. 피할 사이도 없이 G의 가슴께로 접시가 정통으로 날아왔다. 점퍼에서 허옇게 흘러내리는 마요네즈와 붉은 토마토케첩을 손으로 훑으며 그 자리를 빠져나왔다. 성내며 흥분하던 그 사내가 정말 소설가라면 잘해야 삼류소설가일 것 같았다. 그런 생각이 시장 바닥에 그득한 시커먼 구정물 위로 어른거렸다.

그 사내에 대한 기억이 길을 걷는 G를 불편하게 만들고 있었다. G는 까닭을 짚어보았다. 호감이 가지 않는 외모와 시비조의 말투, 성을 내며 늘어놓던 장광설, 난장판이 된 술자리. 그것만은 아닌 듯했다. 모스크바 시장 바닥의 구정물에 어른댄 '삼류'라는 말이 G의 머릿속을 휘돌았다. 정말 그 사내는 간이 좋지 않았을 거라는 확신이 섰다. 오전에 고개를 가로저으며 의사가 했던 말이 되살아났다. '진짜로 그렇다면……' G의 생각이 뚝뚝 끊겼다. 아니 억지로 끊고 있었다. '좀 지켜보자고 했으니 아직은……' G는 가던 길을 멈추고 심호흡을 했다.

버스를 갈아타려고 G는 시청에서 내렸다. 광장에는 사람들이 많이 모여 있었다. 최근에 일어난 큰 참사를 두고 정부의 무능과 무책임을 규탄하는 자리였다. G도 분노와 슬픔을 참을 수 없었다. 새삼 불끈한 게 치밀어 올랐다. 하지만 더 무엇을 할 처지도 아니었다. 대한문 앞에도 인파가 가득했다. 구호 소리가 우렁우렁 울렸다. G는 눈에 들어오는 그들을 애써 외면하며 허공을 올려다보았다. 문득 자신이 간이주점의 '쥐새끼' 같다는 생각이 들었다. 황사로 덮인 허공에서 대한문의 흰색 현판이 더 큼지막하게 보였다. 언젠가 용감하게 그 앞에서 혼자 고함을 지르던 아버지 기억이 났다. G는 남대문시장 쪽 버스정거장으로 다가갔다. 조금 떨어진 곳에 자리한 약국들이 눈에 들어왔다. 약국 앞으로 사람들이 긴 줄을 만들고 있었다. 다가가니 호떡을 사려는 줄이었다. 그냥 지나치려는 순간 약국 안에서 흰 가운을 입은 약사들이 분주히 움직이는 게 보였다. 아버지가 그곳을 드나들던 기억이 G에게 스쳤다.

어렸을 때 아버지가 큰 약국들이 몰려 있는 이곳에서 간 치료제를 구입하던 일이 또렷하게 기억났다. 아버지를 따라 나왔다가 약을 산 뒤 남대문시장에서 주전부리로 먹은 떡볶이의 맛과 색깔은 지금껏 생생했다. 뿐만이 아니었다. 그때 아버지에게 약을 처방했던 약사의 이름까지 어렴풋하게 남아 있었다. 김동광인지 김대광인지. 몇십 년 전의 일이었다. 왜 아버지는 그 약사를 굳게 믿었는지 G는 새삼 궁금했다. 약이 신통하게 잘 들었던 것일까. 아니면 그 정도로 치료될 만큼 간의 상태가 심각하지 않았던 것일까. 생각해보면 그 약사가 처방한 약이 잘 듣긴 했던 것 같다. 밤이면 아버지가 이불을 뒤척이며 긁는 소리에 곁에서 잠을 자다가 몇 번씩이나 깨고는 했는데, 언제부터인가 G는 아침까지 푹 잤다. 아버지의 온몸에 솟아올라 오랫동안 버티고 있던 두드러기도 잦아들었다. 몸이 가벼워졌다는 말도 들었다. 무엇보다도 G의 아버지가 그 약사를 믿은 까닭은 그 효과 좋은 약이 다른 제품에 비해 무척이나 싸다는 데 있었다. 당시 G의 집은 형편이 어려웠다. G의 아버지는 웬만한 간장약은 가격 때문에라도 엄두를 내지 못했다. 몇 년 뒤 재차 간에 문제가 생겼을 때 아버지는 남대문의 그 약국을 다시 찾았다. 그런데 약사는 다른 곳으로 자리를 옮긴 뒤였다. 수소문 끝에 그 약사가 의정부에다 조그만 약국을 차렸다는 것을 알았다. G의 아버지는 부랴부랴 의정부로 향했다. 아버지가 세상을 뜬 원인이 분명 간 때문은 아니라고 G는 확신했다.

"나, 이제 가야겠다." G가 결혼하고 얼마 뒤였다. 아버지는 한밤중에 그런 소리를 했다. "무슨 말씀이세요, 어딜 가시게요. 불편한 데 있으세요?" 그 말에 G도, 아내도 몸 둘 바를 몰랐다. "괜찮다. 그게 아니야. 이제 할 일이 없다. 너도 결혼했고." 아버지는 아주 담담히 말했다. 정말 보름쯤 지난 뒤 기운이 없다며 자리에 누웠다. 그리고 정확히 사흘째 되는 날 G의 아버지는 돌아가셨다. 가을이었다. 부고를 접한 형제들이 고인의 너무나 맑고 뽀얀 얼굴을 보고는 아직 돌아가신 게 아니라며 믿으려 하지 않았다. 방에도 계속 불을 따뜻하게 땠다. 조금 뒤 도착한 G의 작은아버지가 시신을 차게 모시지 않았다고 야단을 쳤다.

물끄러미 약국 안을 바라보며 G는 아버지 생각에 잠겼다. 쓰다 만 글이 다시 그를 사로잡았다. '훈장'. 이른 봄 문학기행이란 명목으로 거제도에 다녀온 뒤에 그 단어를 포스트잇에 써서 벽에 붙여놓았다, 아버지의 훈장이었다. 그것을 쓰려고 마음먹었다. 하지만 거기까지였다. 훈장은 사라지고 없었다. 벌써 며칠째 찾는 중이었다. 어디로 사라졌는지 도무지 알 수가 없었다. 약국 안의 시계는 벌써 오후 1시를 넘어섰다.

G는 정류장 쪽으로 재게 걷기 시작했다. 얼른 돌아가 원고를 써야 했다. 피곤이 몰려왔다. 다시 G의 오른쪽 갈빗대 언저리가 반응했다. 버스는 신호에 걸려 멈춰 서 있었다. G는 길 건너편 약국들을 물끄러미 바라보았다. 아버지도 다른 이에게 간을 내맡겼던 것은 아닐까, 불쑥 그런 생각이 찾아들었다. 그게 아니라면 생에 대한 체념이었을까. 그것도 아니라면 거창한 말로 세상살이의 '공(空)'을 깨달았던 것일까. G는 손으로 통증이 느껴지는 겉옷 오른쪽을 쓱쓱 비비댔다. 문득 간에게 미안하다는 생각이 들었다. 수십 년 동안 '인고의 세월'을 보냈을 간은 이제 더 버티지 못하고 몸부림을 치는 모양이었다. 문득 짐승만도 못하다는 자책도 들었다. 죽음 앞에 놓인 원숭이도 스스로 자기 간을 지키지 않았던가.

G는 초등학교 다닐 때 아버지로부터 그 이야기를 들었다. 그 무렵 G는 손오공에 미쳐 있었다. 산에 가자는 아버지 말에 선뜻 따라나선 G의 속내는 따로 있었다. 북한산을 오르며 G는 줄곧 아버지를 졸랐다. 당시 어린이 잡지의 별책부록이 「만화 손오공」이었다. 그걸 사달라는 것이었다. 아버지가 잡지를 사주겠다는 약속 대신 들려준 게 '원숭이의 간'이었다.

수없는 겁(劫) 이전, 한 형제가 부모 봉양을 하며 열심히 살았다. 국왕은 아우의 빼어난 용모에 끌려 아우를 부마로 삼으려 했다. 그런데 그 뒤 형이 그 왕을 알현할 기회가 있었는데, 동생보다 출중한 모습을 보고는 다시 형을 부마로 삼으려 했다. "이건 사람이 할 도리가 아니다. 가자." 형은 동생을 데리고 궁전을 빠져나왔다. 그들 등뒤로 공주는 고래고래 소리를 질렀다. "내가 자라가 되어 꼭 형 놈의 간을 먹을 테다." 그 뒤 생사에 전전하여 형은 원숭이가 되고, 아우는 공주와 함께 자라가 되었다. 자라의 아내가 병이 들었을 때 원숭이의 간을 먹고 싶다고 했다. 수컷 자라가 다니면서 간을 구하는데 마침 원숭이가 내려와서 물을 마시는 것을 보았다. 수컷 자라가 다가가 원숭이를 꼬드겼다. "너 기막힌 음악을 들어본 적이 있니?" "없어." "우리 집에 기묘한 음악이 있는데 듣고 싶지 않니." "듣고 싶어." 그렇게 원숭이가 자라의 등에 올라서 반쯤 갔을 때였다. "내 아내가 네 간을 먹고 싶어 해. 물속에 무슨 음악이 있겠니." 원숭이는 난감했다. "너 왜 진작 말하지 않았니. 내가 간을 저 나무 위에 걸어놓고 왔거든. 되돌아가서 가져오자꾸나." 자라는 그 말을 믿고 뭍으로 향했다. 자라 등에서 펄쩍 뛰어내린 원숭이가 언덕에 올라서서 말했다. "미련한 자라야, 어떻게 뱃속에 있는 간을 나무에다 걸어놓을 수 있겠니."

"에이, 그건 원숭이가 아니라 토끼예요." G는 뻔한 이야기로 때우려는 아버지에게 툴툴댔다. "원숭이가 맞아. 우리나라에 원숭이가 없어 토끼로 바꿨다고 하더라." 나중에 알았지만 불경에 나오는 이야기였다. 아버지는 산에 오르내리며 자주 들르던 도선사 같은 절에서 들은 이야기를 어린 아들에게 옮긴 모양이었다. 원숭이는 전생의 부처였고, 수컷 자라는 데바닷타*라고 회자되었다. 어찌되었든 간은 매한가지였다. 그런데 왜 하필 간을 원했을까. 그렇게 뛰어난 약효를 지녔는가. G도 가끔 소의 간을 먹기는 했다. 그게 아니라면 자라가 된 공주는 '간도 쓸개도 없는' 원숭이의 행동거지를 보고 싶었던 것일까. 어쨌거나 뱃속의 간을 내놓을 수는 없는 일이었다. 간을 지켜낸 원숭이. 그 생각이 났는데 대신 약이 올라 씩씩대는 원숭이가 눈앞에서 얼찡거렸던 것이다. 의사의 말을 곱씹으며 G는 얼른 오른쪽 옆구리를 슬쩍 손으로 감쌌다.

G는 책상에서 인상을 찡그리고 있었다. 그는 바삐 자판을 움직여 써놓은 몇 단락의 글을 지워버렸다. 문단에 제법 입지가 있다거나, 이른바 베스트셀러 작가라도 된다면 마감 기일을 늦춰달라는 부탁이라도 해보겠지만 그렇지 못한 자기 처지를 G는 잘 알았다. 얼른 담배를 빼어 물고 작업실 안을 서성거렸다. 작업실이란 게 해외 출장으로 자리를 자주 비우는 친구가 사무실 한 귀퉁이에 놓아준 책상 하나가 전부였지만 G는 감사히 받아들였다. 집에서도 가까웠다. 무엇보다도 집 안에서 이런저런 눈치 보고, 평일에도 집 안을 서성이는 꼴을

* 석가모니의 사촌동생으로 출가하여 석가모니의 제자가 되었다가 뒤에 이반(離反)하여 불교 교단에 대항한 인물로 알려져 있다.

아이들에게 보이지 않아서 좋았다. 아이들하고 사이가 벌어져가는 참이었다. 부쩍 짜증이 는 G를 피해 아이들은 방 안에 박혀 잘 나오지 않았다. G는 뭔가를 찾아 집 안을 들쑤시다가 결국에는 큰소리를 냈다. 그런 일이 늘어났다. 집 안에 있던 물건들은 그만 그런 숨바꼭질에 재미를 붙여갔다. 무엇보다도 메모를 찾지 못할 때면 더 그랬다. 중요한 단상이나 문장이 깜빡일 때, 아니면 꼭 들어가야만 될 어휘가 점멸되려는 찰나면 그는 부리나케 포스트잇 따위에 적어놓았다. 그런데 막상 필요해서 찾으면 도통 나타나지 않았다. 이리저리 굴러다니다가 누군가의 손에 의해 휴지통 속으로 사라졌는지 몰랐다. 가끔은 시효가 끝나버린 다음에야 책갈피 속에서 발견되곤 했다. 그럴 때면 G는 무안스러워 식구들의 얼굴을 피했다. 사무실이라고 나오고부터는 집에서 소리치는 일이 줄어들었다. 길을 건널 때 신호등의 초록 불과 함께 옆을 꽉 메운 초록빛 숫자가 순식간에 0으로 바뀌듯 요즘 그의 기억력도 그랬다.

G는 다시 의자를 바짝 책상 쪽으로 당기고 허리를 곧추 폈다. 쓴 글들이 서로 붙지 않고 따로 노는 것만 같았다. 그럴수록 자꾸 확신이 안 섰다. '할 수 있을까.' G는 벽에 붙여놓은 여러 색깔의 포스트잇들을 노려보았다. '훈장'은 처음 붙여놓은 자리 그대로였다. 모른 척 시치미를 떼는 두 글자가 점점 낯설어졌다. 그의 눈길이 한참 머물렀다. 그러고는 낮에 남대

문의 약국에서 떠올린 아버지의 간에까지 생각이 가 닿았다.

며칠 전이었다. 집 안을 헤집으며 발칵거리는 G에게 고등학교에 들어간 아들이 툭 던진 말이 있었다. "이게 다 박정희 때문 아니에요? 그때 할아버지가 계속 공무원을 하셨으면 아빠도 덜 고생하셨을 거고, 어쩌면 지금처럼 화를 많이 내는 성격이 아니었을지도 모르잖아요." 아들은 그런 G의 성격을 할아버지와 결부시키고 있는 게 아닌가. 할 말이 없었다. G는 흠흠 헛기침만 해댔다. 다시 생각해도 무안했다. 그때 얼마 전 선배와 크게 다툰 일이 머릿속을 비집고 들어왔다.

평소 친하게 지내던 선배 소설가와 심하게 다투고, 끝내는 더 보지 말자는 지경까지 갔다. 책을 내는 데 어려움을 겪고 있는 G에게 자비출판 이야기를 꺼낸 게 발단이었다. 선배는 부동산도 여러 개 갖고 있으며, 모 기업의 이사 직책도 맡고 있었다. 바쁜 중에도 벌써 책을 몇 권 냈다. 문단에 발도 넓은 편이었다. G에게 장편을 빨리 내놓아야 한다고 만날 때마다 읊조렸다. 단편 하나를 가지고 6개월씩 만지작거리고 있는 것을 답답하게 여기는 눈치였다. 때로 G 자신도 스스로를 한심하다고 여겼다. 남들은 몇 달이면 장편을 뚝딱 써서 책을 내고는 하는데 자신은 왜 그렇게 못할까 자괴감이 들기도 했다. 그러나 한편으로는 오래 곱씹지 않고 막 써내는 게 대수냐는 생각도 G의 심중에 깔려 있었다. 빈대떡을 집어삼키던 G의 목이 콱 메었다. 선배와는 달리 소설이 거의 전업에 가까운 G의 마지막 자존심 같은 것이 무너져 내리고 있었다. 자비출판을 결심하면 조금 도와주겠다는 말이 화근이었다. 공교롭게도 출판사 쪽 사람들 몇이 합석한 자리였다. "안 내면 안 냈지, 자비출판은 안 합니다!" 그 말을 끝으로 비우지도 않은 소주잔을 남겨둔 채 G는 요란하게 자리를 박찼다. 후닥닥 계단을 내려와버렸다. 거리로 나왔지만 미처 다하지 못한 말들이 목에서 치밀었다. 씨근대며 다시 계단을 뛰어올라 자리에 앉았다. 그렇게 몇 차례 되풀이했다. 그사이에 했던 말들은 띄엄띄엄 남아 있었다. 다음날 G는 끙끙 앓았다. 선배와는 그렇게 끝날 사이도 아니고, 또 자기를 도와주려는 '선의'에서 나온 말인 걸 잘 아는데 왜 그랬을까. 후회가 앞섰다. 그러면서도 왠지 그 '선의'에는 수상쩍은 구석이 있는 것만 같았다. '잘난 척 해봐야 별수 있니.' 그런 뜻이 스며 있는 얼굴이 취기 어린 G의 눈에 비쳤던 것도 같다. 그때 G는 자기 자신이, 그리고 자기 글이 정말 삼류가 되고 있다는 자괴감을 주체할 수가 없었다. 다시 뜨끔거리는 곳을 G는 손으로 어루만졌다. 정말 간을 내놓고 다녀야 할 판이었다. 아니 쓸개까지도. G는 휴대전화에 저장된 선배의 번호를 뚫어져라 쳐다만 보고 있었다. 그 숫자는 자꾸 흐려져갔다.

"이제 더 이상 술 먹고, 화내면 정말 안 됩니다. 허투루 말하는 거 아니에요." 자주 들었지만 오늘따라 G에게 그 말은 새삼스러웠다. '화내면 안 된다'는 말. 그러지 않으면 바로 간이 반응할 것이라는 말. 그건 G에게 '긴고(緊箍)' 주문과도 같았다. 경을 구하러 천축으로 가던 삼장법사를 도와야 하는 원숭이가 제멋대로 화를 내며 성질부릴 때 외우던 주문. 벌컥 분을 못 이겨 날뛰는 원숭이의 머리에 강제로 씌워진 '금고(金箍)'라는 테는 이 '긴고주(緊箍咒)'를 외울 때, 머리를 파고들어 머릿속에 뿌리를 내린다 했다. 그러면 원숭이는 눈알이 튀어나오고 이마가 터져나가는 듯한 통증을 느끼고 그만 항복하고 마는 것이다. 그게 전부 간을 내놓지 않고 성질을 부렸던 까닭 아닌가. 그 원숭이도 간이 좋지 못했던 모양이다. 이제 그의 간은 더 이상 그의 소유가 아니고, 그렇기에 간에 대한 권리를 행사할 수 없고, 다른 이에게 귀속되어야 한다는 말처럼 G에게 울려왔다. G에게 척 붙인 붉은 압류 딱지 같은 말이었다.

G는 그 붉은 딱지를 똑똑히 기억했다. 그게 붙으면 내 물건도 건드릴 수 없다는 것을 몸소 겪었다. 어렸을 때 장롱이며 집 안 세간 여기저기에 붙어 있던 그것. 식구들은 그 종이가 붙은 물건에 손도 대지 못하게 했다. 며칠 뒤 어린 G는 아버지와 덕수궁 대한문 앞에 서 있었다. G는 얼른 컴퓨터 자판을 재빠르게 두드렸다.

아버지가 대한문에서 고래고래 소리를 질렀다. 나는 그게 무슨 소리인지 잘 몰랐다. 곁에 있던 사람들이 슬금슬금 뒷걸음질 쳐다. 어느새 경찰이 탄 백차가 우리 앞에 멈춰 섰다.

여기까지 쓴 G는 호흡을 가다듬었다. '그때 왜 아버지는 사람들이 운집한 그 서울 한복판에서 그랬을까. 낮술을 드신 게 분명하다.' G는 그렇게 확신했다. 그런데 그때 아버지는 뭐라고 외쳤던 것일까. 겁에 질린 G는 울고 있었다. 욕이었을까. 대통령 박정희를 욕했던 것일까. 5·16 군사정변 뒤 꽤 지위가 있던 G의 아버지는 자리에서 물러났다. 어느 직급 이상은 일괄 사표를 내야 했던 시대였다. 세상 물정 모르던 아버지가 빚보증을 섰다가 대가로 집 안 여기저기 붙은 그 압류 딱지. 그렇다고 치부를 한 것도 아니었다. 그날 G는 경찰서의 나무의자에 앉아 아버지의 손을 꼭 붙들고 있었다. 어둠이 내리고서야 그곳을 벗어났다. 그 일 뒤로 아버지는 많이 달라진 것 같았다. 아버지가 전직 대통령으로부터 받은 훈장도 무색해졌다.

G는 다시 훈장이라는 글자가 적힌 포스트잇을 뚫어져라 바라보았다. 그 메모는 거제도의 청마 유치환문학관에 다녀온 다음 바로 적어놓았다. G는 거기서 아버지의 훈장을 발견했다. 아니 아버지 것과 같은 훈장을 보았다. 잘 아는 이야기를 쓸 도리밖에 없지 않은가. G는 다시 벽시계를 올려다보았다. 얼른 앞에 쓴 것을 지우고는 재빠르게 자판을 두드려나갔다.

그 훈장을 발견한 것은 뜻밖이었다. 사라졌던 그 훈장이 다시 나타난 것이다. 나는 흥분을 가라앉히지 못하고 오랫동안 그 앞에서 서성였다. 일행이 탄 관광버스가 클랙슨을 울릴 때까지 나는 그 훈장만 바라보았다. 얼마 만인지 햇수를 헤아렸다. 삼십 년은 훌쩍 넘지 않았을까. 다시 요란한 클랙슨 소리가 귀를 파고들었다. 훈장을 뒤로한 채 버스에 오를 수밖에 없었다. 그날 밤 숙소에 들었을 때 폭우가 사납게 퍼붓기 시작했다. 마음이 어지러웠다. 빗줄기도 가로등 불빛 아래에서 레게머리를 한 채 어지럽게 몸을 흔들어댔다. 바로 앞에서 번뜩이는 번개는 사이키 조명처럼 빗줄기를 물들이곤 사라졌다. 그 속에서 그날 보았던 훈장에 입힌 빛바랜 초록 줄무늬의 비단이 어른거렸다. 그 비단 위로 찌든 땟국이 선명했다.

G는 눈앞에 어른거리는 그 훈장에서 잠시 멈추었다. 경찰서 문을 나오며 아버지가 G에게 신신당부한 말이 컴퓨터 화면 위로 꿈틀거리며 기어 나왔다. "얘야, 너 꼭 판검사 되어야 한다. 열심히 공부해야 해." 그런 사회적 신분 상승은 동네 아이들과의 놀이 때뿐이었다. 그때 G는 아이들이 으스대며 뽐내던 문방구에서 파는 생철 계급장 대신 아버지의 진짜 훈장을 차고 놀았다. 훈장을 휘감은 반질반질한 비단도 점차 꺼칠하게 올이 일어났다. 땟국도 켜켜이 흘렀다. 문방구에서 산 다른 아이들 것이야 조금 힘을 줘 꺾으면 반으로 접힐 정

도로 약했다. G의 것, 아니 아버지의 것은 동으로 주조된 것이었다. 아이들이 달려들어 이로 꽉 문 채 힘을 줘도 끄떡없었다. 그런데 G의 가슴에 찬 훈장이 진짜였음에도 아이들은 그저 비아냥댔다. 진짜 훈장의 가치를 알아주지 않는 것이 G는 억울했다. 그렇게 아이들에게 무시당한 훈장은 G에게도 무시받으며 그의 손을 떠났다. 어린 G는 평일 대낮에 일을 안 나가고 집에서 얼쩡거리는 아버지처럼 그 훈장에도 믿음이 가지 않았다.

G는 사라진 그 훈장의 행방을 좇고 있었다. 후회가 앞섰지만 늘 그렇듯 되돌릴 수 없는 것이다. 책상에서 일어나 좁은 사무실을 맴돌던 G의 얼굴이 벌겋게 달아올랐다. 자신의 어리석은 행동이 마뜩지 않았다. 살아오면서 되풀이된 비슷한 일들이 G의 머릿속을 재빠르게 훑고 지나갔다. 문제가 생길 때마다 불안에 싸여 늘 자신을 믿지 않고 남의 말에 따른 경우가 허다했다. 지나고 나면 마치 속은 것 같고, 손해 본 것 같았다. 그 훈장의 운명도 그랬다. 계급장놀이는 시들해졌다. 딱지가 대세였다. G는 그 훈장을 이미 유행이 지난 캐릭터들로 가득 찬 딱지 몇 묶음하고 바꾸고 말았다. 그 지점에 이르자 G의 얼굴이 일그러졌다.

문득 G는 자기가 원숭이만도 못하다고 여겼다. '원숭이의 간' 이야기는 고사하고, 최근에 원숭이도 자기가 한 행동을 후회한다는 것이 밝혀졌다고 했다. 미국의 한 대학 연구팀은 원숭이도 잘못된 선택을 후회하고 더 나은 대안을 선택하는 능력이 있다는 연구 결과를 세계적인 학술지에 게재했다. 원숭이들에게 가위바위보를 가르친 뒤, 이기면 상으로 주스를 많이 주고, 비기면 주스를 적게 주고, 지면 벌로 아무것도 주지 않자 가위바위보 중 앞서 자신을 이겼던 쪽을 내는 경향을 보였다고 했다. 아이들이 구독하는 과학 잡지에서 본 내용이었다. 실험에 동원된 원숭이들은 어떻게 그런 행동을 할 수 있었을까. 그건 자기 확신이나 자기 신뢰가 있어야 가능하지 않았을까. 자기 신뢰. G는 입속에서 그 말을 몇 번이나 굴려보았다. 간을 내주지 않고 자신을 믿었던 원숭이는 다시 생을 전전하여 마침내 해탈의 경지에 도달해 석가모니가 되었다고 하지 않는가. G는 맥이 풀렸다. 자기로선 도저히 다가갈 수 없는 아득하고 심원한 세계였다. 거기에다 자기 간을 결부시켰던 게 가당키나 한 일인가. 사무실 안 책상 사이를 오락가락하던 G의 눈에 벽시계의 바늘이 빠르게 지나쳐갔다. 써놓은 양도 적었다. 굼벵이가 기어가듯 컴퓨터 화면의 글자들은 좀처럼 움직이지 못하고 있었다. 훈장은 희뿌연 화면 속에서 좀처럼 모습을 나타내지 않고 있었다. G는 창밖을 내다보았다. 어둠 속 저 멀리 북한산의 봉우리들이 흐릿하게 눈에 들어왔다. 북한산은 그의 아버지가 몇십 년 동안 일주일에 한두 번은 오르던 곳이었다. 가끔 아버지를 따라갔던 어린 G에게도 그 길은 훤했다. 백운대에 앉아 먼 곳을 바라보던 아버지의 야윈 얼굴이 아직도 생생했다. 지금 떠올려도 딱할 정도였다. 볼까지 팬 얼굴. 문득 그 윤곽이 원숭이의 것과 닮았다는 생각을 했다. G는 얼른 고개를 내저었다. 불경스럽다고 느껴졌다. G는 다시 자리에 앉았다.

훈장과 딱지를 맞바꾼 사실을 알게 된 아버지는 아무 말도 하지 않았다. 나는 혼날 준비를 하고 있었다. 밤에 본 아버지의 모습은 무서웠다. 셋집 마당을 서성이는 게 고작이었을 뿐 하루 종일 별말도 없이 아버지는 방에 틀어박혀 있었다. 그런데 밤이면 그게 아니었다. 그 무렵 아버지의 잠꼬대가 부쩍 심해졌다. 나는 그 소리에 깜짝깜짝 놀랐다. 잠꼬대라 하기도 민망했다. 아버지가 누군가에게 엄청 화를 내고 있는 듯했다. 거친 말도 입 밖으로 크게 튀어나왔다. 그런 아버지의 고함을 알고 있던 나는 며칠 동안 잔뜩 움츠린 채 아버지의 처분을 기다렸다. 아버지의 반응은 뜻밖이었다. 조그마한 서랍장의 물건을 모조리 꺼내 방 안에 쭉 펼쳐놓고는 고르기 시작했다. 아버지의 손때 묻은 물건들이었다. 고장 나서 멈춘 스위스제 손목시계. 사무 볼 때 쓰던 만년필. 별 도움이 닿지 않는 도장들, 내용을 알 수 없는 서류 뭉치들이 펼쳐졌다. 순간 가슴이 덜컥 내려앉았다. 청록색의 훈장케이스가 눈에 들어온 것이다. 속이 비어버린 훈장케이스. 나는 슬그머니 밖으로 빠져나왔다. 밖에 나갔다가 집으로 돌아왔을 때 아버지가 마당에서 뭔가를 태우고 있었다. 청록색 훈장케이스도 불길에 검게 물들어갔다.

그 며칠 뒤였다. 아버지는 다시 북한산에 오르기 시작했다.

G는 궁금했다. 아버지는 간을 달라는 절체절명의 순간 설화 속 원숭이처럼 지혜롭게 위기를 빠져나온 것은 아닐까. 그렇지 않다면 그렇게 변할 수 있었을까. 아버지는 훈장이 사라진 뒤, 아니 엄밀히 말하면 전 재산과 맞바꾼 조그만 공장마저 빚보증으로 날리고도 마치 간을 내놓은 듯 어떻게 살아갈 수 있었을까. G는 그 비밀을 풀어내야만 했다. 그토록 바라던 아들의 판검사 꿈도 접은 뒤였다. 북한산을 다시 오르고 얼굴이 편안해지면서 싸우듯 내지르는 잠꼬대도 한결 줄어든 게 신기했다. G는 다시 창가로 다가가 어둠 속에 버티고 있는 산을 바라보았다.

G가 작업실을 빠져나온 때는 이미 늦은 밤이었다. 집으로 오면서 줄곧 만지작거리던 휴대전화를 꺼내 들었다. 집 안에서 하기는 민망한 통화였다. 벨이 울렸지만 받지 않았다. 음성녹음메시지로 넘어가려는 찰나에 G는 전화를 끊었다. 그렇게 두 번을 더 걸었다. 마찬가지였다. 그리고 세번째 통화를 시도했을 때 상대방의 휴대전화 전원은 꺼진 채였다. 선배였다. 늦은 시간이라도 늘 이 시각쯤 안부를 묻곤 했었다. 머리가 조여오며 지끈댔다. G는 자기 머리에 금고를 씌운 것 같다는 느낌을 받았다. 누군가 계속 긴고주를 외워대는 것만 같았

다. 머리는 점점 더 조여들었다. "참아라, 참아야 하느니라." 식식대며 이리저리 몰려다니는 바람 속에서 그 소리가 들려오는 것만 같았다.

집이 점차 가까워졌다. 저녁내 자기가 썼던 글이 어째 미덥지가 못했다. 그런 생각은 점점 더 강해졌다. 몇 군데가 마음에 걸렸다. 아버지에게 훈장은 뭐였을까. 왜 딱지하고 바꾼 것을 알고도 아무 말도 안 하셨을까. 어쩌면 G는 지금 쓰고 있는 글이 자기의 간과 영혼을 바라보게 해줄지도 모른다고 생각했다. 터무니없는 망상이라고 G는 얼른 그 생각을 접었다. 막연한 바람이었을 뿐이다. 언제쯤 되어야 아버지 같은 평정심을 갖게 될는지 아득하기만 했다. 다시 세상을 향해 마구 소리치고 싶기도 했다. G의 심기는 다시 불편해졌다. 또 흔들리고 있었다. 문득 정말로 삼류가 되는 것은 아닌지 걱정이 찾아들었다. 모스크바의 그 삼류소설가처럼. 아마 아직도 술집을 전전하며 소설가라 칭하고 다니는지 아니면 침침한 지하실에 틀어박혀 투덜대고 있을지 모를 일이었다. 아니면 정말 간 때문에, 세상을 떴을지도 몰랐다. 거기까지 생각이 미치자 G의 몸이 차갑게 굳었다. 겉옷 주머니에 손을 찌른 채 지척지척 집으로 향했다.

집이 보이는 언덕을 오를 때 갑자기 바람이 세게 일면서 비가 쏟아졌다. G는 뛰기 시작했다. 빗줄기가 점차 굵어졌다. G는 문 닫힌 가게의 처마 밑으로 들어서서 숨을 골랐다. 맞은

편으로 북한산의 봉우리들이 어둠을 지키고 있었다. 물끄러미 그곳을 바라보며 빗줄기가 가라앉기를 기다렸다. 어쩌면 훈장이 사라지고 나자 아버지는 마음에 훈장을 새기고 살아가셨나 싶기도 했다. G의 눈가에 슬쩍 물기가 돌았다. 순간, 저 멀리 북한산 꼭대기에 앉아 자기를 바라보고 있는 아버지의 모습이 G의 눈앞에 크게 살아나고 있었다. 잠시였다. 그 모습은 점점 거세지는 빗줄기 속으로 스며들었다. 투두두둑, 투두두둑. 그 소리에 G는 시선을 거두었다. 바람을 동반한 빗줄기가 바로 앞에 있는 은행나무에 걸친 검정 비닐봉지를 요란하게 두드리고 있었다. 거센 비바람에도 용케 매달려 안간힘을 쓰고 있는 듯했다. 망연하게 한참 그걸 지켜보았다. 비닐봉지는 날아갈 듯 날아갈 듯하면서도 나뭇가지를 꼭 움켜쥔 채 이리저리 흔들렸다. 불쑥 G는 간을 떠올렸다. 나뭇가지에 걸어놓고 왔다던 간. 아니었다. 그건 기필코 다시 찾아와야 할 자기 간처럼 여겨졌다. 저렇게 온 힘을 다해 버티고 있지 않은가. G는 꼭 다시 찾는다는 다짐을 하며 자기 옆구리를 살살 쓰다듬었다.

비는 그칠 기미를 안 보였다. 집에 전화를 걸어 우산을 가져 나오라 하려다가 그만두었다. G는 다시 휴대전화를 열어 통화 버튼을 눌렀다. 경쾌한 신호음이 몇 차례 울리자마자 음성이 흘러나왔다. 선배였다.

이름들

1

러시아어로 '후이'는 남자 생식기를 일컫는다. 비속한 느낌으로 무장한 단어. 이에 상응하는 우리말로 '좆'이 있다. '후이'는 러시아어 사전에도 잘 나오지 않는다. 비속어사전 같은 곳에서나 욕설로 쓰이는 남자의 생식기라고 짧게 설명이 되어 있을 뿐 일반 단어들처럼 그 용례 같은 것은 찾아보기 힘들다. 순우리말인 '좆'도 어쩌다가 욕으로 전락했는지 모르겠지만 점잖은 사람들은 그런 말들을 입에 올리지 않는다. 백과사전에서 찾아보면 '음경'이란 말로 에둘러 남성 성기의 구조와 기능만을 설명하고 있다. 한마디로 입에 올리기가 거북스럽다는 이야기다.

러시아에서 '후이'는 모든 생물처럼 생식 작용을 하고, 그렇게 '후이노비치'가 탄생한다. 그렇지만 G가 '후이'의 후손인 '후이노비치', 정확히 말하면 어감이 거의 같아 구분할 수 없는 '후노비치'를 입 밖으로 꺼낸 것은 위에서 짚은 '후이'의 쓰임새를 알고 한 게 아니었다.

박의 얼굴이 떠오르자 G의 입속에서 다시 '후노비치'가 툭 튀어나오려 했다. 박은 사할린에서 꽤 알려진 교민 소설가였다. 전날 밤, 박이 G에게 전화를 걸어왔다. 그 순간도 그랬다. 대체 그놈의 '후노비치'가 왜 자꾸만 입가에 뱅뱅 돈단 말인가. G는 자기 입술을 확 쥐어뜯고 싶었다. 무의식 결에 튀어나오려는 '후노비치' 때문에 통화를 하는 내내 G는 주로 박의 말을 들었다. 예의를 벗어나지 않는 선에서만 "네", "고맙습니다" 따위로 겨우 대꾸했다. 물론 박이 전하는 내용은 내심 반가웠다. 그런데 감사의 표시를 하다보면 다시 또 그 말을 할 것 같았다. 지난번에도 그랬다. G는 창피했다. 격식을 차린다 했다가 그만 욕을 퍼붓고 만 꼴이었다. 이게 전부 이름 탓 아닌가.

새벽에 눈을 뜬 G는 진지한 표정으로 "알렉세이 유리예비치"라고 몇 번이나 소리 내어 불러봤다. 박의 러시아 이름을 정중히 부르는 형태였다. 박의 한국식 이름은 '박성호'였다.

그의 아버지 이름은 '박훈'이었다. 그와 그의 아버지 이름을 합쳐야 러시아식 호칭 형태가 탄생했다. 저주받은 탄생이었다. '성호 후노비치 박'.

G는 한국에서 활동하는 소설가였다. G 스스로는 '활동'이란 말과 자기는 좀 거리가 있다고 느꼈다. 어찌되었든 한국의 한 예술단체에서 주관한 해외 레지던스 프로그램에 뽑혀 사할린으로 왔다. 파견지 중에는 러시아의 사할린 말고도 여러 나라의 도시들이 있었다. G는 다른 나라로 가고 싶었는데 주저주저하다가 얻어걸린 게 러시아였다. 그것도 러시아의 끝인 사할린. 그리고 거기서 다시 복잡한 러시아 이름들을 만났다. 그는 아는 사람 하나 없는 사할린에 도착하고 나서 러시아의 복잡한 호칭법을 염두에 두었다. 그랬다가 그 결과물인 '후노비치'를 내뱉으며 러시아 사할린에서 한국 소설가들의 얼굴에 먹칠을 하고 말았다.

그래서일까, G는 요즘 사람의 이름을 듣거나 아니면 활자로 볼 때 자꾸 그걸 입에서 굴려보는 습관이 생겼다. 도스토예프스키. 중학교 때 그 이름을 놓고 '도끼로 이마 까'라는 둥 히히덕거렸던 일이 떠올랐다. 그가 쓴 소설의 주인공이 소설 속에서 '도끼로 이마 까'는 살인을 했지만 도스토예프스키와는 별로 연관성이 없는 유치한 중학생 수준의 농담이었다. 오히려 '—스키'로 끝나는 러시아 이름은 한국 욕설인 '새끼'와 종종 하나가 되긴 했다. 그게 비단 러시아 이름에만 해당되는 것이 아니다. '나스메 소세키'. 소새끼 같은 욕설로 들린다. 그렇지만 나스메 소세키는 일본에서 살았고, 일본인에게는 별로 특이할 바가 없지 않을까. 문제는 어떤 운명에 의해 그가 우리나라에 와서 살아야만 했다면, 아니면 일본이 한국의 식민지가 되어 한국어의 영향력이 한반도와 일본 열도를 뒤덮었다면, 일본에서 멀쩡했던 '소세키'는 틀림없이 '소새끼'가 되었을 것이다. G는 냉큼 그런 생각을 거둬들였다.

몇십 년 동안 써온 자기 이름도 종종 입속에서 되뇌었다. 근데 그 짓을 되풀이할수록 괴상하게 들려왔다. 자기의 표상이 되었던 그 이름은 혀끝을 묵직하게 타고 앉아 있다가 마뜩잖다는 듯 입천장에 껄끈껄끈 가 닿는 게 아닌가. 그게 자기 것인지 아니면 언젠가 누군가를 만나 통성명을 하며 들었던 타인의 것인지 '그 경계도 느슨해졌다. 같은 이름을 쓰는 사람이 한둘이겠는가. G의 이름은 수많은 이들이 함께 쓰는 흔한 것이었다. 어쩌다 인터넷에서 자기 이름을 검색해보면 초등학생부터 노인층까지 줄줄이 동명으로 그 존재를 과시했다. SNS에서도 마찬가지였다. 그것을 어찌 자기만의 표상이라 하겠는가. G는 퀭한 눈으로 창밖을 내다보며 입을 약간 벌린 채 입속에서 웅얼거리는 그 짓을 한동안 계속하곤 했다.

G는 이게 다 그놈의 '후노비치'가 몰고 온 파장이라 여겼다. 우스꽝스러운, 아니 우습기보다는 상스럽고도 너무나 직

설적인 '후노비치'. 인간의 분별심을 바탕으로 했을 때 '후노비치'는 한 인물의 표상이 되기에 너무도 거칠고 원색적이었다. 아마도 몸의 중요한 부분만을 가리고 살았던 원시인들도 감히 쓰지 않았을, 만일 그 원시인들이 그 뜻을 알고 사용했다면 필시 욕으로나 썼을 이름. 누구의 표상이 될 수 없는 그런 유였다. 그 '후노비치'를 G는 대놓고 입 밖에 냈다. 다시 얼굴이 뜨끈 달았다. 창밖의 자작나무 가지들이 바람에 격하게 몸을 뒤틀며 유리창 앞으로 바짝 다가들었다. 초록색으로 파닥이던 잎새들은 카드섹션을 하듯 허연 배를 까놓으며 앞뒤를 파르르 뒤집어댔다. G의 눈에는 그것들도 자기가 하는 꼴이 우스운지 몸을 뒤치며 깔깔대는 듯했다. 바람은 점점 거세졌다. 어느새 희뿌연 구름과 안개가 바람을 따라 밀려오고 있었다. 오호츠크해에서 불어오는 바람은 늘 세찼다. 한국 이름들은 그 거친 해풍을 받으며 이상하게 변해갔다. 비단 사할린뿐만은 아니고 러시아와 중앙아시아에 있는 한국 이름들도 그랬겠지만.

언젠가 G는 서울의 한 시립도서관에서 문학 강의를 했다. 거기서 러시아 문학이란 말이 나왔다. 많은 사람들이 눈을 동그랗게 뜨고 몇몇 작품들을 들먹였다. 그때 뒷자리에서 고개를 숙이고 있던 중년 여자가 그 작품들을 읽지 못해 마치 죄라도 지었다는 듯이 소곤거렸다. "이름이 복잡하고 괴상해서 읽다 말았어요." 그게 왜 잘못이란 말인가. G는 그녀의 솔직함에 고개를 끄덕였다. 많은 이들이 겪는 일이었다. 이름 때문에 헷갈려서 대체 뭔 소리를 하는 거냐고 조금 읽다 책장을 덮고, 며칠 지나 다시 잡았다가 끝내는 집어 던지는 장면이 G의 눈앞에 어른댔다. 물론 뛰어난 집중력의 소유자라면 그런 이름 나부랭이는 아무 문제도 아닐 것이다. 당연히 G도 그런 경험이 있었다. 한두 번이 아니었다. G같이 산만한 성격은 그걸 제대로 읽어낼 수 없었다.

고등학교 시절, 독후감을 꼭 내야만 하는 세계명작 목록 중에는 '도끼로 이마 까'는 소설인 『죄와 벌』이 끼어 있었다. 왜 그게 세계명작인지, 거기까지 가기에는 너무나도 화력이 강한 지뢰들이 많이 매설되어 험난했다. 지뢰 중 G에게 가장 강한 화력을 뽐냈던 게 바로 이름이었다. 읽어내려는 굳센 의지를 무력화시키는 이름들은 곳곳에서 도사리다가 발을 들이밀면 펑펑 터져버렸다. 『죄와 벌』의 주인공은 '라스콜리니코프'이다. 그런데 '라스콜리니코프'라는 이 인물은 갑작스레 '로자'로 둔갑한다. 그러고는 다시 '로지온 로마느이치'로 변신한다. 어쩌다는 '로치카'로 깜짝 바뀐다.

그때 G는 한 달 넘게 걸려 끝까지 읽기는 했다. 라스콜리니코프는 로지온 로마느이치, 로자와 로치카로 분신술을 펼치다가 마침내는 다른 인물이 되고 말았기에 누구의 범죄인지, 또 누가 벌을 받는지 G는 오락가락했다. 살인자가 라스콜리니코프라는 정도는 알았다. 문제는 로자와 로치카, 로지온 로마느이치는 왜 살인 사건에 연루가 되었느냐였다. 그들이 무슨 죄를 졌고, 또 그 죄목은 무엇인지 밝히기 위해 두번째 도전을 했다. 말할 것도 없이 그 범행 동기가 제일 중요했다. 그것을 밝히려, 예전에 인기 만화였던 「날아라 슈퍼보드」에서 삼장법사가 날뛰던 괴물을 법력으로 꼼짝 못하게 묶어 호리병 속에 가두듯, G는 '라스콜리니코프'와 '로자'를 한 인물로 꽁꽁 묶었다. 그다음은 로지온-로치카였는데 '로'자로 대충 때려잡을 수가 있었다. 번역을 한 사람은 친절하게 '애칭(愛稱)'이니 하는 설명을 달아놓았다. 그게 왜 그런지는 나중에야 알았다. 애칭은 이름에 사랑을 담아 변형시킨 또 다른 이름이었다. 로지온의 애칭은 '로자'였다. 그래도 너무 예뻐 미칠 것 같은데 성에 차지 않을 때 '로자'를 으스러지게 꽉 껴안는다. 그러면 '로자'는 아주 작은 아이가 되어 자기가 '로치카'라고 비명을 질러대는 것이다. 그래도 이런 경우엔 좀 낫다.

'알렉산드르'. 멋진 이름이다. 근데 갑자기 '싸샤'로 휘익 바뀐다. 대체 그 멋있는 알렉산드르를 놔두고 싸샤가 왜 튀어나온단 말인가. 완전히 시치미를 떼고 싸샤는 알렉산드르인 체한다. 싸샤는 알렉산드르를 정감 있게 부르는 애칭이다. '드미트리'는 '미짜'이고, '이반'은 '바냐', '알렉세이'는 '알료샤'인 것이다. 그것들을 외워야만 할 때 G는 늘 툴툴거렸다.

젠장, 이게 뭐람.

러시아인들의 호칭은 '이름+부칭(父稱)+성(姓)'으로 이루어진다. 이름만 부른다면 아주 친한 사이거나 아니면 손아래한테 쓰는 경우가 대부분이다. 더구나 애칭은 가족이나 정말 흉금 없는 사이일 때 부른다. 처음 만나서 얼굴을 약간 붉히며 조심조심하는 사이나, 손윗사람, 존경의 의미를 표하며 친근해지려 할 때 '이름+부칭'을 쓴다. 어쩌다 부칭만 부르는 경우가 있는데 이때도 친한 사이에서나 그렇게 한다. 어찌되었거나 '도끼로 이마 까'는 라스콜리니코프는 성이고, 로지온이 이름이다. 로지온의 애칭은 로자이고, 이 애칭 정도로는 모자라다 싶어 듬뿍 사랑의 감정을 담아 물고 빨면 로치카가 된다. 로마느이치는 그 살인자의 아버지의 이름이 '로만'이라는 것을 밝히는 부칭인 것이다. 이름과 부칭을 함께 붙여 '로지온 로마느이치'라고 누가 그를 불렀다면 존경이나 아니면 반대로 거리감을 내포한 사이일 것이다. G는 갈팡질팡하게 만드는 그런 관습에 당황해하며 고개를 절레절레 저었다. 이게 다가 아니었다.

보통 『죄와 벌』을 쓴 작가가 누구인지 단순한 상식을 물을 때 많은 이들은 '도스토예프스키'라고 자신 있게 대답할 것이다. 러시아에서도 보통 이렇게 부른다. 그렇지만 예의를 중시하는 러시아 선생이라면 '표도르 미하일로비치 도스토예프스키'라고 말할 것이다. 일상적으로 불러대는 도스토예프스키나 톨스토이나 투르게네프나 푸쉬킨이나 모두 성씨이다. 그렇게 부르는 것을 우리 경우로 비추어보면 정말 버르장머리 없는 짓이라며 얼굴을 붉힐 게 분명하다. 그건 『소설가 구보씨의 일일』을 쓴 작가를 물을 때 '박태원'이 아닌 '박씨'나 '박'으로 답하는 것과 비슷하지 않을까. 「감자」는 '김동인'이 쓴 게 아니고 '김씨'가 쓴 것이다. 「표본실의 청개구리」는 '염상섭'이 쓴 게 아니라 '염씨'가 쓴 것이라 답하는 것과 마찬가지다. '이태준'의 「달밤」이 아니고, '이씨'의 「달밤」이 되어야 했다. 『광장』은 최씨, 「탈향」은 이씨, 「무진기행」은 김씨, 「둔황의 사랑」은 윤씨, 『난장이가 쏘아 올린 공』은 조씨, 「삼포 가는 길」은 황씨 등등. 이렇게 부를 수는 없지 않은가, G는 다소 야만적이기까지 한 그들의 호칭을 지금까지도 이해 못했다. 물론 그것은 북방의 저 광대한 나라의 호칭법이다. G는 자기가 제대로 알지 못할 뿐 다른 민족들에게도 자신들의 문화와 세계관을 담은 이름과 호칭법이 실로 다양할 것이라고 느꼈다. 그렇다 하더라도 G와 무관한 미지의 세계의 것이었다. 문제는 러시아였다. 아니 그것도 문제가 아니었다. 러시아 호칭이 어쩌고저쩌고 툴툴댈 필요도 없었다. 섣부르게 흉내 낸 '후노비치'가 사단이었다. 대체 박이 왜 부를 때는 러시아식 이름으로 불러달라 하고, 신분증에는 그따위로 표기했는지 가늠키 어려웠다. G가 박으로부터 받은 명함에는 '알렉세이'라는 러시아 이름이 표기되어 있지 않았던가.

예전에 G가 러시아에 몇 년 있을 때, 그런 까닭으로 이번 사할린행이 가능했던 것이지만, 그때 어쩌다 학교나 기관 같은 곳을 방문할 때가 있었다. 찾아가는 사람의 연구실이나 사무실 앞에 붙은 패찰을 보고 망설망설했던 게 여러 차례였다. 가령 문에 'M. S. 불가코프'라는 방주인의 패찰이 붙어 있다. 엠과 에스는 이름과 부칭의 약자이고 제대로 쓴 불가코프는 성이다. 이름이 뭔지 어떻게 알겠는가. M으로 시작하는 이름은 많다. '미하일'인지 아니면 '막심'인지, '미론'인지 '미스터'인지 누가 알겠는가. 이름을 알아야 부를 것 아닌가. 더구나 그의 아버지 이름까지 물어봐야 하는 격이다. 그냥 불가코프라 부르면 '정씨', '김씨' 등이 되기에 그럴 수 없다. 물론 그런 경우 이름과 부칭을 물으면 알려주는 게 러시아인들의 관례이다. 이럴 때 G는 다음과 같은 질문을 던져야 했다. "실례지만, 이름하고 부칭 좀 알려주시겠습니까?" 러시아에서 G가 본 패찰은 거의가 이랬다. 이름과 부칭, 성을 자세히 써놓기도 했지만 드물었다. 이름과 성으로 표기하는 경우도 종종 있다. 물론 그때도 무례를 범하지 않기 위해서 역시 부칭을 물어야 한다.

하도 괴상해서 언젠가 G는 그 귀찮은 절차에 대해 물었다. 이름과 부칭까지 쓰면 너무 길어 그렇게 한다는 답을 어떤 러시아인한테 들었다. 그 답이 맞는지 아니면 개인적 의견인지는 몰라도 하여튼 거의 그랬다. 한 단계를 더 거쳐야 하는 번거로움. 그런 번거로움을 즐기는 사람들. 그네들도 때로 곤란을 겪는 그런 복잡한 관습을 왜 고집하는지는 모를 일이었다. 비단 러시아 말고도 유럽의 여러 나라에서도 그런 일이 벌어질 것이었다. G는 그런 절차에 딱 질색을 했다. 그에 비하면 G는 자신의 필명이 아주 단순하다는 게 은근 자랑스러웠다. 거기에는 사람들을 번거롭게 만들며 괴롭히는 어떤 것도 없다고 G는 자부했다. 그렇게 부르기를 잘했다 싶었지만 실상은 우물쭈물하다 어줍지 않게 고른 필명이 'G'였다.

G가 자기 본명을 감춘 데는 그만한 이유가 있었다. 제대로 글을 쓰자고 마음먹었을 때, G는 멋진 필명을 발견했다. '구보(仇甫)'였다. 막상 그 이름을 고르자 두려움이 뒤따랐다. 주제넘게 어디서 그 이름을 쓰려고 하냐는 둥, 그 이름은 정말 우리 문단에 기억될 그런 작품을 써야만 사용할 수 있다는 둥, 그런 소리들이 환청처럼 그의 귓속에서 쩌렁쩌렁 울렸다. G는 슬그머니 '구보'란 이름을 내려놓았다. 차라리 '구포'라 지을까. 이십대 초반의 기억이었다. 그 '구보'를 '구포'로 읽지 않았던가. 또 그 '구보'를 자청한 소설가들이 몇 있었다. G는 자신이 그리 대단한 소설을 쓰지 못함을 잘 알았다. 내세울 게 없지만 '구보'에 대한 미련은 줄곧 G의 주위를 뱅뱅 돌았다. '구보'라고 중얼대며 거울 앞에 선 어느 날, 자기 얼굴을 본 G는 슬그머니 맥이 빠졌다. 요즘 사회를 시끄럽게 만든 굵직한 사건에조차 자신을, 아니 자신의 견해를 감히 내세

우지 못하고 우물쩍했다. 그게 나이를 먹었다는 사실을 깨닫게 해주는 것만 같았다. '구보'를 자청했던 소설가들, 그러니까 좀더 명확히 짚자면 '소설가 구보씨의 일일'이란 제목으로 글을 썼던 소설가 구보들은 젊은 나이였던 거였다. G는 오십을 앞에 두고 있었다. 가당치도 않은 일이었다. 풀이 죽어 있던 G 앞을 반짝 스치고 간 게 '구보'의 이니셜 'G'였다. 그것으로 필명을 앞세운 그는 G로 살기로 마음먹었다. G라고 소개를 받은 많은 사람들이 고개를 갸우뚱했다. '돼먹지 않게 G가 뭐야. 별놈 다 보네' 식의 뜨악한 눈초리를 보내는 것을 G만 잘 알아채지 못했다.

어쨌든 소설가 G는 러시아의 호칭 같은 그런 번잡함이 싫었다. 처음에 사할린이라는 러시아의 변방으로 가라 할 때 이리저리 머리를 굴렸다. 한국에서 송별주를 마시는 자리에서 지인들은 사할린에서의 작가적 사명이니 어쩌니 운운했지만 G는 얼굴을 찌푸린 채 속으로 투덜거렸다. 사할린, 징용, 유형. 무거웠다. 그런데 예상치도 못한 호칭이 발목을 잡을 줄은 상상도 못했다. 남의 나라 호칭을 가지고 이러쿵저러쿵하는 것도 우스운 꼴이었다. 만약 '후노비치'가 아니었다면 절대 그런 일도 생기지 않았을 것이라고 G는 다시 한 번 자기의 입방정을 후회했다. 부칭은 남자의 경우 아버지의 이름에 '—오비치', '—예비치' 같은 어미를 붙여 만든다. 그러면 '—의 아들'이라는 의미가 된다. '훈'의 아들'은 '훈+오비치', 발음을 하면 '후노비치'이다.

이름이 지나칠 정도로 복잡하다면, 더구나 격식까지 따져야 한다면, 그것을 불러야 하는 상대방의 뇌는 너무 혹사당할 거라고 G는 고개를 절레절레 저었다. 그런 점에서 한국에 태어나 살아간다는 것에 그는 감사를 드렸다. 물론 우리나라에도 호도 짓고, 자도 짓는 이들이 더러 있다는 것을 G도 알았다. 그런 사람은 흔치 않았다. 어쨌든 '성+이름'으로 되어 있는 비교적 단순한 우리의 명칭은 참 효율적이라고 여겼다. 그런데 한국 성과 이름을 러시아의 공식에다 대입했으니, 영 딴판인 답이 나와버리고 말았다.

2

G가 사할린에 도착하던 날, 현지 사정은 깜깜한 채 교민 행사에 참여했다가 박을 만났다. '사할린한인이산가족협회' 창립을 기념하는 행사 자리였다. 분위기는 무거웠다. 공항에 내릴 때부터 그랬다. 비가 흩날리는 짓궂은 날씨와 6월 말인데도 섭씨 7도 정도의 기온에 움츠러들며 공항 밖으로 나왔다. 그를 마중 나온 교포를 따라 정해진 숙소에 짐을 풀자마자 '사할린한인이산가족협회' 기념행사장으로 갔다. G가 낄 자

리는 아니었다. G를 파견한 한국의 예술단체와 협정을 체결한 사할린 기관의 대표가 배려해 그 자리에 앉게 되었다. G가 작가라는 것을 알고 있는 안내 맡은 교포가 행사장으로 그를 데려갔다. 누가 누군지도 모르는 채 G는 몇몇과 인사를 나누었다. 연단에 길게 걸린 현수막에는 '이중 징용' 같은 단어가 적혀 있었다. G로서도 처음 보는 단어였다.

사할린으로 오는 비행기 안에서도 G를 사로잡은 게 '징용', 그것도 앞에 옴짝달싹 못하게 만드는 '강제'라는 수식어를 달고 있는 단어였다. 그게 무겁고 싫어서 G는 집을 떠날 때 챙긴 안톤 체호프의 『사할린 섬』을 꺼내 들었다. 거기도 무거운 단어들이 중심에 있었다. 유형, 강제 노동. 그래도 그 책 속의 '강제'라는 힘이 만들어낸 사할린의 무거움은 같은 민족의 것이 아니라 러시아인의 것이라고 G는 애써 치부했다. 체호프가 기록한 유형수들의 기이한 이름들을 흥미롭게 볼 무렵 비행기는 사할린의 유즈노-사할린스크 공항 위를 선회하고 있었다. 착륙 준비를 할 때 차창을 빗줄기가 두두둑 두드렸다. 을씨년스러웠다. 긴장을 한 G는 부르르 진저리를 쳤다. '강제'라는 말이 잿빛 대기에서 훅 피어올랐다. G가 행사장으로 들어갈 때도 그랬다. 탄광에서 석탄을 채굴하는 광부의 모습이 새겨진 큰 오석(烏石)으로 된 추모비. 그 곁의 위령탑. G는 그 무게에 움츠러들었다. 그렇게 G는 다소곳이 행사장의 테이블에 앉아 진행을 지켜보았다. 그때 같은 테이블의 맞은편 사내가 자꾸 G에게 시선을 던지며 입가에 웃음을 흘렸다. 가느다란 눈과 각진 턱, 도드라지게 튀어나온 광대뼈, 그 위를 덮은 햇볕에 그을린 피부. 정말 광산 같은 곳에서 육체노동을 하는 이들에게 느껴지는 강인함 같은 게 얼굴에 배어 있었다. G는 그 사내를 향해 목례를 했다. 그러자 사내는 슬쩍 엉덩이를 들고 부자연스러운 한국말로 G에게 사할린에 잘 왔다고 속삭였다. 역시 구부정한 상태에서 손을 내밀었다. G도 그와 비슷한 자세로 의자에서 엉덩이를 떼었다. 사내의 두툼한 손은 G의 가늘고 하얀 손을 완전히 감싸 쥐었다. 서름한 자리에 주눅이 들어 있던, 더구나 징용이니 이산가족이니 하는 녹녹치 않은 단어들 앞에서 숨죽이고 있던 G는 투박하고 굳은살이 우둘투둘 박인 사내의 손에 완전히 풀이 죽어버렸다. G의 손바닥을 꽉 누르던 껄껄한 감촉이 사라졌다. 사내는 자기 명함을 건넸다. 뜻밖이었다.

명함 속 직함은 소설가였다. 명함에 적힌 그의 이름은 '박 알렉세이'였다. 러시아식 이름으로 활동하는 모양이었다. 러시아 국적으로 러시아에서 태어나 교육을 받았고, 러시아 땅에 살며 러시아어를 쓰고 있으니 당연했다. G는 그의 글은커녕 이름도 들어본 바가 없었다. 러시아나 중앙아시아 땅에 사는, 이른바 고려인 작가 중 G의 기억에 남는 작가들이 몇 있었다. '김 아나톨리'나 '박 미하일', '강 알렉산드르'같이 친숙한 이름들이 명함에 적힌 '박 알렉세이'란 이름을 뒤덮으며 지나갔다. 명함을 받는 순간 G의 머리를 스친 생각은 이랬다. 드넓은 러시아 땅에서도 제일 끝, 그 벽지에서 소일 삼아 글을 쓰고 또 그것을 내세우는 '별 볼일' 없는 작가. 누구 하나 제대로 작품평을 해주는 사람도 없는 그런 작가. 그렇지만 교민 행사 같은 곳에서 일반 사람들과는 조금 다른 대우를 받는 작가. 그렇기에 약간의 으쓱함도 지닌 작가 등등. 물론 G는 한국에서 작가로서의 자기 위치도 그와 별 차이가 있을까, 그렇게 느꼈다. 와인 병과 보드카 병이 놓여 있는 같은 테이블에 마주앉아 마치 서로의 처지를 다 안다는 듯 고개를 끄덕이며 입가에 보일 듯 말 듯 웃음을 흘렸다. 어쩌면 그 웃음 밑에는 글을 쓴다는 공통분모가 은근히 자리할지도 모를 일이었다. 그것 말고는 G나 박의 성씨는 한반도에 그 기원을 두고 있다는 것. 좀더 보탠다면 몽골족이나 만주 퉁구스족 같은 아시아 북방의 민족에서 발견되는 광대뼈가 튀어나오고 눈매가 옆으로 째진 얼굴의 유사함 등을 들 수가 있을까.

무겁던 행사의 공식 절차가 끝나고 흥겨운 음악이 울려 퍼졌다. 러시아인들로 이루어진 악단이 신나는 음악들을 연주했다. 잔뜩 굳은 표정으로 앉아 있던 참석자들도 이 자리 저 자리 옮겨다니며 잔에 술을 채웠다. 박을 알렉세이라고 선뜻 부를 수도 없었다. 첫 만남 자리 아닌가. 그렇다고 '선생님'이란 호칭을 붙이기도 그랬다. 박은 한국어를 잘 알아듣지도 못했다. G는 부칭을 물었다. 유리예비치. 그러니까 박의 아버지 이름은 '유리'였다. G는 그의 이름을 잊을까 입속에서 몇 번 혀를 굴렸다. '알렉세이 유리예비치'. 그날 행사장에서 둘은 주뼛주뼛 서로를 향해 어색하게 웃었다. 웃음이 부자연스러워 영 아니다 싶을 때 G는 그를 '알렉세이 유리예비치'라 부르며 보드카가 채워진 잔을 부딪쳤다. G가 행사장을 빠져나올 무렵, 박으로부터 다음날 한인회와 노인회에서 계획한 야유회에 같이 가자는 권유를 받았다. 박도 간다는 것이었다. G가 사할린에서의 계획을 짤 때 제일 중요한 일 중 하나가 사할린 거주 노인들의 취재였다. 오자마자 그런 기회가 주어진 것에 G는 감사했다.

다음날 오호츠크해의 아니바만(灣)으로 야유회를 갔다. 준비해 간 샤슬릭과 '라쿠쉬카'라고 부르는 조개를 잡아 구워 먹는 사이 사할린 동포에 대한 여러 사연을 들었다. G의 귀에 익은 한국 이름들로 서로 소개를 했다. 돌아오는 길에 박이 자기 집에 들러 러시아식 목욕인 '바냐'를 하자는 것이었다.
"알렉세이 유리예비치, 감사합니다. 정말 가도 괜찮아요?"
"물론이죠. 집에 불을 때라고 해놨으니 도착하면 펄펄 끓고 있을 겁니다." 박은 휴대전화로 다시 집에다 바냐의 상태를 확인했다.

박의 집은 아파트가 아니라 마당이 딸린 이층의 단독주택이었다. G는 박의 아내에게 인사를 하고 마당을 둘러보았다.

마당은 제법 넓었다. 텃밭에는 홍당무, 상추, 부추 등이 자라고 있었다. 담장을 따라 심은 블루베리와 구즈베리 나무에는 꽃들이 촘촘하게 매달렸다. 그 밖에 금낭화, 장미 등 화초들도 눈에 들어왔다. 정성 들인 게 한눈에 비쳤다. G는 박의 성격을 읽었다. 꼼꼼함이랄까. 마당을 둘러보고 바냐 쪽으로 다가갔을 때 빨간색 표지의 러시아 신분증이 허연 속살을 내비친 채 바닥에 널브러져 있었다. 빨랫줄에 걸쳐두었던 그의 점퍼 주머니에서 빠진 모양이었다. 러시아에서 신분증의 중요함이란 한국의 주민등록증과는 비교가 안 될 정도라는 사실을 G는 잘 알았다. 예전에 G가 러시아에서 몇 년 있을 때 겪고 당했던 일들이었다. 간혹 불심검문을 당할 때 신분증을 소지하지 않으면 곧바로 벌금을 물었다. 역에서 기차를 탈 때도 꼭 필요했다. 러시아 국적의 사람들에게도 매한가지였다. G는 얼른 그것을 주워 들었다. 신분증 속 사진은 언제 찍은 것인지는 모르겠지만 박의 얼굴과는 딴판이었다. 인쇄되어 있는 이름 또한 '알렉세이 유리예비치 박'이 아니었다. 러시아어로 쓰인 그의 이름은 '박성호'였다. G는 고개를 갸웃했다. 박 또래의 생년월일과 허여멀건 피부의 젊은 얼굴. 자세히 살핀 뒤에야 박의 신분증임을 알 수 있었다.

G는 바냐로 들어가기 위해 겉옷을 벗으며 박에게 한국식 이름을 불렀다. "아, 한국 이름이 있으시군요. 이름이 좋습니다." "예, 할아버지가 언제 고향에 돌아갈지 모른다고 한국

이름을 고집하셨다네요." 갑자기 G는 박에게 그의 성씨에 따른 뿌리까지는 아니더라도 조금은 도움을 줄 수 없을까, 그런 생각을 했다. 고마움의 표시였다. 다행히 박은 자기의 본관을 알았다. 어디 박씨 정도는 알고 있다는 얘기였다. G는 언젠가 박씨 성을 가진 친한 친구로부터 그 집안의 돌림자에 대해 자세히 들은 적이 있었다. 사할린의 교포 작가 박은 G의 친구와 동성동본이었다. "그러면 아버님 성함은 어떻게 되세요?" 박은 머뭇댔다. G는 자기 친구 얘기를 흘렸다. 친구가 말한 몇몇 집성촌이 기억났다. 혹 박의 아버지나 아니면 할아버지가 사할린으로 올 때 한국의 어느 지역에서 왔는지 알기만 하면 쉽게 연결시킬 수 있을 것만 같았다. 그게 영 불가능한 일만은 아니었다. 족보에 박의 아버지나 조부 이름이 올라 있다면 찾을 방법이 많았다. 박씨 성의 친구의 말 말고도, G는 비록 찾지는 못했지만 자기 집의 뿌리를 찾아 몇 달을 휘돈 경험이 있었기에 그런 질문을 던진 것이었다.

집안의 장손이었던 G의 아버지가 도마 위에 올랐다. "이게 다 큰아버지가 그때 족보를 정비해놓지 않았기 때문이지." 사촌들은 그렇게 한목소리를 냈다. 그들의 아이들이 학교 다닐 무렵 뜬금없이 '뿌리찾기' 운동이 벌어져 윗 조상 몇 대까지 알아야 한다는 것이었다. 그렇지 않으면 이른바 양반이 아닌 상놈 집안으로 낙인찍혀 무안을 당할 거라는 게 그들의 주장이었다. 예전에는 집안 제사에도 나 몰라라 했다. 족보는 아예 관심조차 두지 않았던 그들이었다. 이제 고인이 된 자기 아버지에게 모든 책임이 있다는 듯 몰아세우는 사촌들을 보자 G는 직접 종친회 사무실을 들락거렸다. 애들도 결혼할 때가 되고, 자식이 생길 텐데 집안 위계에 맞춰 돌림자를 써야 한다는 것도 한몫했다. G가 그때 배운 게 오행인 목화토금수(木火土金水)에 따라 항렬자의 순서가 정해진다는 것이었다. G의 집안은 그 순서가 하나도 맞지 않았다. 그래서는 족보에서 찾을 수 없다는 종친회 관계자의 말만 들었다. 아버지는 물론 조부도, 그리고 G 자신을 포함해 사촌들이 함께 쓰는 돌림자도 목화토금수의 순서에 어긋나 있었다. G와 사촌들의 자식들도 G의 아버지가 정해준 돌림자를 썼다. 그것 또한 맞지 않았다. G는 예전에 아버지로부터 그런 말을 자주 들었다. "나라도 일본한테 빼앗기고 창씨개명까지 당한 마당에 족보니 뭐니 그게 다 할아버지나 증조부에게 무슨 소용 있었겠니. 일가를 보존하고 살아남는 게 최우선이었지. 나중에 나도 족보 찾으려고 했는데 순 사기꾼 같은 사람들만 만났다. 성씨와 본관만 같을 뿐 관계도 없는 집안의 후손으로 들어가라는 게 대부분이었지." G도 아버지 말에 동의했다. 다만 증조부가 살던 곳이 경기도 포천이고 거기서 조부가 태어났다는 것만이 확실한 사실이었다. G는 일제강점기에 작성된 부분까지 나오는 호적원부에 표기된 증조부 이름과 조부의 이름이 실린 책이 없나 몇 달을 종친회 사무실과 도서관을 오가며 자기 본관의 여러 파(派)들 족보를 뒤졌다. 책자 속 많은 집안들이 족보를 뒤지는 G의 머릿속처럼 흔들거렸다. 대가 끊긴 집안의 후손으로 끼어든 경우가 상당했다. 특히 조선 후기에 그런 집안이 많았다. G가 얻은 수확이라면 대를 거슬러 올라가 연도를 따질 수 있는 방법, 목화토금수에 따른 작명 원칙 등이었다. 몇 달 뒤 G는 그냥 상놈으로 살기로 했다. 자기 집안 아이들을 그렇게 치부한다면 그냥 상놈 집안이 되는 수밖에 없었다.

박은 자기 아버지 이름을 놓고 주저주저했다. 그런 박을 보고 괜히 물었나 싶었다. 어쩌면 좀더 자세히 그의 성씨에 대해 알려줄 수 있을지 몰라 그런다고 G는 쓱 둘러댔다. "우리 아버지 이름은 '훈'입니다." 그러니까 '박훈'이었다. '훈'이란 이름은 한국에 많다. G의 외가 쪽 아저씨 이름도 '훈'이다. 고종사촌의 이름도 '훈'이다. 그런데 그게 러시아에서 괴상하게 바뀌어 G의 입 밖으로 튀어나와버렸다. 언젠가부터 주변에 퍼진, 우리와 어울리지도 않는 외국의 축제들에서 흔히 볼 수 있는, 할로윈 축제 같은 데서 볼 수 있는, 멀쩡한 얼굴에 뒤틀린 표정의 외국식 가면을 뒤집어쓰고 불쑥 나타나는 모습처럼, G는 그 점잖은 '훈'이라는 이름에다 러시아식의 기괴한 가면과 의상을 억지로 입혀버렸다. "그러면 성호 후노비치 박……" 그 호칭을 입 밖에 내는 순간 G의 목이 턱 막혔다. '어, 이게 아닌데……' 허둥대며 G는 얼른 '후노비치'를 붙잡아 도로 입 안에 담으려 했지만 뒤늦어버렸다.

알렉세이 유리예비치 박. G는 박의 한국식 이름과 부칭을 지워버리려 애썼다. 자꾸 G의 머릿속에는 같은 민족으로서의 무엇이 있다는 착각이 들었다. 박은 러시아어로 글을 쓰는 러시아 작가였다. 분명 선을 그어야 했다. 그런데도 '박성호'와 '박훈'이 얼쩡거렸다. 박의 이름은 '성호'가 아니고 '알렉세이'이다, 그의 아버지도 자식들이 겪을 곤란함에 '훈'이라는 한국식 이름을 '유리'라는 러시아식으로 바꾸었을 것이다, G는 '후노비치'가 몰고 왔을 여러 정황들을 상상해보았다. 러시아(당시는 소련이었겠지만) 사회의 일원으로 살아가려면 러시아인의 이름으로 써야 했을 것이다. 박도 그랬을 거였다. 언젠가 한국의 영어학원, 그러니까 초등학교 저학년을 대상으로 하는 학원에서 영어식 이름을 써야 하는 경우를 보았다. 아이들은 학원 안에서 영어로만 이야기해야 하고, 또 영어식 이름을 사용해야 했다. 아이들은 학원이 끝나고 운동장에서 놀 때도 영어 이름을 그대로 사용했다. 잊지 않기 위해. "톰, 너 그거 하면 안 돼!" "아니야 제시카, 해도 된대."

전날 박과의 통화를 끝낸 G는 투덜거렸다. '원래 너와 나의 구분이 없다는데 구태여 구분 지어 부르는 게 저 높은 하늘의 뜻에는 역행하는 것임에 틀림없다.' G가 자주 듣는 FM방송에서 가끔 낭송되는 시가 있었다. 너무나도 유명한 시였다. 이름을 불러주기 전까지는 다만 하나의 몸짓에 지나지 않았는데 이름을 불러주자 하나의 꽃이 돼서 다가온다는 내용의 시. 물론 G도 그 시를 외우고 좋아했다. 삼류소설가인 G에게 그 시가 주는 내용이야말로 절절하게 와닿았었다. 자기 작품이 누군가에게 꽃이 되어 다가가기를 염원했다. 그런데 언젠가부터 '이름'이란 시어가 거슬리기 시작했다. 아마도 족보를 뒤질 즈음부터였던 것 같았다.

아, 이름이 없어지고 너와 나의 경계가 없어진다면. 그런데 그게 어떻게 가능하단 말인가. 개나 고양이조차 자기 이름을 갖고 있지 않은가. 물론 사람의 손을 떠나 쓰레기통을 뒤지는 떠돌이 개들이나 도둑고양이 따위에 이름이 있을 리 없다. 그 거추장스러운 이름이나 호칭은 어디까지나 인간과 관련한 것이다. 아니지. 개에게 이름이 없다면 어떤 개가 누구네 개인지 어찌 알 수 있단 말인가. 그래서 '뽀삐'나 '바비', '메리'같이 물 건너온 이름을 붙이기도하고 '순돌이', 아니면 '영철이' 같은 한국 이름을 쓴다. 물론 예전에는 '도꾸'도 많았지만, 그것도 엄연한 이름이었다. 사할린 박의 집 마당 구석에 묶어놓은 검은 털의 덩치 큰 개도 이름이 있었다. '구로'. 털이 검다고 일본식의 '구로'라는 이름이 붙여진 개를 처제가 키웠는데 아파트로 이사 가는 바람에 박의 집에 데려다놓았다고 했다.

거기까지는 좋다. 이름을 얻지 못한 그 동물은 곧장 '개새끼', '개년' 같은 곳으로 몰리고 만다. 그러다가 그게 인간으로 탈바꿈한다. 이것은 국제적인 욕 아닐까. G는 영화를 보다가 'son of a bitch(암캐의 아들)'란 욕설을 들은 게 떠올랐다. 영어 단어 'bitch'가 '암캐', 아니면 직접적으로 '개 같은 년'의 욕설로 쓰이는 모양이었다. 암캐의 아들은 그야말로 '개새끼' 아닌가. 영어를 그리 잘하지 못하는 G로서는 그게 어느 만큼의 강도를 지녔는지 잘 몰라도 욕인 줄은 알았다. G는 며칠 전 사할린의 거리를 걷다가 러시아인 남녀 한 쌍이 술에 취해 싸우다가 서로 내뱉는 '수킨썬(개의 아들)'과 '수카(암캐)' 소리를 생생히 들었다. 사람을 앞에 놓고 이 말을 했다면 '개새끼'와 '개년'이라는 욕이었다. 이뿐 아니다. '개 같다'라거나 '개 같은'이라는 표현은 앞에 놓인 상황이나 사람이 못마땅할 때 에둘러 쓴다. G도 가끔 입에 올리는 말이었다. 이것도 국제적일 것이라 여겼다.

요즘이야 '개'가 그런 욕설이나 불만이 아니라 정반대의 뜻으로 쓰인다는 것을 G는 고등학교에 다니는 아들을 통해 들은 적이 있었다. '개이쁘다'→'아주 이쁘다', '개좋다'→'정말 좋다'. 길 가다가 중고생들이 쓰는 이런 말들은 자주 그의 귀에 들어왔다. 개의 지위가 격상되어 좋은 뜻으로 쓰인다고는 하지만 그동안 굳어버린 개에 대한 관념 때문에 '개이쁘다', '개좋다'같이 '개'를 접두어로 붙인 신조어들에 고개를 끄덕이기가 힘들었다. 그 뜻을 잘 몰랐을 때 누군가 G를 향해 그 말을 썼다면 달려들어 멱살을 잡았을지도 몰랐다.

'개'라는 접두어가 붙은 말 중에는 '개좆'처럼 개의 생식기를 빌려다 쓴 욕도 심심찮게 들린다. 대체 개의 생식기가 왜 욕의 대상이 된단 말인가. 남의 눈은 아랑곳하지 않고, 아무데서나, 그리고 친인척을 가리지 않고 흘레붙어서 그렇다는 것인가. 그럼 개들이 사람처럼 어두컴컴한 은밀한 공간에서 흘레붙는단 말인가. 아무 생각 없이 개와 관계된 그런 말을 내뱉었던 그런 시절이 G에게도 있었다. 그런 표현들은 사람을 향했다. 말 그대로 욕설이었다. 그런데 그게 사람의 이름이라면. 지난번 읽은 책에서 G의 머리에 자리한 이름들이 있었다. 도서관에서 족보를 뒤지다가 지쳐 다른 서가로 내려왔을 때 발견한 책이었다.

조선 중기에서 후기로 접어드는 때 경상도 한 지역의 신분이동을 연구한 책에서 보았는데, 당시 호적에 올라 있던 이름들 몇은 망측했다. 듣기에도 거북살스러운 이름들. 개노미(介老未)→개+놈, 개조지(介助之)→개+좆. 이게 어떻게 사람 이름이란 말인가, 욕이지. 저주에 가득 차 있지 않았다면 이런 이름을 호적에 어찌 올릴 수 있었겠는가. 이름의 소유자들은 노비였는데, 그중에서도 도망간 노비라고 책을 쓴 저자는 추측했다. G도 그 말에 고개를 끄덕였다. '개조지'는 여럿이었다. 다시 말해 도망친 노비가 많았고, 머리끝까지 치미는 화를 달래지 못한 주인들은 '개좆' 같은 욕설을 내뱉었다가 호적에 그대로 올렸던 것 같았다. 어쨌든지 개와 그것의 생식기는 그때도 욕으로 썼다는 생생한 증거였다. 호적대장에다 개와 그 생식기를 일컫는 말을 붙인 경우야말로 너, 나를 구분 짓는 이름의 행패였다. 그것은 '꽃'이 되어 다가오는 이름이 아니었다. 게다가 대체 왜 생식기를 가지고 욕을 퍼붓는단 말인가.

남자의 생식기뿐 아니라 여자의 생식기도 심한 욕설의 정점에 위치한다. 그게 없다면 우리가 어찌 존재한단 말인가. 각자를 태어날 수 있게 만들어준 그 부위를 저주하듯이 '좆'과 '씹'으로 만들어 욕으로 사용한다. 이것도 저 높은 하늘의 뜻과 어긋나는 일인 것이다. 우주에너지인 음양이 결합해 만들어낸 결과물 아닌가. 그 욕설을 듣는 대상은 잘못된 음양의 결합이란 말인가. G도 자라면서 누군가가 부모의 그 부위를 들먹이며 욕을 해대면 코피까지 터지며 치고받던 기억이 있다. 그런데 G는 어려서 해보고 잊었던 그 욕설을 하고 말았다. '좆새끼'. 조금 완곡히 표현한다고 쳐도 '자지의 아들' 비슷할 것이었다. 그게 '후이노비치'였다. '후이'의 아들, 즉 '좆의 아들' 또는 '좆새끼'. 마찬가지였다. G도 러시아어로 된 다양한 욕들을 잘 알았다. '후이'가 그중 하나였다. 러시아 알파벳 음가에서 '후이노비치'의 '이'는 아주 짧게 발음하는 것으로 발음상 '후노비치'와 매한가지였다. '훈'은 한국에서라면 무척 점잖고, 그 뜻도 찬란한 이름 아닌가. 그게 어쩌다가 러시아에서 욕에 버금가는 천한 것으로 바뀌어버렸나. 그런 생각들이 줄줄이 꼬리를 물었다.

사단이 난 그날, G는 입을 굳게 다물고 사태를 지켜보았다. 제발 박이 그 말을 듣지 못했기만 바랐다. 하지만 '후노비치'는 정확히 그의 귓속을 뚫고 지나간 모양이었다. 바냐 입구에 놓여 있던 양동이에 받은 물을 화초에 준 다음 박은 그걸 휙 집어 던졌다. 그의 몸짓에는 '후노비치'에 대한 격한 반향이 배어 있는 것만 같았다. 야유회에서 보드카를 마실 때 G는 자기가 러시아어를 좀 할 줄 알고, 또 러시아에서 몇 년 머물렀던 이력을 박에게 간간 내비쳤었다. 그것을 알고 있었기에 더 화가 났을지도 모른다는 데까지 생각이 미쳤다. '후이노비치'와 '후노비치'. 그게 그거였다. 텅—텅. 아까 낮에 아니바만에서 가슴까지 올라오는 장화를 신고 쇠스랑으로 건져낸 조개에서 발라낸 조갯살을 한가득 채웠던 양동이였다. 땅—땅—땅. 양동이 구르는 소리가 G의 귀를 따갑게 파고들었다.

무안함을 떨치려 G는 얼른 그 양동이를 제자리에 가져다 놓았다. '후노비치', '후이노비치'. 한쪽이 움푹 찌그러진데다 셀 수 없이 콕콕 찍힌 상처를 온몸에 달고 있는 양동이 같은 이름들. 거기에 무엇을 담든 잠자코 있어야만 했던 이름들. 별 가치가 없어 이리저리 굴러다니다 내팽개쳐지는 양동이 같은 이름들. 마당 한 귀퉁이에 자리한 러시아식 목욕탕 옆에다 가져다놓은 찌그러진 은색 양동이를 보며 G는 그런 생각을 했다. 판자로 두른 허름한 바냐로 들어가기 위해 옷을 벗으면서도 G는 계속 그 생각을 떨칠 수가 없었다. '미쳤지, 후노비치가 뭐냔 말이야?…… ' 바냐 속의 잔뜩 달궈진 돌 위에 물을 한 바가지 붓자 퍽 하며 수증기가 터져 올랐다. 숨이 턱 막혔다. 얼굴이 후끈후끈 달았다. 분명 열기 때문만은 아니었다.

G가 바냐의 나무 의자에 걸터앉았을 때 몇 년 전 연해주에서 만난 고려인 이름이 기억났다. 어째서 그런지 '정'이라는 성은 러시아에서 '텐'으로 불렸다. G가 만난 그 고려인의 성씨는 '정', 아니 '텐'이었다. 예순은 훌쩍 넘은, 사람 좋아 보이는 그는 보드카가 몇 잔 들어가자 자기를 '자지', 즉 '페니스'라 불러달라고 했다. G는 자기를 놀리는 줄 알고 얼굴을 붉혔다. 아직도 저 노인은 왕성한 정력을 자랑하는 것이라 받아들였다. 툭 튀어 오른 가슴근육이며 팔 위로 불룩 솟은 알통이 도드라졌다. 그런데 그게 아니었다. 사연인즉 그 노인의 성명은 '이고르(Igor) 세묘노비치(Semyonovich) 텐(Ten)'이었다. 그런데 그의 아버지 때, 거주 등록을 하던 러시아 관리가, 보드카에 취했는지 아니면 다른 일에 정신이 팔렸는지, 아니면 너무 격무에 시달렸는지 모르지만 서류를 작성하다가 '정(Ten)'이라는 성을 그만 '펜(Pen)'으로 적었다. 첫자의 자음이

T에서 P로 잘못 적힌 것이었다. 그의 아버지는 러시아 철자를 몰랐기에 그냥 그 '펜'을 성으로 써왔고, 호적에 올라간 그것을 제대로 바로잡지 못했다는 설명이었다. 보통 러시아에서 관공서의 서류 같은 공문서에 성명을 기재할 때 이름과 부칭은 첫자만 쓰고 성만 다 표기한다. 대개 순서도 이름과 부칭의 첫자, 그리고 성의 순서로 쓰는 게 관례이다. 아니면 성, 이름과 부칭의 첫자의 순서였다. 간혹 그의 성명은 이렇게 표기되었다. 'Pen. I. S(러시아어로 써도 페니스였다)'. '테니스'는 졸지에 '페니스'가 된 것이다.

G는 몇 년 전 그 기억을 했다. '후노비치'를 앞에 두고 웃음도 나지 않았다. 같은 남성 생식기를 염두에 둔 말들. 노인은 스스럼없이 자신을 '페니스'라 했다. 반면 박에게 '후노비치'라 한 것은 그 자신이 아니라 G였다. 그 정도는 분간할 수 있어야 했다. 물론 G의 의도는 박을 존칭으로 부르려는 것이었다. 한국 이름에 근거를 둔 러시아식 존칭으로. 공항에서 G를 마중 온 교포도 자기 부칭을 그렇게 소개했다. 아버지의 한국식 이름에 '―오비치'를 붙인 자기의 부칭을 알려주었다. 뜨거운 수증기와 '후노비치'가 몰고 온 파장에 G는 완전 까부라져 바냐를 나왔다. 그리고 간단한 저녁을 먹고 헤어졌다. 그게 박을 마지막으로 본 것이었다. G의 손에는 러시아어로 쓴 그의 소설책 한 권이 들려 있었다.

나중에 '후이노비치'로 불러야 할 여러 이름들을 만나기는 했다. 그렇지만 G는 절대 한국식 이름에다 러시아식 호칭을 덧붙이지 않았다. 이를테면 '후인', '호인' 이름을 가진 형제를 만났을 때는 정신을 바짝 차렸다. 그들의 자식들이 가져야 할 부칭은 정말로 '후이노비치'와 '호이노비치'였다. 러시아 발음으로 들으면 '후이노비치', '호이노비치', '후노비치' 다 엇비슷했다. 욕설 언저리를 빙빙 도는 이름들. 물론 러시아식 이름으로 바꾸었지만 후인과 호인이라는 항렬자 '인'을 따른 자신들의 이름이 언젠가 한국의 족보에 올라갈지 몰라 품속에 간직하고 있다는 말도 들었다. 또 여자한테 하는 욕으로 '수카' 따위는 경숙, 은숙처럼 한국 여자 이름에 많이 쓰이는 '숙(Suk)'과 결부될 수밖에 없었다. 토씨 대신에 단어의 어미를 변화시켜 뜻을 나타내는 러시아어의 특성상 '김-경-수카', '이-은-수카'가 될 때가 많았다. G가 만난 '김경숙'이라는 중년 여성은 결국 발렌티나로 개명을 했다. 그럼에도 러시아식 이름과 부칭은 관례로 부를 뿐 대부분의 경우 한국 이름을 그대로 공식 문서에 올려놓았다. 사할린에서는 대개 그랬다. 거의가 일제강점기에 징용으로 남한에서 온 사람들이었다. 소련 국적도, 러시아 국적도 갖지 않고 있다가 한국으로 오지 못하고 무국적자로 세상을 뜬 사람들도 꽤 됐다. 그런 사할린에서 한국식 이름이 유달리 많다고 이상할 것도 없었다. 그 사단 뒤에 알아듣든 말든 G는 성에다가 선생님을 붙여 한국식으로 교포들을 대했다. 편하게 펼쳐진 풀밭 위를 걸어가는 것만 같았다. 그럼에도 걷는 도중 문득문득 그 풀밭 아래 묻혀 있을지도 모를 지뢰 같은 장애물을 꼭꼭 염두에 두었다. 예전에 G가 처음 접한 러시아 소설 『죄와 벌』을 읽을 때 방해하던 지뢰 따위와는 비교도 안 됐다. 그건 그냥 읽지 않아서 '그것도 모르냐? 그것도 읽지 못했나?'라는 비난만 받으면 그만이었다. 그런데 이번 지뢰는 종류가 달랐다. 그대로 G와 상대편에게 깊은 상처를 남기는 더 막강한 화력을 지니고 있었다. 예기치 않게 쾅 터져버리는 지뢰 같은 이름들을 되새기며 G는 한 발 한 발 내딛었다. 전날 박과 통화할 때, 잊지 말라는 교훈처럼, 상처가 채 아물지 않은 G의 발밑에서 '후노비치'는 다시 함부로 발을 떼면 터져버리는 수가 있다고 이물스럽게 꿈틀거리고 있었다.

3

그날 G는 박과 함께 오호츠크해를 거슬러 저 북쪽까지 올라가야 했다. G는 '박성호'도 아니고 '성호 후노비치 박'도 아닌 '알렉세이 유리예비치 박'을 만나러 집을 나섰다. 재게 걸으면서 G는 '알렉세이 유리예비치'를 입 안에서 수없이 굴려댔다. 그날 일정은 빡빡했다. G는 박의 행사에 곁다리로 묻어가는 것이었다. G 혼자서 방문하기에는 교통편도 만만치 않고, 또 여차하면 하룻밤을 지새울지도 몰라 엄두도 못 낼 그런 곳이 방문지에 속해 있었다. 들은 바로는 한 곳은 G가 머물고 있는 유즈노-사할린스크에서 자가용으로 두 시간 정도면 닿을 거리지만, 다른 곳은 북쪽으로 한참을 올라가야 했다. 사할린 섬은 길이가 대략 한반도와 비슷했다. 도로 사정이 안 좋은 곳도 군데군데 있어 시간을 가늠하기가 어렵다는 말도 들었다. 이제 G도 그건 잘 알고 있었다.

G는 혼자 열차를 타고 사할린의 북쪽 도시들을 돌아다녔다. 도중에 버스로 이동한 길들이 그랬다. 이번 도시들은 열차도 닿지 않았다. 이름만 아는 도시들. 새로운 곳에 간다고 잠깐 마음이 설렜다. 한편으로 G는 박과 하루 종일 무슨 말을 해야 할지 걱정이 앞섰다. 또 거기서 만날지 모를 여러 이름들이 스쳐갔다. 그중에서도 해괴하게 변형되어 펑펑 터져버릴 수 있는 이름들을. G는 다시는 실수하지 말자고 속으로 다잡았다. 일정대로라면 그는 두어 군데의 조그만 도시들을 가야 했다.

집을 나서는 G의 가슴이 답답해왔다. '후노비치' 때문만은 아니었다. G가 사할린에 온 지 두 달이 지났다. 갑자기 '작가의 임무'라는 쇳덩이 같은 게 가슴을 탁 쳤다. 사할린으로 파견된 작가의 임무. 자기를 이리 파견한 한국의 예술단체는 필시 레지던스 프로그램 지원신청서를 제출할 때 G가 써넣은 '기대되는 사업 효과'를 기대하고 있을 터였다.

그는 사할린 교포들에 대한 취재를 여러 차례 했다. 그들의 사연은 대개 기구했다. 자주 잿빛 안개와 구름이 뒤덮는 사할린 날씨처럼 우중충한 그들의 기구한 사연들. G는 이제 '기구하다'란 말은 너무 흔해 거기다가 붙일 수도 없다고 딱 잘랐다. 그 내용으로 보고서를 쓴다면 몰라도 소설로 쓰기에는 내키지 않았다. 자기 상상력의 부재. 그게 가장 큰 이유였지만 이들의 사연으로 글을 쓴다면 자기가 탐탁잖게 여겼던 작가들의 작품과 별반 다를 게 없는 결말이 보였다. 외국에 나가 있는 해외 동포들의 '기구한'(여기는 꼭 기구해야 했다. 그렇지 않으면 소설로 성립될 수가 없었으니까) 사연들을 소재로 뚝딱 한 편의 장편을 만들고, 그 작가들의 유명세를 빌려 화제의 책으로 둔갑시키는 출판사들의 기가 막힌 재주들.

사할린 동포들의 사연을 바탕으로 한 몇 권의 책이 진즉에 한국에서 나왔다. 대개가 취재나 회상기 형식을 빌려 쓴 책들이었다. G는 그 책 중 두어 권을 사할린으로 오기 전 훑어봤다. 대충 아는 그 내용에다 주인공의 심리를 둘러 입힌다면, '기구한' 운명을 다룬다면 G도 얼른 써낼 것만 같았다. 또 한국에는 이미 영주 귀국한 사할린 교포들이 전국 각지에 퍼져 살고 있다. 어렵지 않은 일이었다. 다만 그게 너무 흔한 소재가 되어버렸는지도 모를 일이었다. 그 흔한 소재를 또 빤하게 다룰 것 같은 자기 한계를 G는 잘 알았다.

G가 새롭게 알게 된 내용들도 많았다. 그의 머릿속에는 사할린 교포하면 강제 징용으로 끌려온 사람들이라는 등식이 성립했다. 그 단선적으로 자동화된 편린을 전부라 알고 있었다. 그런데 그 등식이 잘못되었음을 증명하는 용어들이 튀어나왔다.

"여기 한인들 관계가 복잡해요. 크게 세 부류가 있지요. 첫째가, 선주민인데 모집과 강제 징용으로 끌려온 사람들입니다. 모집은 돈을 벌려고 온 층이고, 강제 징용은 그야말로 강제로 끌려온 사람들이 훨씬 많지요. 두번째 부류가 '큰땅배기', '얼마우재'라 불리는 계층입니다. 연해주에서 1937년, 스탈린에 의해 카자흐스탄 등지로 강제 이주 당했다가 이리 들어온 사람들입니다."

소련 시절 이들이 '큰땅'이라 부르는 대륙에서 들어온 사람들은 러시아어로 교육받은 수준 높은 사람들이었다. 이들은 대개 공산당원이었고, 사할린에서 관리나 교사, 교수 등으로 일했다. 소련 시절, 러시아어를 못하는 선주민들을 교육하고 교화시키는 층이니 자연히 사회적인 계급으로 따져도 조선땅에서 끌려온 사람들보다는 지위가 높았다는 것이다.

G는 '마우재'가 러시아 사람을 일컫는 함경도 사투리인 줄은 알고 있었다. 이효석의 「노령근해」나 이용악 시인의 시에

'마우재'란 말이 나와 기억이 났다. 그런데 '얼마우재'는 처음 듣는 말이었다. "'얼마우재'가 뭐겠어요? 자기들이 러시아 사람도 아니면서 러시아인들처럼 으스대고 군림하는 게 꼴 보기 싫어 그렇게 불렀지. 이 사람들 중에서 몇몇은 비밀경찰 노릇도 했구요. 그 때문에 여기 한인들 몇몇은 시베리아로 유배되기도 했습니다. 세번째 부류가 북한에서 온 어업 노동자인데 몇만 명 왔다가 여기 남은 사람들이 꽤 됩니다. 그게 이 땅에 남은 한인들이라 말입니다. 지금이야 다 잊고 같이 살아갑니다만 나이 먹은 사람들은 아직 그 앙금이 있지요." "그럼 이중 징용은 뭡니까?" "전쟁 막바지에 여기 한국 사람들 중 많은 수가 일본 탄광으로 끌려갔지요. 강제로요. 그걸 이중 징용이라 합니다. 가족은 이곳에 남겨둔 채 일본으로 갔다가 그만 이산가족이 된 경우가 많지요." 역시 사할린에 오기 전까지 들어보지 못했던 말이었다.

사할린에서 노인들을 취재할 때 꼭 하는 소리가 '여기 사연 좀 잘 알려주시라'였다. 그 말 앞에서 G는 어정쩡한 표정으로 고개를 슬쩍 끄덕이며 물러나곤 했다. 그때 표정처럼 어정쩡하게 지나간 두 달. G는 종종걸음을 치기 시작했다. 박의 차가 기다리고 있을 공원은 걸어서 십여 분 거리에 있었다. 시계를 보니 아직 시간은 여유가 있었다. 그럼에도 G는 도로에 내려앉기 시작한 운무 속으로 빠르게 빨려들었다. 머릿속도 뿌옜다. 복잡한 것은 '후노비치' 같은 이름뿐만이 아니었다.

식민지, 이데올로기 그런 것이 훑고 지나간 역사. G는 머리가 지끈거렸다.

G는 고개를 주억이며 박과 악수를 했다. 그를 본 지 두 달이 넘었다. 박은 '후노비치' 같은 것은 다 잊은 듯 환하게 웃으며 G의 어깨를 한 손으로 껴안았다. G는 '알렉세이 유리예비치'라고 또렷한 발음을 했다. 수없이 혀를 굴린 덕분이었다. G는 조수석에 앉았다. 박은 러시아어와 서툰 한국어를 틈틈이 섞어서 대화를 끌어나갔다. 유즈노-사할린스크 시내를 빠져나올 때 둘 사이의 대화가 끝났다. 머쓱해진 G는 연신 과장된 고갯짓으로 차창을 스친 풍경을 뒤돌아보며 어색한 분위기를 깨려 했다. 박의 지프로 출발한 뒤 한 시간가량 지났을 무렵이었다. 해변이 눈에 들어왔다. 오호츠크해였다. 긴 백사장을 따라 100대는 족히 될 길게 늘어선 차들과 해변에 가득 찬 사람들. 그들은 쇠스랑을 들고 모래를 열심히 헤집어댔다. 조개를 캐는 것이었다. 지난번 야유회 때도 그랬다. 물속에서 캐낸 조개들은 컸다. 담뱃갑보다 조금 큰 크기였는데 겉모양은 한국의 개조개 비슷했다. 사할린에서는 조개를 모두 '라쿠쉬카'라 불렀다. '라쿠쉬카'란 러시아어로 조개의 총칭이었다. 사할린 곳곳 바닷물과 민물이 만나는 곳에 재첩이 서식했다. 그것도 라쿠쉬카였다. 그런데도 그 각각의 조개들이 지닌 효능은 정확히 알았다. 재첩을 우린 물이 간에 좋다

고 교민들은 그 '라쿠쉬카'를 잡았다. 도로가 해변 곁으로 이어졌다. 큰 양동이에 벌써 하나 가득 조개를 잡은 러시아인들이 쇠스랑을 한쪽 어깨에 걸치고 물 밖으로 나오는 게 보였다. 잠자코 있던 박은 그 광경에 호기심을 보이는 G에게 말을 걸었다.

"예전에 조개는 한국 사람만 먹었어요. 러시아 사람들은 입에도 안 댔는데, 이제 조개 잡는 사람들 거의가 러시아인들입니다. 징용 온 한국 사람들이 조개를 잡아 요리했는데 그것을 따라 배운 겁니다. 여기 다시마가 아주 질이 좋습니다. 그것도 한국 사람만 먹었는데 이제 러시아 사람들이 더 좋아해요."

"근데 조개마다 부르는 이름이 있는데, 전부 라쿠쉬카라 하던데요. 저거 비슷한 걸 한국에서는 개조개라 하거든요. 또 강에 사는 조그맣고 까만 조개는 재첩이라 부르는데."

"여기서 라쿠쉬카면 됐지, 뭐가 더 필요합니까? 그걸 먹고 살아남는 게 우선 아닙니까? 라쿠쉬카든, 개조개든 재첩이든 그게 무슨 상관입니까?"

박의 대답은 까칠했다. G는 박도 작가라 조개의 구체적인 명칭에 호기심을 보일 줄 알았다. 무안해진 G에게 슬그머니 치밀어 오르는 게 있었다. '후노비치야 내 잘못이지만, 아니 말이야 바른 말이지 그것도 내 잘못이 아니잖는가. 또 지난번처럼 가끔 조개 잡으러 다닌다는 사람이 사할린에서 나는 조개 명칭들 한두 개 정도는 알아야 글을 쓸 것 아닌가.' G는 차마 그 말을 꺼내지는 못했다. 운전대를 잡고 앞만 바라보는 박의 얼굴이 G의 눈에 통명스럽게 비쳐졌다. 지난번 아니바만에서 잡은 조개에 과도를 푹 꽂아 넣고 힘을 주어 껍질을 벌리던 박의 표정이 G의 눈앞을 훑고 지나갔다. 그날 그는 그렇게 잰 손길로 바른 조갯살을 양동이 가득 채웠다. 개조개든 재첩이든 무슨 상관이냐는 박의 목소리는 그 과도처럼 G를 쿡 후볐다. 다시 G의 머릿속으로 '후노비치'가 지나갔다. G는 얼른 입을 다물었다. 여기서 개조개니 재첩이니 찾는 자신의 꼴이 우스워졌다. 하기야 이름들에 의해 구분 짓는 경계가 무슨 필요가 있단 말인가. 그 존재가 바뀌는 것도 아니었다. 라쿠쉬카든 개조개든 재첩이든. 설사 이름이 없을지라도 그것들은 자신들의 몸짓을 하고 있었고, 그 각각의 몸짓을 알아챈 사람들은 '꽃이 된' 그 조개들을 건져낼 뿐이었다. G는 자신의 그런 섣부른 말들이 박에게 돼먹지 않은 것으로 비쳤을 것이라고 믿었다. 해변 저 멀리 도시 정경이 조그맣게 눈에 들어왔다. 어림짐작으로 한 삼십 분은 더 가야 할 듯했다. G는 불편했다. 얼른 행사장에 도착했으면 싶었다.

한국인이 러시아로 이주한 지 150주년을 맞는 해라 여러 행사가 사할린 곳곳에서 개최되는 중이었다. '남·북·러 친선 태권도 대회' 같은 게 사할린의 여러 도시를 순회하며 열리고 있었다. 교민신문을 보니 사할린 교포들이 '큰땅'이라 말하는 러시아 본토에서도 이주 150주년을 기념하는 여러 행사들이 개최되고 있나 보았다. 박도 그 일환으로 초대를 받아 강연차 가는 거였다. G는 분위기를 바꾸려 행사 일정과 박이 발표할 내용을 물었다. 박이 발표할 주제는 '문학 속에 나타난 사할린에서의 한국인'이라는 제목이었다. 얼른 G는 그것을 받아 적었다. 오호츠크해가 차창 밖으로 계속 펼쳐졌다. 말로만 듣던 먼 북쪽의 바다. G가 이곳에 온 지 꽤 되었는데도 그게 새삼스러웠다. 사할린도 마찬가지였다.

"여기 화태*에서는 말이요……"

박의 말이 비포장도로에서 튀어 오르는 돌 소리에 묻혀버렸다. 그래도 '화태'란 말이 G의 귀에 또렷이 박혔다. G는 '화태'라는 지명이 익숙했다. 그것은 늘 이런 어구 속에 있었다.

'화태 앞 먼 바다에는……'

예전에 G의 아버지는 잠자리에 들 때면 늘 트랜지스터라디오를 틀어놓았다. 곁에서 자던 어린 G는 그 방송을 귀 너머로

---

* '화태(樺太)'는 일본이 사할린을 일컫은 '가라후토(カラフト)'의 한자어이다. 이는 원주민인 '아이누'족이 사할린을 부르던 명칭을 그대로 차용한 것이다. 어쨌든 '가라'는 '검다'라는 뜻을 가지고 있는데 이는 흑룡강(아무르강)에서 유래한다고 볼 수 있다. 지금의 '사할린'이라는 명칭은 '검은 강', 즉 '흑룡강(아무르강) 하구로 들어가는 바위'라는 뜻의 표현인 '사할란 앙가 하타'를 바탕으로 한 것이라 알려져 있다.

들어야 했다. 그의 아버지가 듣는 주파수는 고정이었다. 한밤중인지 이른 새벽인지는 몰라도 어둠 속에서 울리는 먼 이국의 일기예보 속에 '화태'가 자리했다. 아마 해외 동포를 위한 방송을 송출하는 시간대가 있었던 것 같았다. "화태 앞 먼 바다에는……" 화태가 사할린을 뜻하는 것을, 또 화태 앞 먼 바다가 오호츠크해를 일컫는다는 것을 G가 안 지는 그리 오래되지 않았다. 일기예보에 이어 그들의 사연이 담긴 편지 내용을 읊는 순서가 뒤따랐다. 아나운서의 나직한 음성은 꿈결로 찾아들었다. 정말로 먼 이국의 이야기처럼 현실감을 느낄 수 없는 그런 내용들이 잠결에 둥둥 떠다녔다. 그 아나운서의 목소리에 G는 설핏 깨었다가 다시 잠이 들고는 했다.

듣도 못한 화태가 갑자기 찾아왔을 무렵, 모든 게 G에게 서먹했다. G의 집안이 빚 때문에 집과 세간을 정리하고 산동네의 뒷방 두 개를 얻어 나왔을 때였다. 요를 깔고 누우면 바짝 몸으로 다가드는 방 벽, 벽 양쪽에 못을 박아 거기에 잡아맨 끈 위에 주렁주렁 걸려 있는 가족들의 옷가지들. 그런 것들을 넣어두던 세간들은 다 없어졌다. 먼저 집 문에 걸려 있던 문패는, 직사각형 돌 위에 양각으로 새긴 그의 아버지 이름은, 떼어져 잡동사니를 넣어둔 상자 속에서 웅크리고 있었다. 가끔 누군가 물건을 찾아 거기를 헤집을 때 불편한 자세를 바꾸기라도 하듯 이따금 뒤척일 뿐이었다. G가 그의 아버지 이름이 더 이상 사회에서 필요 없게 되었다는 것을 깨달은 것은 조금 자라고 난 뒤였다. 한밤중 그 어두컴컴한 방을 찾아든 화태는 어둠 속을 빙빙 떠돌았다. 눈을 뜨면 밤사이 찾아든 화태같이 설기만 한 풍경들. 화태는 그때 풍경들과 함께 지금까지 G의 가슴속에 희미하게 남았다.

박이 '화태'라는 말을 꺼낼 때 정말 G는 '먼' 곳으로 왔다는 사실을 실감했다. 사할린에 오자마자 따라간 바닷가 야유회에서 노인들은 사할린이란 지명보다 화태라는 말을 더 자주 입에 올렸다. "내가 화태로 온 때는 열두 살이야", "우리 아버지가 먼저 화태로 오시고 몇 년 뒤 가족들이 따라왔어. 난 화태에서 태어났지" 등. 이상하게도 그날은 그들의 '화태'와 라디오에서 듣던 그 '화태'라는 말이 따로 놀았다. 박이 '화태'라는 말을 꺼냈을 때에야 잠결에 듣던 그 말이 오롯이 살아났다. 그때 잠 속에서 귓가를 스친 편지의 사연들도 희미하나마 G의 기억 끄트머리에 머물렀다. 가족을 찾거나 고향을 그리는 사연의 주인공들은 한국 이름들이었다. G는 '화태'에 얽힌, 주로 라디오에서 들은 이야기를 박에게 했다.

오호츠크해가 끝없이 펼쳐졌다. '화태 앞 먼 바다'였다. G는 화제를 바꾸고 싶었다. 아침에 집에서 나오며 G는 박의 책과 안톤 체호프의 『사할린 섬』을 챙겨 들었다. 박의 첫번째 행사장이 있는 도시는 체호프의 책에도 나와 있기에 혹 도움이 될까 들고 나섰다. 사할린, 아니 화태에서의 한인들의 역사는 몇십 년 넘게 거뭇거뭇한 석탄의 빛깔로 사할린의 곳곳에 우중충하게 남아 있지만, 불과 석 달 머물고 떠난 체호프는 화려하게 사할린의 상징이 되었다. 그동안 G는 사할린 도시 곳곳을 돌아다니며 체호프를 더듬었다. 사할린주의 주도(州都) 유즈노-사할린스크 도처가 체호프를 내세웠다. 책 제목을 그대로 박물관 명칭으로 사용하는 체호프의 '사할린 섬' 박물관, 체호프극장, 체호프거리 등. 사실 체호프는 유즈노-사할린스크에는 들르지도 않았었다. 아무르강을 타고 내려온 체호프는 사할린의 북서쪽의 유형지인 '알렉산드로프스크-사할린스키'에 도착했다가 다시 남쪽으로 내려와 '코르싸코프'에서 배를 타고 사할린을 떠났다. 그럼에도 사할린의 곳곳이 체호프가 없으면 안 된다고 우겨댔다. '유즈노-사할린스크'도 그렇고, 원래 체호프가 머물렀던 사할린 북쪽의 '알렉산드로프스크-사할린스키'는 말할 것도 없었다. 또 한국의 읍 정도 크기의 체호프시(市)도 있었다. 사할린 섬 전체가 그의 삼 개월의 체류를 빌미 삼아 체호프란 이름을 톡톡히 우려먹는 중이었다.

G도 지난번 사할린 북쪽을 여행하며 체호프가 처음 도착했던 '알렉산드로프스크-사할린스키'에 들렀다. 유즈노-사할린스크는 일본이 계획하여 건설한 도시인 반면, 알렉산드로프스크-사할린스키는 제정 러시아 시절 유형수들을 보내 건

설한 도시로 2차 세계대전 전 사할린에서 소련이 차지했던 영토의 중심 도시였다. G는 불편한 교통편을 이용하여 그곳에 갔다. 체호프를 만나기 위해서였다. 대체 그가 왜 이곳에 왔는지 책에 적어놓은 내용을 따라 기억을 더듬었다. 그가 머물렀던 집은 지금 체호프 박물관이 되었다. 이건 너무하지 않은가 할 정도로 오 분도 되지 않는 거리에 그의 이름을 넣은 다른 박물관이 또 있었다. 조그마한 거리를 따라 세운 그의 동상과 흉상들. 그 좁은 도로 곳곳에 세워놓은 시를 상징하는 문양도 기괴했다. 유형지였음을 알려주는 양쪽 발에 채우는 길게 늘어진 쇠고랑이 그것이었다. 체호프는 사할린에 들어왔다가 나가지 못하고 백여 년이 지난 지금까지 그 쇠사슬에 꽁꽁 묶여 있는 것만 같았다. 대낮처럼 환한 오후 5시, 거짓말같이 인적이 끊겨가는 자그마한 도시. 백여 년 전 유형수들로 북적였을 곳곳은 너무 빨리 적막 속으로 빠져들었다. 체호프의 동상과 흉상은 그 고요 속에서 손과 발에 채워진 무거운 쇠고랑을 끄는 소리를 듣고 있는지도 몰랐다. 어떤 이들은 대단치도 않은 죄를 저지르고 세상의 끝으로 끌려왔다고 체호프는 적었다. G는 요 며칠 사이 다시 그 책을 읽었다. 비행기에서 재미있다고 느꼈던 그 책에 나오는 죄수의 이름들이 새삼스레 다가들었다. 아마도 '후노비치'의 영향이었을 것이다. G가 그 도시를 빠져나오려 차를 기다릴 때 개들만 휑뎅그렁한 거리를 어슬렁거렸다. 그는 체호프 흉상 곁에서 퀭한 눈으로 거리를 바라보았다. 거기에서 셀 수 없이 놀림 받았을 그 이상한 이름들이 걷고 있었다. 절뚝이며, 또 배를 움켜쥔 채 G의 눈앞을 스쳐갔다.

체호프의 그 책에는 서류에 등록된 죄수의 이름들 중 특이한 이름들을 소개하고 있었다. 대부분 인격을 담아 부를 수 없는 이름들이 많았다. '첼로베크 녜이즈베스노보 즈바니야(신원 미상의 인간)'. '신원 미상'이라는 상태를 그대로 이름으로 사용하고 있었다. '쉬칸드이바(절룩발이)'. 아마도 다리를 절었나 보았다. '젤루도크(위장)'란 이름은 늘 속이 아프다고 배를 감싸 쥐던 유형수가 아니었을까. 또 '제바카(입을 헤벌린 사람)'란 이름도 있다. 세상의 끝으로 끌려와 넋이 나간 모습이었는지도 몰랐다. 억압적인 힘에 의해 붙여진 이름들. 관리나 간수들이 함부로 불러대다가 서류에 그대로 올렸을 이름들. 유달리 눈에 띄는 점은 자기의 성씨를 모르는 사람들도 여럿이었다. 그래서 러시아어로 '기억이 안 난다'라는 동사에서 파생시킨 야릇한 성들이 탄생했다. 관리가 그 죄수들의 성을 물었을 때 그들의 답은 '기억이 안 난다'는 '녜포므니쯔'였고, 문서에 그 단어를 그대로 기입했나 보았다. 체호프가 기록한 사할린 유형수들의 성에는 남자의 경우 '녜포므냐쉬', 여자는 '녜포므나샤야'가 많았다. 이반 녜포므냐쉬, 나탈리야 녜포므나샤야 등.

G가 읽은 책, 그러니까 '개조지'가 등장한, 조선 시대 경상도 한 지역의 호적대장을 연구한 책에서도 그와 비슷한 경우들을 보았다. 어떤 인물은 자신의 성이 김씨라는 것을 알았지만 조부와 증조부의 이름을 몰라 쩔쩔맬 때 호적에는 모두 '부지(不知)'로 기록하고 말았다. 조부도 증조부도 모두 '김부지'였다. 대부분 노비 가계에서 이런 일들이 벌어졌다. 때로는 호적을 만들었던 하급 관리들이 다소 장난스럽게 이름이 들어갈 자리에 '부지' 말고도 조부는 '어찌 알겠느냐'는 뜻의 '안지(安知)'나 '하지(何知)'를 적어 넣었다는 것이다. 가령 그 사람이 정씨였다면 그의 조부는 '정안지', 고조부는 '정하지'가 되었다. 분명 그들에게도 가족들이 불러준, 태어날 때 부여받은 귀한 이름들이 있었을 것이다. 그게 '개똥이'든 '쇠똥이'든. '부지'나 '하지'처럼 막 던져진 이름이 아니라 정겹게 불러주던 이름 하나씩은 다 있었을 테니까.

함부로 막 지어져 불리던 이름들. G는 흉상의 시선이 향한 곳을 물끄러미 바라보았다. '후노비치'도 그 사이에서 어른댔다. 필요할 데가 많아 자주 쓰면서도 막 굴려대는, 박의 집 마당에서 나뒹굴던 그 양동이 같은 이름들. 어디건 같았다. 그 이름들은 그 안에 맑은 물을 담든, 아니면 구정물을 담든 잠자코 세월을 견디고 있었던 것이다. 그렇게 사할린 동포들의 무거운 사연을 피해 올라간 그곳에서 G는 또 다른 기괴한 이름들을 만나고 있었다. 휑한 거리 위에서 쇠고랑을 찬 지친 몸을 느릿느릿 이끌며 지나쳐가는 모습들이 눈앞에 되살아났다. 체호프의 눈은 먼 곳을 응시하고 있었다. 거세당한 이름들. 그 이름들과 함께 '강제'가 낳은 풍경들이 서쪽으로 떨어지는 태양 속에서 가물거렸다.

"근데, 체호프의 『사할린 섬』에서 말이죠." G는 조심스레 입을 열다가 얼른 입을 다물었다. 공연스레 체호프가 기록한 기묘한 이름을 들먹일 까닭이 없었다. 박의 머릿속에서 체호프가 기록해놓은 이상야릇한 이름들이 '후노비치'에 이를지 모른다는 우려에서였다. 박은 문학 이야기인 줄 알고 허리를 꼿꼿이 펴며 운전대를 고쳐 잡았다. "예, 체호프의 그 책이 여길 유명하게 만들었죠." G는 알렉산드로프스크-사할린스키에서의 체호프 글과 도시 인상을 늘어놓았다. 박은 놀라는 눈치였다. "여기 사람들도 평생 살며 갔다 오지 못한 곳을 다녀오셨습니다." G는 박의 그 말에 언뜻 수긍이 가지 않았다. "화태에 사는 한인들도 대개 그 자리에서 뱅뱅 돌아요. 그런 곳에 가야 할 일이 없거든요. 많은 사람들이 유즈노-사할린스크에 몰려 살고 있지만 대개 이 섬의 곳곳은 가보지 않았어요. 가봐야 그 풍경이 그 풍경이고, 딱 유명한 곳도 없어요. 차라리 '큰땅'이나 외국 여행을 하지요. 여기서 태어나 살고 있어도. 보통 사람들은 그냥 생업에 종사하며 뱅뱅 돕니다."

체호프도 죄수들이 이 섬에서 도망칠 수 없다는 사실을 강조했다. 수용소를 빠져나가봐야 곰들이 기다리고 있고, 또 곰을 피한다 해도 해안가에 다다르면 다른 방도가 없는 천혜의 수용소였다. 이곳에 온 이상 그냥 숙명처럼 있어야 한다고 했다. G는 바람에 파도가 일렁이는 바다만 멍하게 바라보았다. 사할린이 섬이라는 사실을 다시 실감했다. 갑갑했다. G는 집으로 돌아갈 날이 얼마나 남았는지 잠깐 헤아렸다. 두 달을 넘어섰다. 불현듯 체호프가 이곳에서 삼 개월 여정이었고, 자신도 삼 개월 체류 계획으로 온 것이 묘하다고 여겨졌다. 그래봐야 삼 개월이라는 시간적 공통점 이외에 뭐가 더 있을까, G는 풀이 죽었다. 구불구불한 해안선을 몇 차례 돌았다. 그동안 계속 침묵이 흘렀다. 박도 차창 너머 오호츠크해만 바라보는 G의 침묵이 불편했는지 체호프에게 도움을 청하고 있었다.

"지금 가는 코르싸코프에서 체호프가 머물다 떠났지요. 저 대양을 지나 '큰땅'으로, 러시아로 간 거지요." 그러면서 박은 체호프에 대해 간단하게 말을 마친 뒤 혹 자기 작품에 대해 G가 무슨 말을 할까, 기대하는 눈치였다. 짐짓 무심한 척 앞만 보며 자기 소설이 보잘 것 없지 않냐고 물었다. G는 지금 그의 작품을 읽고 있는 중이라고 얼버무렸다. 박의 입술이 살짝 씰룩였다. 박이 쓴 소설 속의 러시아 어휘 때문에 G는 자주 사전을 뒤적여야 했다. 대충 책장을 넘기다가 멈춘 곳이 절반가량 되는 지점이었다.

박의 책 제목은 『꿈에 그리는 고향』이었다. 책을 처음 받아들 때 읽지 않아도 대충 짐작이 갔다. 너무 순진한 제목. 사할린에서 타지 사람이 그 제목을 접했다면 누구나 그렇게 여겼을 것이라고 G는 자신했다. 디아스포라 문학에서 제일 먼저 들어갈 상투어를 제목으로 삼다니. 바냐에서 나와 간단한 빵과 차, 딸기잼이 놓인 저녁 식사 자리에 앉은 G에게 박은 자기 책을 건넸다. '후노비치'가 막 지나간 뒤였다. G는 눈을 크게 뜨며 흥미롭다는 얼굴로 책을 받아들었다. 겉표지에는 짙은 보라색 꽃 몇 송이가 확대되어 있었다. 채도가 그리 좋지 않아 촌스러웠다. 책을 펼치자 자기 아버지인 '유리 세르게예비치 박'에게 바친다는 글귀가 눈에 들어왔다. 소설 첫 문장부터 막혔다. 시작은 이랬다.

"아버지가 돌아가신 것은 '아코니트' 때문이었다. 일부러 그랬는지 아니면 사고였는지 모를 일이었다."

뭔 말인지 G는 알쏭달쏭했다. 대체 '아코니트'가 뭐란 말인가. 문장 맨 앞에서 대문자로 시작하는 그 단어. 아무래도 사람을 지칭하는 것 같지는 않았다. 몇 장 더 넘기다가 잘 읽겠다는 인사치레를 하고 책을 덮었다. 그날, 집으로 돌아온 G는 한동안 야유회를 떠올리다가 강한 인상을 남겼던 '후노비치'에 다시 사로잡혔다. 그러다가 문득 그 '아코니트'가 뭔지 궁금해졌다. G는 부리나케 사전을 뒤졌다. acontium. 바꽃, 투구꽃, 원앙국…… 처음 들어보는 이름들이었다. 식물에 대해 잘 알지 못하는 G도 투구꽃이라는 명칭을 보고 '아코니트'가 꽃 이름인 줄 알아챘다. 인터넷을 검색한 G는 그 꽃이 미나리아재빗과의 바꽃속 식물로 사약의 재료로 쓰였다는 간단한 상식을 얻었다. 짙은 보랏빛의 꽃, 그 빛이 너무 진해 가만히 들여다보면 빨려 들어갈 것만 같았다. 저 하늘의 명부(冥府)를 두르고 있을 것만 같은 빛. 정체를 감춘 죽음의 냄새가 그 영롱한 빛깔 속에 숨은 채 누군가 어서 오기만을 기다리고 있을 것만 같은 그런 빛. G는 박의 책 표지를 다시 살폈다. 표지는 사진의 선명도가 떨어져서 그런지 다시 봐도 조야했다. 그래도 그 표지의 꽃이 투구꽃이라는 것을 어렵지 않게 알 수 있었다. 책장을 대충 넘기자 한글로 된 내용들이 군데군데 있었다. G는 그중 하나를 꼼꼼히 읽었다.

'가라후토 부시'의 꽃이 한창으로 피였다. 짙은 보라색(色)이요, 팔팔 나는 나비처럼 꽃잎이 동그랗게 양(兩)쪽으로 붙었고, 앞이 째쭉한 것이 어찌나 곱던지 따서 그 향기(香氣)를 맡아보고도 싶다. '가라후토 부시', 그 잎을 손까락으로 문지른 다음 그 손까락을 빨기만 하여도 죽는다는 독초(毒草)이었만 그래도 벌들은 그 꽃에서 꿀을 찾아 날라 다닌다.

G는 박의 책에 나오는 '가라후토 부시'가 혹시 '아코니트'

를 말하는 게 아닌가 추측했다. 짙은 보라색 꽃잎이라는 것을 보면 그랬다. 그가 들고 온 체호프의 한글로 번역된 『사할린 섬』에서도 부자(附子) 때문에 죽는 사람이 여럿 나왔다. 그렇다면 부자가 '아코니트'인가 싶었다. 나중에 러시아어로 된 『사할린 섬』을 사서 비교해보았다. 체호프는 투구꽃의 뿌리를 일컫는 '부자'와 '아코니트'란 단어를 혼용하고 있었다. 체호프 책을 보면 그 독성이 얼마나 강한지 그것을 먹고 죽은 돼지 간을 먹었다가 거의 죽음 앞까지 다다른 인물을 소개하기도 했다. 체호프는 사할린의 어떤 유형수가 자기에게 보낸 청원서 내용에 들어 있는 「부자」라는 제목의 시를 주석에 소개하기도 했다.

강 위에서, 습지에서, 계곡에서

도도하게 자라고 있는

그 푸르고 아름다운 잎

의학에서도 아코니트는 소문났지

창조주 손수 심으신

아코니트의 뿌리는

종종 사람을 유혹하여

묘지로 이끌곤

아브라함의 품속으로 보내지.

아브라함의 품으로 이끄는 아코니트의 뿌리. G의 기억에 왕의 치료를 위해 소량의 부자를 썼다가 역적으로 몰려 죽는 사극 장면이 꽤 있었다. '독도 잘만 쓰면 약이 된다'라는 흔한 말은 바로 부자를 두고 한 말이 아닌가 싶었다. 책을 받아 온 그날, 박의 아버지를 죽음으로 몰고 갔다는 아코니트에 대해 알아볼 때 희한한 명칭도 있었다. 채취 시기에 따른 차이가 있지만 부자를 채취하는 바꽃류의 어떤 것은 까마귀 머리를 닮았다고 '오두(烏頭)'라는 이름으로도 불리는 모양이었다.

G는 오두란 단어에 어이가 없었다. 새의 머리가 무슨 차이가 있을까. 까치 머리인 '작두(鵲頭)'는 왜 안 될까. 까마귀와 까치의 머리는 크고 작음의 차이지 어찌 구별한단 말인가. 그러면 그 식물의 뿌리도 크고 작은 게 있을 게 아닌가. 그 이름 붙이는 행위에 대해 G는 고개를 저었다. 이는 무턱대고 까마귀를 늘 죽음의 상징으로 써온 결과 아니었을까, 나름 추측을 했다. 잘못 복용하면 혼은 곧 저 명부로, 아브라함의 품으로 건너갈 것이고, 육신은 까마귀의 몫이 된다는 경고를 담아 '오두'라 부르지 않았을까. 까마귀가 이 명칭을 알아듣는다면 '후노비치'처럼 분명 기막혀 했을 것이라 G는 확신했다. 사체를 먹는 새가 어디 까마귀뿐인가. 그 새의 온몸을 두른 검은 빛 때문 아닐까. 언젠가부터 상복의 빛이 된 검은색. 「전설의 고향」 같은 데서 저승사자가 입고 있는 도포의 색. 너무도 자동화되어 아무런 반성 없이 쓰고 대하는 검은색과 그 빛깔의

까마귀. G는 연암 박지원의 글을 떠올렸다. 까마귀의 검은빛 때문에 불길하다 여기지만 실제 까마귀 털을 자세히 보면 다채로운 빛을 발하고 있다는 점을 강조하고 있었다. 그렇게 쓰지 않으면 안 된다고 꽁꽁 옥죄는 관습화된 이미지와 상징에 대한 경계였다.

사할린에도 까마귀는 너무 많았다. G가 머물고 있는 아파트 앞 전봇대와 자작나무에도 늘 까마귀가 앉아 있었다. 모스크바에 몇 년 있을 때, 특히 눈이 쉬지 않고 내리는 긴 겨울이면 G는 먹다 남은 치즈 덩어리나 소시지 같은 것을 창틀에 올려놓곤 했다. 먹이를 찾아 빙빙 도는 새들을 볼 때 음식물을 버리는 게 죄 같았다. 그것들은 까마귀들이 물고 갔다. 이따금 창틀에 앉아 부리로 먹이를 헤집던 까마귀의 새카만 눈이 G의 눈과 마주칠 때가 있었다. 섬뜩했다. 그때 G도 관습화된 까마귀 이미지에서 완전히 자유롭지는 못했다. 그렇지만 그 독초를 '오두'라고 명명한 것에 '작두'니 어떠니 자기 멋대로의 추측을 더해 인상을 찌푸리며 은근 분개하고 있었다. G는 그 분노가 '오두'에 있지 않고 자신을 향하고 있음을 얼른 알아챘다. 그날은 아코니트도, 가라후토 부시도, 투구꽃도, 오두도 모두 '후노비치'에 가려졌다. 다시 G의 얼굴이 후끈 달았다.

전날 이중 징용으로 인한 이산가족 행사를 취재하러 온 교민신문 기자와 러시아 TV 리포터는 한국에서 작가가 왔다고 막 사할린에 도착해 어리둥절해하는 G를 인터뷰했다. 곧 신문과 방송에 나올 것이라는 말을 들었다. '후노비치'라고 지껄인 자신을 두고 좁은 교민 사회에서 뭐라 할까, 벌컥 짜증이 일었다. 멀쩡한 무엇을 기묘한 고정관념으로, 하잘 것 없게 천한 것으로 돌려세우는 그놈의 이름들. G는 너무 멀리 왔나 싶어 도로 박의 책으로 시선을 돌렸다.

그 식물과 소설 속 아버지의 죽음이 어떤 관계가 있는지 궁금증은 좀체 풀리지 않았다. 향수를 못 이기고 스스로 목숨을 끊었단 말인가? 아니면 그 부자를 잘못 먹고 죽은 걸까. G는 다시 자기의 빈약한 상상력을 절감했다. 설마 소설을 그렇게 빤한 것으로 끌어갔을까. '아코니트'에 대한 어떤 문학적인 장치를 통해 상징화했겠지. 한글로 된 부분으로는 더 이상 알 수도 없었다. 맨 앞에다 뺀 그 독초는 박의 글에서 중요한 역할을 할 수밖에 없을 것이었다. 그러니 책 겉표지에도 그 투구꽃을 내세우지 않았겠는가.

G는 그날 박의 책에 나오는 한글로 된 두어 부분만 스치듯 보며 넘겼다. 책 제목을 짐작케 하는 국한문 혼용의 몇십 년 전 맞춤법과 문체로 짐작되는 글들이 이어졌다. 대체 박의 아버지, 아니 일인칭 화자의 아버지는 왜 죽었단 말인가. 박의 소설은 그의 아버지를 기리고 있을 게 틀림없을 것이었다. 아버지가 쓴 글을 그대로 인용한 것인지 아니면 소설적 장치인지 몰랐다. G는 박이 한국어를 몇 마디 할 정도지 쓸 줄은 모

른다는 사실을 상기했다. 필시 그의 아버지 글을 빌려 소설에 집어넣은 게 분명하다고 단정했다. 인용된 내용과 문장으로 볼 때 그 수준이 높았다. 글을 많이 써본 솜씨에서 비롯된 것이라 쉽게 짐작이 갔다. 어쩌면 박의 아버지는 문학에 뜻을 두고 글을 썼는지도 몰랐다. 좀더 읽으니 화자인 '나'의 아버지가 왜 죽었는지 의문을 던져주곤, 곧장 한국의 아버지 고향 마을이 그려지고 있었다. 아버지의 고향 땅을 밟은 '나'는 여러 사람을 만나 아버지의 자취를 더듬는다. 이젠 완전히 도시로 변해 흔적조차 찾을 수 없는 곳. 기억 속에서 '한 오리 신작로'로 표현되는 어구는 다른 글 말미에도 똑같이 몇 번씩 쓰였다.

그 뒤 간간이 G가 조금씩 읽은 내용을 살펴보면 대개 '나'의 아버지에 대한 사연이었다. 중간중간 책 읽기를 방해하는 박의 철학적 사유들이 날것으로 G의 머릿속에 삐죽삐죽 불편하게 남았다. 특이한 점이라면 G가 읽은 부분까지 주인공의 이름은 없고 오로지 일인칭 시점으로 진행됐다. 절반쯤 읽었다면 소설 속 대화에서라도 주인공 이름이 나올 법한데 그렇지가 않았다. 소설 속의 아버지 이름은 '박훈'도 '유리 세르게예비치'도 아니고 그냥 '아버지'였다.

사할린에 사는 한인 2, 3세들이라면 누구나 갖고 있을 그런 사연들을 중심으로 한 스토리가 작품을 끌어갔다. G가 지금껏 읽은 한인들의 디아스포라 문학, 그러니까 고려인 문학과

중국의 조선족 문학에서 그 비슷한 내용을 보았었다. 사람의 힘으로는 어쩔 수 없는 '기구한' 운명, 자기편을 들어야만 한다는 이데올로기의 횡포. 그러다가 안 봐도 대충 알 만한 그 책을 구석에 밀어놓은 지 한참이 되었다.

4

강연장은 코르싸코프시 문화회관 안에 있었다. 박은 그곳에서 이런 행사를 자주 했나 보았다. 강연장 입구의 좁은 언덕길을 따라 차들이 줄지어 빼곡하게 세워져 있었다. 그는 그곳을 피해 차를 댈 장소를 얼른 찾았다. 건물 옆으로 돌아 지프를 세웠다. G는 박의 뒤를 졸래졸래 따랐다. 건물에 다다르자 여기저기서 '알렉세이 유리예비치'를 외치며 그의 손을 잡았다. 개중에는 박의 책에 사인을 받기도 했다. 한국에서의 소설가 G의 위상이란 건 정말 별게 없었다. 그를 알아보는 사람도 거의 없을뿐더러, 작품도 유명한 게 없었다. 은근 풀이 죽었다. 박이 달리 보였다. 박은 강연이 시작되기 전에 G를 여러 사람에게 소개했다. 박은 '한국에서 파견한 작가'라는 말을 강조했다. 강연에 앞서 사회자가 박의 작품 세계에 대해 설명했다. 『꿈에 그리는 고향』에서 주인공의 이름이 없는 까닭은 "사할린에 사는 우리 중 아무나 이 소설의 주인공이 될 수 있다는 것을 암시한다"고 주위를 환기시켰다. 이어 박은 '문학 속에 나타난 사할린에서의 한국인'에 대해 강연을 시작했다. 그의 말에서 일본을 향한, 그리고 한국을 향한 원망이 짙게 배어 나왔다.

"다시 한 번 강조하지만 할아버지, 아버지 대의 일본 국적도, 그리고 일본이 망한 뒤 갖게 된 소련 국적도, 또 지금의 러시아 국적도 우리가 원해서 갖게 된 적은 단 한 번도 없었다는 점입니다. 그 때문에 얼른 한국에 돌아가려 어떤 국적도 갖지 않고 기다린 분들도 아주 많습니다. 제 아버지도 그랬습니다." G가 사할린에 도착하던 날 행사장에서부터 시작해 취재를 할 때마다 너무도 자주 들은 내용이었다. G는 지겨워 얼른 강연이 끝나기만을 고대했다. 박의 말은 끝없이 계속되었다. "그런데 이것을 얘기해도 이 사할린 안에서만 맴돌 뿐 밖에서는 잘 모른다 이 말입니다. 물론 많은 노인들이 한국으로 영구 귀국했지만 그것으로 여기 남아 있는 우리의 이야기를 덮기에는 너무 부족합니다. 좀더 다른 눈으로 우리를 봐달라고 저는 글을 쓰고 있습니다. 물론 지금 우리는 러시아인으로 살고 있지만." 박은 그런 말 와중에 G를 염두에 둔 듯 몇 번 바라보았다. 박의 강연을 듣던 몇몇은 눈가로 손수건을 가져갔다. G는 박의 아버지 이름인 '훈'과 '유리' 사이의 거리를 헤아려보았다. 소련 국적을 갖지 않고 무국적자로 있었던 '훈', 그러다가 아주 나중에야 어쩔 수 없이 받아들인 '유리'.

'성호 후노비치 박'이 아닌 '알렉세이 유리예비치 박'의 강연 내용에서 그 거리의 여정이 어렴풋하게 잡혀왔다.

G는 왠지 부끄러웠다. 그가 치워버린 박의 책 속의 삶을 진부한, 케케묵은, 낡아빠진, 구태의연한, 과거의 것으로 치부했던 게 부끄러웠다. 그것은 보지 않아도 알 수 있는, 진행형의 것이었다. 박의 목소리를 통해 강연장을 울리는 그 삶들은 생생하게 G의 귀를 후비고 들었다. G는 고개를 쳐든 채 눈을 감고 비감한 얼굴로 박의 말을 경청했다.

G는 문득 '소설이란 무엇인가', '문학이란 무엇인가'를 자신에게 되묻고 있었다. 수많은 정의와 해석들이 무슨 필요가 있을까. 한국에서 늘 새로운 경향에 주눅이 들고 만 G였다. 떠도는 말처럼, 좋은 소설이란 '동서고금의 모든 소설을 읽고 그와 다르게 쓴' 것이라 했다. 그 많은 것들을 죄다 읽는다는 것은 불가능한 일이었지만 그래도 새로움을 추구하며 다르게 쓰려 노력한 소설들을 억지로라도 눈여겨보았다. 새로움을 알아채는 비평가들의 상찬에 힘입어 발표되고 극찬을 받는 그런 작품들임에도 때때로 G는 고개를 갸웃거렸다. G도 늘 경계하는 자동화된 글쓰기에서 벗어나고자 하는 그런 작품들 아닌가. 그래도 소통이 안 되는, 어떤 울림도 느낄 수 없기에 G는 답답하기만 했다. 그에 반해 완전히 자동화된 것처럼 보이는 박의 작품. 그래서 더 읽을 것도 없다고 밀어놓은 글. 그냥 '기구하다'란 말로 돌려세운 G는 편치 않았다. 박의 강연

동안 G는 소통이 안 되는 새로움과 기구한 사연을 담은 구태의연함 사이를 오락가락했다. 박이 전하는 메시지는 새삼스러웠다. G는 너무도 그들의 문학을 우습게 보아온 것 아닌가 그런 반성을 했다. 한국 이름을 갖든 러시아 이름을 갖든, 중국 이름을 갖든 그의 글을 메우고 있는 내용들은 사실 소설이란 장르가 담기에 버거운 것은 아닐까. 새로움을 추구하기보다는, 소수자였기에 또 꼭꼭 옥죄던 이데올로기 때문에 다 털어내지 못한 채 침묵하다가 이제야 풀어내기 시작하는 그들의 스토리를 어찌 뭐라 할 수 있단 말인가. 사할린 원주민인 '니브흐'와 '아이누'족도 그들의 문학이 있다. 아득한 옛날부터 전해져오는 그들의 신화와 전통을 담은 것들이었다. 사할린 한인들에게는 한반도의 그런 신화와 전통들이 단절된 채 징용, 탄산, 벌목, 어로 등의 현대적인 신화가 있을 뿐이었다. 그 신화들을 일제강점기나 소련 시기에 꼭꼭 감춰어야만 했을 터였다. 여기서 박은 인기 작가였다. 그 정도면 문학의 기능 중 중요 부분을 담당하고 있다 여겨졌다. 이 이상 뭐가 더 필요할까. 러시아에서 아니 사할린에서 태어나 그 자리를 뱅글뱅글 도는 그들의 사연을 대변하는 문학. 그게 박에게 우선 아닐까, G는 그런 느낌에 잠겼다. 이어 강연장에 있던 한 독자의 낭송 순서였다. 박의 소설 중 독자가 읽은 단락은 G도 본 부분이었다.

남북(南北), 북남(北南), 내 어머니인 그리운 조선(朝鮮) 땅아! 판문점이란 네 배꼽이더냐? 옛날에는 38호(號)라는 번호(番號)가 붙었더니 지금(至今)은 경계선(境界線)이란 이름 붙은 쇠사슬이 당신(當身)의 허리를 점점(漸漸) 졸라매어 들어가니, 자칫하면 손과 발이 영원(永遠)한 작별(作別)을 지을 수도 있으리라! 그러나 그리운 조선(朝鮮)이여! 당신(當身)을 사뭇치게 그리워하는 나이었건만 당신(當身)의 몸둥이가 두 동강이가 난 후(後)에도 당신(當身)의 생명(生命)이 있다고는 내 절대(絶對)로 믿지 않으련다. 고향(故鄕), 한 오리의 신작로(新作路)여! 제발 비노니 조선(朝鮮) 사람들이 자유(自由)로히 드나들게 남북(南北)을 하나로 쭉 뻗으렴으나!

아, 고향(故鄕)아! 한 오리의 신작로(新作路)여 내 언제쯤이면 정(情)답던 너를 밟을 수 있으며 어머니의 품속에 안길 수가 있겠니?

낭독이 끝나자 박은 G를 연단으로 불렀다. G는 갑작스러운 상황에 어쩔 줄을 몰랐다. G는 떠듬떠듬 그 자리에 참석하도록 도와준 박과 그 자리를 메운 청중들에게 감사 인사를 했다. 좁은 지역이었다. 교민신문과 TV 방송에서 한국에서 온 작가라고 G와의 인터뷰 내용을 내보낸지라 그를 알아보는 사람들도 몇 있었다. 머뭇대던 G는 이번 사할린에서의 체험이 소중한 것이라고, 또 앞으로 자기가 쓸 글에 사할린에 얽힌 것들이 많을 거라는 소회를 짧게 밝히고는 연단을 물러났다. 행사 뒤 문화회관에서 사할린의 방송국에서 취재차 나온 아나운서가 박과의 인터뷰를 원했다. 그들은 밖으로 나갔다. 박이 G에게 따라오라고 손을 흔들었다. G는 얼른 그 뒤를 따랐다.

그들이 몰려간 곳은 코르싸코프항(港)이 훤히 내려다보이는 언덕이었다. 높다란 두 개의 하얀 은색 기둥이 대칭으로 언덕 위에서 번쩍였다. 박은 그 기둥을 배경으로 사할린의 러시아 방송국과 인터뷰를 했다. 그사이 G는 조형물 옆의 세워진 시비(詩碑)에서 대칭의 두 기둥이 반으로 조각난 배를 상징한다는 것을 알 수 있었다. 고향으로 돌아갈 배가 없던 현실을 두 조각난 배로 표현한 것이었다. 한국의 대기업과 여러 단체들, 그리고 사할린의 우리말방송국 후원 아래 이 조형물을 세웠다. 그 앞은 바로 수직에 가까운 절벽이었고 까마득한 그 밑으로는 우중충한 창고들과 선착장이 있었다. "이 배에 대해 들으셨죠?" 인터뷰를 마친 박이 G의 곁으로 다가왔다. 한인문화센터의 벽에 붙은 사진을 본 적이 있었다. 그게 조각난 배인지는 몰랐었다. 사진으로는 봤다고 G는 얼버무렸다. "사할린 사람들은 다 알고 있는 얘깁니다만, 저 언덕 밑으로 고향으로 돌아가지 못한 한국 사람들이 많이 뛰어내려 자살했어요. 일본이 소련에 항복하고 일본인들은 고향으로 죄다 떠났지요. 그래서 한국 사람들도 자기들을 태울 배가

올 줄 알았던 거죠. 그때는 전부 일본 이름 쓰고 있었으니까 일본 사람들과 함께 배에 오른 사람들도 많았다 합니다. 근데 소련군들이 귀신같이 한국 사람만 쏙쏙 골라냈다고 해요. 얼굴도 같고 이름도 일본식인데. 항간에는 배에 탔어도 일본인들이 소련군에게 조선인이라 일러바치기도 했다는 말도 있습니다. 고향에 가려고 사할린의 여러 도시에서 몰려든 그 사람들은 여기서 배를 기다리다 굶어 죽고, 얼어 죽고, 고향에 대한 그리움으로 절벽에서 뛰어내리고…… 그렇게 된 겁니다. 우리는 남게 된 거지요. 여길 우리들은 '망향의 언덕'이라 합니다." 박의 목소리가 귓가로 씩씩대며 달려드는 바람 소리에 묻혔다. G는 그런 사연이 자기의 것이 될 수 없다는 것을 절감했다.

G는 조각난 배 너머로 펼쳐진 바다를 한동안 바라보았다. 차디찬 하얀 금속의 두 조각난 배 위로 시커먼 구름이 몰려들었다. G는 자기 마음도 그렇게 두 조각이 나는 것처럼 느껴졌다. 자기도 그 사연들의 주인공처럼 사할린에 유폐된 양 답답했다. 잠깐이지만 G는 이곳을 통해 사할린을 빠져나갔던 체호프가 부러웠다. 체호프는 배로 홍콩을 지나 인도양을 거쳐 수에즈 운하를 통과한 뒤 러시아의 흑해 항구도시 오데사에 도착했다. 사할린에서 꼼꼼히 기록한 자료들과 이를 바탕으로 한 인간 본질에 대한 성찰, 그리고 그의 문학적 변화를 가져올 것들을 품고 그는 사할린을 벗어났을 터였다. 그 결과물

이 G가 들고 온 『사할린 섬』이었다. 이 책을 통해 러시아인들도 믿지 못하는 러시아의 가장 어둡고 추한 곳의 실정을 세상에 알렸다. G도 아주 잠깐 그런 포부를 품었다. 찰나 그의 입가에서 웃음이 픽 터졌다. 어찌 세계의 대문호 체호프와 한국 문단의 말석을 차지한 자신을 비교할 수 있겠는가. G는 아까 강연장에서 말한 약속을 지킬 자신이 없을 듯했다. 사할린에 대한 이야기를 작품에 담을 것이라는 말을 할 때 자신을 뚫어져라 바라보던 중년 남자의 시선이 떠올랐다. 강연이 끝나고 빠져나올 때 그 중년 남자 일행이 쑥덕이는 소리가 생생했다. "저 사람들 말로만 그렇지, 가면 그만이요. 왔던 사람들이 어디 한둘인가. 어디 고국에 여기 사정 제대로 알리는 사람 봤소? 작가 나부랭이들은 예술이니 어쩌니 하는데 그런 거 다 필요 없소. 이번도 마찬가지겠지." G는 감당 못할 사연들이 조금씩 지겨워졌다. 사할린을 떠나고 싶다는 충동이 일었다. 먼 바다를 바라보다 남은 체류 일자를 헤아렸다. 다시 체호프를 떠올렸다. 수용소에서 만난 '젤루도크', '제바카' 같은 괴이한 이름들을 뒤로한 채 체호프를 태운 배가 항구를 벗어나 수평선 아득히 사라져갔다.

다음 강연장으로 가는 도중 G는 박의 안내로 한인 공동묘지를 두어 군데 들렀다. 공동묘지는 산 능선 위쪽에 자리했다. 묘비에는 한국 이름들이 새겨져 있었다. 러시아식으로 개명한 이름도 눈에 띄었다. '허가이 니콜라예비치'. 그 비석들에 새겨 넣은 고인의 초상화들은 한국인이었다. 또 어떤 묘비에는 한국 어느 지역에서 와 그곳에 묻히게 되었는지 적어놓기도 했다. 표기하는 방식도 한자식의 '지묘'와 한글식의 '―의 묘'가 혼재했다. '경상남도 울산군 ○○면 서○○지묘.' '전라남도 무주군 ○○면 박○○의 묘' 등. 묘비 위에 걸터앉은 까마귀들이 G와 박을 피해 근처 다른 묘비 위로 날아앉았다. '오두'라는 말이 언뜻 떠올랐다. G는 박의 소설에서 아코니트를 장치한 까닭을 물으려다 그만두었다. "여기 묘들은 대개 남쪽을 바라보고 있어요. 한국 쪽이지요. 반대로 러시아인들은 서쪽을 향해 있어요. 사할린 섬 건너 러시아 본토 쪽이지요. 물론 다 그런 건 아니고요." 도중에 박은 지금 사할린에 묻힌 한인들 유해 송환이 한국 정부와 러시아 정부와의 합의 아래 진행 중이라는 말을 했다. 자기도 그 일에 참여하고 있다고 덧붙였다. 하늘이 금세 컴컴해졌다. 공동묘지에서 나와 차 쪽으로 발걸음을 서둘렀다. 발밑으로는 낮은 키의 풀과 들꽃이 뒤덮였다. 그때 박의 뒤에서 처져 가던 G의 눈에 들어온 꽃이 있었다. 인터넷에서 본 투구꽃 같았다. 너무나도 짙은 보라색으로 물든 꽃망울들. G는 저만치 앞서가는 박을 불러 세웠다. "저거 아코니트 맞지요?" 박은 '아코니트'란 말에 비탈길을 다시 되짚어 올라왔다. "맞습니다, 아니 어떻게 찾았습니까? 나도 오래전에 보고 처음입니다. 책을 낼 때도 예전에 찍은 사진이 흐려서 새로 찍으려 찾았는데 눈에 안 띄었어요. 많다고는 하지만 막상 찾으면 없는 법이지요. 이걸 여기서 보네요. 여기선 가라후토 부시라고도 합니다." 박은 얼른 카메라를 꺼냈다. 꽃 가까이 렌즈를 대고 몇 차례 셔터를 눌렀다. G도 그 꽃이 대단해 보여 한 송이 꺾으려 했다. 박이 얼른 G를 막아섰다. "그거 만지면 안 됩니다. 독 있어요." 박의 책에서 '아코니트'니 '가라후토 부시'니 하는 것의 정체를 확인하는 순간이었다. 후두둑 떨어지는 비에 놀라 둘은 차로 뛰어들었다. 어느새 쏟아지기 시작한 빗줄기가 유리창을 때렸다. 와이퍼가 요란하게 빗물을 쓸어냈다.

5

"오늘 아마 못 돌아갈 겁니다." 아까 그 조각난 배 옆에서 언제 향수에 젖었냐는 듯 G는 박의 그 말을 내심 반겼다. 지루하던 이곳에서의 일상들. G는 말 그대로 박에게 모든 것을 맡겼다. 다만 지난 사할린 여행에서도 낭패를 겪었던 숙소가 문제였다. G는 그때 열차에 자리가 없어 다섯 시간가량 플랫폼에서 다음 기차를 기다렸다. 오밤중이었다. 주위에는 아무 건물도 없고 역사만 휑뎅그렁한 허허벌판에 서 있었다. 매표창구 앞을 서성이는 G에게 매점의 러시아 할머니가 고개를 흔들었다. 직원은 저녁에 일이 있다고 들어갔다는 것이다. 다섯 시간 뒤 다음 기차가 도착하면 차장에게 좌석이 있는지 물어봐야 했다. 매점도 문을 닫았고 러시아 할머니를 데리러 온 아들의 자가용도 역을 떠났다. G 혼자였다. 사할린의 주민 중 그렇게 열차 시간을 맞추지 못해 기다리는 사람은 아무도 없었다. 철길에 버려진 음식물이 있는지 킁킁대며 개들만 어슬렁댔다. 어쩌지도 못하고 G는 꼬박 그곳에서 기차를 기다렸다. 이번에는 든든했다. 박이 있었다.

박은 역시 아까와 같은 주제로 강연을 하나 보았다. 박은 그 도시의 주최 측에서 간단한 저녁을 준비했다는 말을 덧붙였다. "잘하면 그 사람 집에 머물지도 몰라요. 65세 정도 되었나. 보드카를 좋아해서 탈이기는 한데, 벌써 몇 번 신세진 적이 있지요. 오늘 강연회에 온다고 했으니 그 집에서 자면 될 겁니다. 거꾸로 우리 집에서 자고 간 적도 있으니까 신경 안 써도 됩니다." "한국 교포인가요?" "그럼요, 근데 그 사람은 한국 이름이 없어요. 참 재미있는 이름을 가졌지요." 박은 아마도 G가 그 이름을 들으면 의아해할 것이라 했다. 이름을 들먹이는 것을 보니 박은 아직도 '후노비치'에 꽁해 있다고 G는 여겼다. 굳어진 G의 얼굴을 슬쩍 곁눈질로 본 박은 입을 다물었다. 와이퍼로 밀어낸 빗줄기가 잠깐 사이 시야를 막았다. 빗물을 쓸어내는 와이퍼 소리만 탁탁 정적을 깼다. G는 안 되겠다 싶었다. 더듬대며 '후노비치'에 대한 변명을 늘어놓기 시작했다. 박은 기어를 잡고 있던 투박한 손으로 G를 툭툭 건드리며 괜찮다고 웃었다. "하도 여러 번 겪은 일이라 아무렇지도 않아요." G는 '후노비치'야 러시아식으로 부르다보니 그렇게 되었지만 '훈'이란 한국 이름의 원뜻은 아주 좋다는 점을 밝혔다. 더 나가 삼 년 전 족보를 찾아 헤맬 때 읽은 책 속의 '개조지', '개노미'를 꺼내 들었다. "이런 이름은 정말 욕입니다. 그 책에서는 한 지역을 예로 들었지만 조선 땅 전체를 따진다면 그런 이름이 아주 많았을 겁니다." G는 그 이름들과 자기 조상이 어쩌면 관계가 있을지도 모른다고 말하려다 그만두었다. 종친회 사무실과 몇십 권의 족보책을 뒤지다가 포기하고 돌아설 때 퍼뜩 G의 머리를 스친 게 있었다. 기우지만 몇 대 조인지 몰라도 혹시 그런 이름으로 불렸던 건 아닐까. 족보에는 절대 올라갈 수 없는 이름들로. 그래서 아예 찾을 수 없는 것은 아닐까. 역적으로 몰려 노비가 되거나 알 수 없는 사연 등으로 밑바닥에 떨어진 이름들. 거꾸로 족보책에 나와 있는 버젓한 이름이라 할지라도 언젠가 '개조지'나 '개노미' 같은 이름으로 불렸을지도 몰랐다. 그러다가 누군가 돈이 없어 족보에 올리지도 못해 비고 만 그 자리에 형편이 좋아진 그 '개조지', '개노미'가 끼어든 것은 아닐까. 그런 경우가 꽤 됐다. 그렇게 족보책에 실려 몇 대 흐르면 버젓이 그 집안으로 행세하는 것이었다. 조선 시대의 천한 신분인

노비 집안이 돈을 모아 어떻게 양반가로 둔갑하는지 그 책은 밝히고 있었다. 종친회 사무실에서도 G에게 그런 빈자리에 끼면 어떻겠느냐고 권했다. G는 입을 굳게 다물고 이름이 자아내는 요상함에 빠져들었다. 머릿속이 빗줄기를 퍼붓는 자동차 밖의 풍경처럼 캄캄해졌다. 항렬자를 따른 멋진 이름으로 살았든 '개조지'로 살았든 그런 조상이 있었기에 지금 비록 삼류지만 소설가 행세를 하며 사할린의 국도를 달리고 있지 않은가. G는 입술을 꽉 깨물었다. 창밖으로는 오호츠크해가 사납게 일렁이고 있었다.

그날 긴 일정이 모두 끝났다. 강연장 한구석에 뷔페식으로 차린 식탁에는 흑빵과 과자류, 사할린에서 흔한 연어와 송어, 그리고 돼지고기 요리와 술병들이 놓여 있었다. G는 박의 소개로 또 여러 사람들과 인사를 나누었다. 40여 명 정도 참여한 이번 강연 도중에도 박은 G를 청중에게 소개했고, G는 아까처럼 인사를 했다. 다만 한국으로 돌아가면 사할린에 대한 한인들의 사연을 쓸 것이라는 말은 쏙 뺐다. 술잔이 돌 때, 머리를 스포츠형으로 깎은 반백의 노인이 다가왔다. G가 아니라 곁에 있던 박에게 온 것이었다. "레보 알렉산드로비치, 오늘도 같이 자야 할 것 같은데요." 노인은 두 팔을 활짝 벌리며 고개를 끄덕였다. G도 그와 인사를 나누었다. 정중하게 하룻밤 신세를 질 것 같다는 감사의 말을 미리 했다.

G는 의아스러웠다. 분명 박의 말로는 재미있는 이름을 가진 교포라 했다. '레보 알렉산드로비치'. 특별한 데가 없었다. 술잔이 돌며 그 노인이 '큰땅배기'라는 사실을 알았다. 소련 시기 때 카자흐스탄에서 사할린으로 발령받은 아버지를 어릴 때 따라와 정착한 인물이었다.

G가 알기로는 러시아식 이름은 러시아 정교회 달력에 나온 성자들의 이름을 따서 짓는 게 보통이었다. G는 정교회 달력의 그 많은 성자 중 유명한 몇몇의 이름만 알았다. 가장 널리 불리는 대천사 '미하일', 요한의 러시아식 이름인 '이반' 정도였다. 둘레둘레 꼼꼼히 살펴도 '레보 알렉산드로비치'는 아무 이상도 없이 멀쩡했다. 그의 아버지는 '알렉산드르'였다. '후노비치'나 '페니스'처럼 다른 사람으로 하여금 그것을 발음케 만들어 순식간에 욕을 던지는 가해자로 만들어버리는 그런 가능성이 전혀 없을 것만 같았다. 물론 때때로 정교회 달력이 이상한 결과를 낳기는 했다.

그 기묘한 이름과 함께 이 이야기는 너무 유명해서 세계에 널리 퍼진 지 이백 년이 다 되어간다. 사연은 그렇다. 그가 태어나던 날, 어머니는 열 달이나 뱃속에 품고 있던 아이의 새 삶을 열어줄 의미 있는 이름을 짓고 싶었다. 관습에 따라 세례를 받고 정교회 달력에 나오는 이름을 고르려는 참이었다. 대부와 대모가 지켜보는 가운데 달력을 한 장 한 장 넘겼다. 좀더 정확히 표현하자면 일력이었다. 그 일력에는 그날 태어난 성인과 그의 행적이 적혀 있었다. 하지만 이 아이의 경우 어째 성자가 신통치 않았다. 모키, 소시, 호드자다트. 그런 게 나왔다. 아이의 어머니는 완강히 고개를 저었다. 그다음을 넘기자 트리필리, 둘라, 바라하시였다. 그다음은, 팝시카히, 바흐치시. 한구석도 마음에 차지 않는 이름들만 줄을 이었다. 결국 고개를 절레절레한 산모는 아이에게 아버지의 이름을 그대로 물려받게 했다. 아버지 이름은 '아카키'였다. 그러니 '아카키 아카키예비치'가 아이의 이름과 부칭이었다. 물론 성은 아버지와 당연히 같았다. 그의 성은 목이 짧은 부츠를 말하는 '바쉬마츠킨'이었다. 아카키 아카키예비치 바쉬마츠킨. 그는 아버지의 뒤를 따라 관리, 그것도 말단 관리로 살다가 갔다. 결국 아카키라는 이름을 물려줄 계기도 마련하지 못한 채. 독신이었던 것이다. 그런데 '아카키'라는 이름의 어원은 '응가' 소리처럼 유아가 내는 소리에서 비롯되었다는 말들도 있다.* 그럼에도 '후이노비치'나 '개조지' 같은 것과는 견

---

* 러시아의 대작가 고골의 「외투」에 나오는 이 장면은 러시아 사람들이 어떻게 이름을 부여받는지 잘 말해준다. 다만 이 이름의 파장은 전 세계로 퍼져, 러시아식 이름을 부여하는 성스러운 과정을 우스꽝스럽게 만들었다는 비난의 여지도 없지 않다. 고골이란 작가의 주변에는 어찌 아버지와 아들이 같은 이름을 사용한 사람들이 많단 말인가. 가령 그 아이가 조금 컸을 때 그의 어머니가 "아카키" 하고 부르면 아들과 아버지가 함께 돌아보았을 것 아닌가. 고골의 인물 중에는 '이반 이바노비치' 같은 이름의 소유자도 있다. 그 경우에도 "이반 좀 도와줘!"라고 다급해 외치면 아버지와 아들이 함께 달려왔을 것이다. 주막 같은 곳에서 아버지 이반의 친구가 "어이, 이반, 보드카 한잔하고 가지"라고 하면 정말 머리에 피도 마르지 않은 아이 이반까지 보드카 잔에 달려들지도 모르는 일 아닌가. 하기야 러시아 사람들이 보

줄 수 없이 점잖았다. 또 '아카키 아카키예비치'와는 달리 '레보 알렉산드로비치'는 정말로 아무 트집을 잡을 수 없는 이름이었다. 그럼에도 G는 혹시나 하면서 살금살금 발걸음을 떼었다. 아무리 살펴도 멀쩡했다.

저녁에 레보의 집에서 다시 조촐한 술 파티가 열렸다. 레보는 혼자 살고 있었다. 소련 시절에 받은 훈장과 그때를 상징하는 주먹 크기의 레닌 두상, 그리고 낫과 망치 문양이 도드라지는 비슷비슷한 배지들이 가득 꽂힌 중절모 등이 장식장에 빼곡 들어찼다. 예전에 사냥을 한 것인지 머리에 불그스레한 털이 그대로 남아 있는 곰 가죽 한 장이 한쪽 벽을 차지했다. 둘레둘레 살피는 G에게 레보는 자꾸 술을 권했다. 박은 그런 G를 보고 웃음을 배시시 흘렸다.

"이 양반 이름이 재밌다고 했지요? 뭐 좀 알아냈습니까? 레보 알렉산드로비치, 내가 아까 올 때 당신 이름에 대해 잠깐 말하다가 말았어요." 레보는 웃으며 슬쩍 한쪽 팔을 내리 그었다. 별거 아니라는 모양이었다. G는 그게 뭘까 술잔을 입에 대며 다시 '레보 알렉산드로비치'라는 이름을 되새겼다. 보드카 방울만 목젖을 짜릿하게 만들 뿐 역시나 별로 특이한 게 없었다. 그의 이름은 레보이고, 아버지 이름은 알렉산드르

드카를 사랑하기는 하지만. 우리 문화권에서는 이런 이유로 도저히 용납될 수 없는, 아버지와 아들이 같은 이름을 쓰는 경우를 러시아에서는 심심치 않게 만난다. 러시아 정교를 믿는 그들이기에 성자의 이름을 따려다가 벌어질 수 있는 일이고, 이해 못할 바도 없다.

였다. G는 감을 못 잡았다. 아까 박은 레보에게 한국 이름이 없다고 하지 않았던가. 아침에 길을 떠나며 G는 속으로 다짐을 했었다. 오늘 만나게 될 여러 이름들. 실수하지 말아야지. 차라리 입을 다물고 있는 편이 낫겠다고 여겼다. G는 모르겠다고 고개를 절레절레 흔들었다.

"레보 알렉산드로비치의 누나 이름은 '류찌야'예요. 멋있는 이름이지요."

박은 싱글싱글하며 힌트를 하나 더 던졌다. 술자리가 길어지고 레보의 유래가 밝혀졌다. G는 기가 막혔다. 레보의 성은 허씨였다. 그의 4대조 할아버지가 조선 말 러시아로 건너와 연해주에 정착했다. 그리고 할아버지 때 스탈린에 의해 카자흐스탄으로 강제 이주를 당했다. 레보는 그런 시대의 소산이었다. 레보의 아버지는 소련에서 아이들이 출세하라고 고심 끝에 이름 두 개를 고안했다. 그것이 '레보'와 '류찌야'였다. 그때까지 G는 눈만 끔벅이며 말을 들었다. 그렇게 힌트를 줬는데도 알아차리지 못하는 G가 답답했는지 박은 '혁명'이란 단어를 꺼내 들었다. "선생, 러시아어로 '혁명'이 뭡니까?" "아, 그건, 레볼류찌야……" G는 고개를 끄떡였다. "우리 아버지는 아들이 태어나면 '레보'라 짓고, 또 딸이 태어나면 '류찌야'라고 부르기로 진작 궁리했답니다. 그래서 누이가 '류찌야'가 되었고, 남자인 내가 '레보'가 된 거지요. 또 딸을 더 낳으면 '이스크라'라 부르려 했다는 말을 들었어요. 반대로 아들을 더 낳으면 '빌렌'이라 지으려 했던 거지요. 레보와 류찌야. 그러니까 우리 부모는 '혁명'을 완수한 셈이요, 핫핫!" 레보와 그의 누나 이름을 구태여 한국식으로 부르면 '혁(革)'과 '명(命)'이었다. 한자와는 달리 '레보'도 '류찌야'도 합쳐놓지 않으면 아무 뜻도 없었다. 박은 그것으로는 충분치 않았던지 다른 질문을 던졌다. "선생, 이스크라는 알고 있지요. 그럼 빌렌은 무슨 뜻입니까?" G가 알기로 이스크라는 불꽃이라는 뜻으로 레닌이 발간한 혁명잡지의 이름이었다. 빌렌이란 이름은 정말 생소했다. 러시아가 아닌 서구식 이름 같기도 했다. G는 잔에 남은 보드카를 입에 털어 넣었다. "블라디미르 일리이치 레닌(**V**ladimir **Il**'ich **Len**in)의 약자로 된 이름이 빌렌(Vilen)입니다. 레닌의 이름을 그대로 쓸 수는 없고, 그래서 그의 이름과 부칭, 성에서 따다가 지은 이름이지요. 다행히도 레보 알렉산드로비치의 남동생이 안 태어나 빌렌은 그냥 이름으로만 남게 된 겁니다." G는 큰 소리로 웃었다. 레보의 검은 얼굴이 살짝 굳어졌다. 박은 레보를 도와야겠다 여겼는지 이런 말을 덧붙였다. "빌렌은 그래도 순진한 이름이에요. '트락토르(트랙터)'란 이름도 실제 있습니다. 집단농장에서 생산성 향상의 상징이지요. 옛날로 하면 말이나 소가 되겠지요. 또 '멜리스(Melis)'란 멋진 이름도 있어요. 짐작이 가지요? 마르크스와 엥겔스, 레닌과 스탈린이 모두 뭉쳤습니다. 마르크스와 엥겔스, 그리고 레닌과 스탈린(**M**arks **E**ngels **L**en**i**n

Stalin). 이런 이름들은 사할린 선주민한테는 거의 없습니다. 레보 알렉산드로비치 같이 '큰땅배기'들이 그런 이름을 지었지요. 스탈린 때 주로 그랬습니다. 그런데 우리 동포 말고 다른 민족들도 이런 이름을 꽤 썼어요."

"그러니까 우리는 에스에스에스에르(소련의 약자) 시대를 살았소. 사는 게 문제였지. 우리가 믿었던 한국은 쪼개졌고, 우린 소련 공민이었다 이 말이오. 그러니 그 안에서 살아남아야 했소. 출세도 해야 했고. 이제 또 소련은 없어졌다 이 말 아니요." 쾌활한 대화를 이끌던 레보는 취한 눈을 끔벅이며 벽에 걸린 곰 가죽을 멍하게 응시했다. G는 난처했다. 이름 유래 따위는 애초 꺼내지 않았어야 했나 보았다. 박이 '레보'를 캐내다가 그만 곰 사냥하던 먼 시절로 노인을 데려간 모양이었다. 그렇게 술자리도, 혁명의 시절들도 지나갔다. 피로가 몰려들었다. G는 자리에 누웠다. 하루 종일 온통 '이름'에 매여 보낸 하루였다는 생각이 들었다. '후노비치'는 별 말썽을 부리지 않았다. 다행히도 지뢰 같은 이름들도 만나지 않았다. 그럼에도 곁에서 코 고는 소리를 뚫고 '레보', '류찌야', '멜리스' 그리고 '후노비치' 같은 괴상한 이름들은 G의 낯선 잠자리 위로 날아올라 어지럽게 휘돌았다. 그렇게 G의 어떤 하루가 지나가고 있었다.

6

G가 사할린을 떠나오는 날이었다. 전날 박이 전화를 걸어왔다. 작별 인사를 미리 한 터라 무슨 일인가 싶었다. G는 며칠 전부터 신세를 진 사람들한테 꼼꼼히 인사를 챙겼다. 박도 당연히 그중 하나였다. 떠나는 날 오전에 한인문화센터에서 사할린의 강제동원 희생자 유해송환식이 있다는 것이었다. G가 그것을 보아야 하지 않겠느냐는 박의 은근한 목소리가 수화기에서 울려왔다. 지난번 문학행사 때 박이 그 일에 참여하고 있다는 말을 슬쩍 내비친 기억이 났다. G는 물론이라고 답했다.

오전에 열리는 유해송환식에 참가하려 G는 부랴부랴 짐을 챙겨놓고 식장으로 향했다. 지난번 사할린에 도착하던 날 들렀던 행사장이었다. 검은 양복과 정장을 갖추어 입은 사람들이 분주히 오갔다. 한국에서 온 정부 관계자들도 보였다. 단상에 마련된 제단에는 태극기로 감싼 유골함과 위패가 가지런히 자리하고 있었다. 앞으로는 검은 양복을 입은 상주들이 자리를 메웠다. G는 카메라를 꺼내 그 정경을 사진에 담았다. 혹 박이 올까 입구 쪽을 두리번거렸다. 그는 나타나지 않았다. 식이 시작되고 사할린에 끌려온 사람들의 역사가 되풀이 되었다. 이어 한복 차림의 중년 여자가 진혼춤을 추었다. 여기저기서 흐느끼는 소리들. 일본 대사관 측에서 보낸 관리에게 '책임지라'는 고함도 들렸다. 그 관리는 삼십도 되지 않은 것 같은 앳된 얼굴이었다. G가 검은 정장을 차려입고 제단 바로 앞에 앉아 있는 박을 발견한 것은 한참 지나서였다. 슬쩍 고개를 옆으로 돌릴 때 박임을 알아보았다. 머리카락도 더 희끗해진 것 같고, 지난번보다 초췌해 보였다. 그래선지 하얀 형광등 불빛에 비친 그의 광대뼈가 좀더 볼록하게 눈에 들어왔다. 각자의 유골함 앞에 서라고 유족들을 부를 때 거기 박의 이름이 끼어 있었다. 박은 '알렉세이 유리예비치'가 아닌 '박성호'였다. 고인들의 이름이 하나씩 호명되었다. 거기에 '박훈'도 있었다. 박이 눈물을 훔치는 모습을 보고 G는 얼른 밖으로 나왔다. 식이 시작되면서부터 자꾸 눈가가 뜨거워지는 것을 애써 참고 있던 참이었다. 떠날 준비를 할 시간이었다.

공항에 도착했을 때 G는 박을 다시 만났다. 출국 심사를 받기 위해 안으로 들어설 때 유해 송환을 위한 통관 절차가 모두 끝났는지 검은 옷들이 몰려 있었다. 박이 눈에 띄었다. G는 박에게 고맙다는 인사를 했다. 그의 형이 아버지의 유해를 가지고 한국으로 간다는 것이었다. G와 같은 비행기였다. 박은 G의 어깨를 꽉 감싸 안았다. "인연인가 봅니다. 아버지랑 같은 비행기라니. 아버지가 고향에 잘 갈 수 있도록 함께 기도해주시오." 박의 눈가에는 다시 물기가 비쳤다. 커다란 박의 손이 꽉 쥐었던 G의 손을 놔주었다. G는 사할린을 빠져나가기 위해 출국장으로 들어섰다.

뭐가 잘못된 것인지 모를 일이었다. G가 수하물을 다 부친 뒤 출국 심사를 위해 줄을 섰다. 이제 사할린을 떠나 집으로 간다는 마음이 앞섰다. 유해송환식장에서, 또 박의 눈물에서 전해지던 그런 감정에서 벗어나 들떠 있었다. 자기 차례가 되어 자기 본명이 적힌 여권을 내밀었다. 제복을 입은 러시아 출입국관리국 여자 직원을 똑바로 바라보았다. 한참 여권사진과 G의 얼굴을 번갈아 쳐다본 직원은 컴퓨터를 두드리고는 다시 정색을 했다. 그리고 뒤로 가 있으라고 하는 것이었다. G의 뒤에서 차례를 기다리던 사람들이 하나둘 심사를 마치고 빠져나갔다. 이윽고 달랑 G 혼자 남았다. 비행기가 이륙할 시간이 점점 가까워졌다. 무슨 일이냐고 다그치는 G에게 출입국관리국 직원들은 기다리라는 말만 남기고 안쪽 사무실을 바삐 오갔다. 여권에 문제될 게 아무것도 없었다. 비자도 그렇고 사할린에서의 체류를 위해 거주 등록도 했다. G의 입이 바작바작 타들었다. 러시아 직원들끼리 G의 이름을 몇 차례나 부르며 문이 닫힌 사무실을 들락거렸다. 그들의 입에서 오르내리는 그 이름이 점차 자기 것이 아닌 듯 들려왔다. 온몸을 훑어 내리는 그들의 눈초리. 그리고 러시아식 발음으로 변형된 G의 세 글자 이름. 그건 이미 자기의 표상이 아닌 것만 같았다. 뭐가 문제인지도 몰랐다. 그들끼리 하는 대화가 G에게 들려왔다. G의 이름이 입국자 명단에 없다는 것이었다. 사할린에 오던 날 분명 정상적인 입국 심사를 받았다. 여권에는 입국 날짜가 선명하게 찍혀 있었다. 그런데 없다니 이게 될 말인가. G는 저주스럽게 직원들을 노려보았다. 이름이 없는 경우가 있단 말인가. 급기야는 항공사 측에서 G의 짐을 빼야 할 것 같다며 다가왔다. 비행기가 뜨지 못하고 있다는 것이었다. G는 욕이라도 하고 싶었다. '후이노비치'든 '개조지'든 있어야 할 게 아닌가. G는 정신이 나간 채 출국 심사대 주위를 오락가락했다. 어디론가 급하게 전화를 하던 금발의 출입국관리국 여직원이 통화하는 소리가 들렸다. G의 이름이 오르내렸다. 잠시 뒤 전화를 끊은 그녀는 G에게 들어가도 좋다며 여권에다 출국 도장을 쿵 찍었다. 혼이 나간 G는 부리나케 뛰어 기내로 들어갔다.

비행기가 사할린 위로 날아 구름 속에 잠겼다. 좌석에 장착된 모니터 속의 항로를 보니 러시아 땅을 벗어나는 중이었다. G는 그제야 안도의 숨을 내쉬었다. 밑으로 집들이 점점이 박혀 있었다. 그리고 거기에 있을 여러 이름들이 G의 머릿속에 피어올랐다가 사위어들었다. 성호 후노비치 박, 레보 알렉산드로비치, 류찌야 알렉산드로브나, 허가이 니콜라예비치, 빌렌, 멜리스 그리고 이제 깜빡깜빡 명멸해가는 '이스크라'들. 거기다가 체호프가 사할린에서 만난 이름들도 반짝하다 가물

가물해졌다. 곧 기억 속에서 사라져버릴 이름들. 어쩌면 조금 전 공항에서 겪은 해괴한 일이 자꾸 그런 이름들과 무관하지 않을지도 모른다는 생각에까지 이르렀다. 사할린은 점점 뒤로 멀어지고 있었다. 기류가 잠잠해졌을 때 승객들이 화장실에 가려 움직이기 시작했다. 검은 정장의 사람들도 자리에서 일어섰다. 박의 형이라는 사람이 G에게 눈인사를 하곤 화장실 쪽으로 갔다. G는 '박훈'의 유해와 함께, 또 아까 유해송환식장에서 호명된 '배○○', '정○○', '김○○' 같은 이십여 한국 이름들과 함께 날고 있다는 사실을 출국 소동 때문에 깜빡하고 있었다. 그들에게는 사할린에서 오랫동안 기다리고 기다리다 그렇게 원했던 자신의 이름들로 돌아가는 비행의 순간일 것이었다.

G는 기내로 들고 온 짐을 뒤적였다. 다시 체호프의 『사할린 섬』을 꺼내 들려는 참이었다. 삼 개월의 사할린 체류를 마치고 난 체호프가 새삼스럽기만 했다. G는 한국으로 돌아가면 바로 에세이 비슷한 사할린 이야기를 써야만 했다. 그래서 체호프의 언저리를, 체호프의 사할린 흔적들을 그려보려 구상 중이었다. '후노비치' 같은 것을 쓸 수는 없었다. 비슷비슷한 사할린 교포들의 사연을, 그것도 '기구한' 사연을 쓰려니 낯이 간지러웠다. 그 내용은 한국에 어느 정도 알려진 일들 아닌가. 아무리 삼류라도 G는 소설가였다. 사할린에서 삼 개월 동안 무엇을 했는지 슬그머니 부끄러워졌다. G는 체호

프의 책을 집다가 슬그머니 놓았다. 그 안쪽에서 다른 촉감이 와 닿았다. 그것은 박의 책 『꿈에 그리는 고향』이었다. G는 체호프 대신 박의 책을 꺼내 들었다. G는 박의 소설을 끝까지 읽어내지 못했다. 표지를 물끄러미 들여다보았다. 기류를 만난 비행기가 부르르 요동을 쳤다. 흐릿하게 인쇄된 그 '가라후토 부시'도 따라 흔들거렸다. 사할린에서 공동묘지가 있는 산에 갔다가 본 그 꽃이 흐릿한 사진 위에서 또렷이 하늘댔다. G는 박의 아버지가, 지금 비행기 수하물 칸에서 함께 날고 있는 '박훈'이, 대체 왜 그 꽃 때문에 죽었는지 더 이상 캐내지 못했다. 박이 쓴 러시아어로 된 부분들은 '꿈에 그리는 고향'이란 책 제목처럼 빤한 내용을 이어갔다. 아코니트, 즉 가라후토 부시라고 부른 꽃에 대한 것은 더 이상 눈에 띄지 않았다. 거기다가 한국 사정을 잘 모르는 박이 자신의 아버지 이야기를 그리고 있어 내용 전달도 잘 되지 않았다. 그의 아버지가 쓴 것으로 보이는 국한문 혼용의 글들은 러시아어로 된 내용과 유기적인 연관이 적었다. 아마도 한국어를 모르는 박이 자기 아버지 유고를 차례에 따라 간지로 군데군데 끼어 넣었다는 인상을 지울 수가 없었다. 그만 짜증이 난 G는 책을 덮어버렸었다.

정말 '아코니트'와 그의 죽음은 어떤 연관이 있을까. 그 독성은 잘 알려진 바였다. 체호프가 사할린에서 부자 중독은 흔한 것이라며 소개했던 사례처럼 그 식물 줄기나 뿌리를 먹은 돼지나 닭 같은 것을 모르고 먹었다가 중독된 것일까. 불현듯 우스워졌다. 문득 G는 다 실없는 짓이라고 느꼈다. 더 이상 박의 아버지의 죽음에 대해 캘 필요가 없어진 것이다. 박의 아버지가 쓴 글이면 충분했다. 그 처연한 빛깔을 밟고 명부로 들어갔을 박훈. 그의 글에서처럼 팔팔 나는 나비 모양의 짙은 보랏빛 꽃이 어찌 곱던지 따서 그 향기를 맡아보다가 취한 것은 아닐까. 그 잎을 손가락으로 문지른 다음 빨기만 해도 죽는다는 것을 안 그는 그 유혹을 견디지 못한 것은 아닐까. 그 꽃에서 꿀을 찾으려 날아드는 꿀벌처럼 그런 삶을 보내다 기어이 그 꽃잎에 취하고 말았던 것은 아닐까. 사할린으로부터 벗어나려는 유형수들의 필사적인 노력은 고향에 대한 끔직한 사랑이라고 체호프는 단정했다. 그게 탈주든, 아니면 죽음이든. 고향이 그렇게 만드는 것만은 분명했다. 그리고 정말 '박훈'은 고향을 향해 날고 있었다. G는 그 꽃을 뚫어져라 바라보았다. 아코니트, 투구꽃, 가라후토 부시라고 부르는 그 꽃을. 불쑥 G는 박훈의 그 '가라후토 부시'가 자기에게 뭔가를 줄 것만 같았다. G는 박의 책 중간을 펼쳤다. 매끌매끌한 간지의 촉감이 손가락으로 전해졌다. G는 펼쳐진 곳에 눈길을 주었다.

몹시나 기다리던 아들이 났다고 하여 우리 어머니는 내 어릴 때의 아명(兒名)을 '성화'라고 지었으니 이것은 가내(家內)에 성화(盛和)가 났다는 의미(意味)에서였다. 그러나 아버지는 항렬자(行列字)를 따라 '훈(勳)'이라고 불렀고 그다음 일본인(日本人)들의 강제적(强制的) 창씨(創氏) 설정(設定)의 망동(妄動)에 의(依)하여 하는 수 없이 '다카하라 가쯔요시'가 되었고, 해방(解放)을 만나자 로씨야 사람들은 조선(朝鮮) 이름이 부르기 힘든다고 하여 저-들 마음대로 '발로쟈'로 부르드니 지금(至今)은 누가 지었는지 나를 '유리'라고 부른다.

고양이 눈깔처럼 홱-홱 돌아치는 환경(環境)의 변화(變化)는 내 이름을 '성화'에서 '훈'으로, '훈'에서 '다카하라 가쯔요시'로, '다카하라 가쯔요시'에서 '발로쟈'로, 또 '발로쟈'에서 '유리'로 이렇게 가지각색(各色)으로 변(變)하게 하였지만은 조선(朝鮮)에다 뿌리를 박은 나는 조선(朝鮮) 사람으로 굳굳이 서서 그대로 남아 있다.

다시 이름이었다. 비행기는 어느새 착륙을 위해 속도를 줄이기 시작했다. 고도를 낮출수록 구름들이 바짝 창으로 다가왔다. 비행기 동체가 뚫고 지나는 구름들 너머로 언뜻언뜻 기묘하게 생긴 하얗고 몽글몽글한 구름들이 여러 형태로 날다가 뒤로 사라져갔다. G는 뒤로한 구름들이 입에서 되뇌었던 그 많은 이름들 같다는 생각을 했다.

* 이 작품 속 노비들에게 붙여진 가혹한 이름들은 권내현의 『노비에서 양반으로, 그 머나먼 여정』, 그리고 소련 시절을 배경으로 한 이름들은 아나톨리 김의 『초원, 내 푸른 영혼』의 도움이 컸다고 G는 밝히고 있다. 아울러 안톤 체호프의 『사할린 섬』에 나오는 기괴한 이름들은 체호프의 창작의 산물이 아닌 실제의 기록을 바탕으로 한 것이라 G의 인상에 또렷하다.

* 아나톨리 김의 『초원, 내 푸른 영혼』을 보면 사회주의 시절 이런 명명에 대한 유례가 나온다. '레보', '류찌야', '이스크라' 같은 시대가 만든 이름들이다. G가 만난 노파들 중에 '이스크라'도 몇 있었다. 가물가물 스러지다 훅 불면 불티로 날아가버릴 것 같은 그 시대의 '불꽃'들은 겨우겨우 발걸음을 떼고 있었다.

* 비록 '훈'처럼 직접적이지는 않지만 카자흐스탄에 거주하는 고려인 작가 '강 알렉산드르'는 자기 아버지의 이름이 '호은'이라 '호으노비치'라는 부칭을 갖지 않고 그냥 성과 이름만을 사용한다고 밝히고 있다(「그 어느 곳에도 없지만 영원히—성명서: 공중부양으로서의 문학, 무사도로서의 문학(에세이)」, 『현대문학』, 2014년 4월호). 그런데 G는 실제 그보다 더한 '훈', '후인'과 같은 이름들을 만났다. '호으노비치'보다 더 욕설에 가까운 이름들을.

* 소설 속 인물인 박성호의 작품 『꿈에 그리는 고향』에서 발췌한 국한문 혼용의 내용은 '춘계 류시욱'의 『산중반월기(山中半月記)』에서 부분을 빌려 왔다. 물론 G가 이름들을 변형시키기는 했

다. 춘계의 이 글은 몇 년 전 대한민국 국무총리실 산하 '대일항쟁기강제동원피해조사위원회'에서 사할린에 있던 보존 기록과 문서를 찾을 때 발견되었다. 산속에서 벌초꾼들의 밥을 해주러 갔다가 보름 동안 쓴 일기체의 글이다. 고향에 대한 그리움, 그리고 일제강점기 때의 친구들과 그 운명, 독립운동에 대한 단상, 그리고 서울의 문단에 등단해서 문인협회에 가입해 활동하던 일, 일본 경찰에 잡혀 잠시 수감되었다가 사할린으로 강제 징용을 온 내막 등, 그리고 사할린 한인의 처지와 한국에 남기고 온 아들에 대한 그리움을 그리고 있다. 류시욱은 '서애 류성룡'의 후손으로 알려져 있다.

집합주유소

*

어느 날 우연히 「해 뜰 날」이란 노래 가사가 '집합'과 '아이큐84'를 모두 소집했다. 서로 간에 아무런 관계도 없는 그 셋은 G를 놓고 연합 전선을 구축한 듯싶었다. 도무지 그 '집합'도, '아이큐84'도, 게다가 그날 그것들을 불러 모은 「해 뜰 날」도 모두 환영 같았다. 그것들은 점점 G의 속을 점령해 들어왔다. 머릿속이 복닥거렸다. 중학생인 자기 아이에게 올바른 학습 능력을 길러주려다가 벌어진 일이었다.

소설을 쓰는 G는 집으로 돌아오며 이것을 써볼까 아주 잠깐 혹했다. 얼른 그는 고개를 저었다. 개연성 없이 '어느 날 우연히' 훌쩍 달려드는 연쇄적인 여러 일들, 기억들. 아아, 소설이란 얼마나 합리적이고 이성적인 것인가. 거기에 우연은 틈을 비집고 들어올 수가 없다. 물론 몇십 번의 우연이 엉켜 빚어낸 여러 운명과 사건들로 채워진 소설을 쓴 작가도 있기는 하다. 『닥터 지바고』를 쓴 파스테르나크 같은 위대한 작가들이라면 예외일 것이다. 문단 말석에 있는 소설가 G에게는 가당치도 않았다. '어느 날 우연히' 같은 무책임한 단어를 나열하면 안 되는 것이었다. 그럼에도 그날 우연스레 '해 뜰 날', '아이큐84', '집합'은 꼬리를 물었다. 암호 같았다. 하기야 사는 게 때로는 암호를 푸는 것인지도 몰랐다. G도 그날 그 암호를 풀려고 끙끙거렸다. 세 개의 이어지지 않는 단상들. 하나로 뒤엉켜 뭔가가 있으니 알아맞혀보라고 꼬드겨대는 그 단상들. G는 그날 자기에게 불쑥 찾아든 그것들 사이에 분명 뭔가가 있을 것이라고 믿기 시작했다. 일단 그 셋에 대해 곱씹어볼 필요가 있었다. 미간에 골을 만들며 골똘하던 G는 언뜻 어떤 깨달음을 얻은 것 같아 무릎을 탁 쳤다. 중중무진(重重無盡). 언젠가 자기 소설에도 넣었던 웅숭깊은 말이었다. G는 얼른 눈을 감았다. 잠시 뒤 환영처럼 아주 가는 색색의 빛들로 촘촘히 짠 그물 같은 게 자신의 몸을 향해 쫙 펼쳐지며 날아드는 것을 느꼈다. 그 빛의 그물 사이에서 '해 뜰 날'이, '집합'이, 그리고 '아이큐84'가 그물코에 매달려 반짝이는 게 아닌가. 냇가에서 투망을 던졌다가 끌어올릴 때 뜨문

뜨문 그물 이쪽저쪽에 걸려 파닥이며 비늘을 반짝여대는 송사리들처럼. 그 셋은 거리를 둔 채 그런 빛들을 점멸시키고 있었다. 거기까지였다. G는 다시 눈을 떴다.

1. '집합'에 대해

그날 G는 아이와 함께 집으로 돌아오다가 택시 기사와 실랑이를 벌였다. 집합주유소 때문이었다. 아이가 불러온 파장에 마음이 편치 않던 터에 그 집합주유소, 아니 그날따라 G의 머릿속에서 껄끄럽게 굴던 그 '집합'을 사용한 상호에 그만 곤두섰던 심사를 터뜨리고 말았다. "어디로 갈까요?" "세인트병원 근처요." "어디라구요?" 택시 기사가 다시 물어왔다. "아, 구립도서관 있는 사거리 지나 세인트병원 있지 않습니까?" G의 목소리엔 짜증이 물씬 묻어났다. 아이는 G의 눈치를 흘금거렸다. "아, 거기면 집합주유소라 하셔야지요." "뭐요? 거기 어디 집합주유소가 있단 말이요?" G는 버럭 소리를 질렀다. 이사 온 지 일 년이 넘었는데 택시를 탈 때 자주 벌어지는 일이었다. 그날은 유독 그 '집합'이란 단어가 깔깔하게 G에게 다가들었다. 아이는 그의 눈치를 살피다가 자기와는 무관하다는 듯 차창 밖으로 시선을 던졌다. G는 아이도 택시 기사도 다 못마땅했다. 입술을 꼭 여미고 얼굴을 찌푸린 채 얼른 그 집합주유소, 아니 세인트병원이 나타나기만 기다렸다.

집합주유소가 사거리 모퉁이에 자리했던 것은 1995년 초봄 어느 날이라 했다. 주유소 오픈 기념행사 때 나누어주던 기념품을 받으러 갔던 사람은 그날 줄을 서서 기다리는데 눈앞이 뿌옇게 황사로 뒤덮였다며, 분명 초봄임을 강조했다. 또 다른 사람은 초봄이 아니라 늦가을 무렵이라고 우겼다. 가로수로 심어놓은 은행나무에서 바닥으로 떨어진 은행들이 퀴퀴한 냄새를 풍기고 있던 것을 생생히 기억한다고 했다. 그럼에도 일치하는 점은 집합주유소가 1995년에 개장했다는 사실이었다. G는 이상했다. 바삐 돌아가는 일상에 그깟 주유소 하나가 들어선 해를 정확히 기억한다는 게 얼른 수긍이 안 갔다. 그해를 기억할 어떤 특별한 일이 있었는가. 물론 그해에도 큰 사건들이 많았다. 그런 큰 사건들은 여느 때처럼 일어났고 그다음 해들도 계속 그랬다. 그럼에도 1995년을 콕 집었다. 인근에 세상 사람들의 주목을 끌 만한 것은 도통 없었다. 가령 그해 가스 폭발로 어마어마한 인명 피해를 낸 지하철 공사장이나 폭삭 주저앉은 백화점 같은 게 들어설 곳이 아예 아니었다. 또 그해 일본에서 일어난 무시무시한 지진의 진원지 같은 곳도 절대 아니었다. 다시 말해 역사의 연표에 남을 만한 가치도 없는 게 사람들의 기억 속에 각인되어 있다니. 집합주유소는 도로 확장을 할 때 사거리 모퉁이에 있던 나대지에 들어섰다. 그래봐야 그깟 주유소가 얼마나 대단했겠는가. 집합주유소 자리 근처로는 단독주택들과 연립주택들이 늘어서 있었다. 붉은 벽돌로 지은 집들은 엇비슷했다. G가 사는 집도 그 중 한 곳이었다. 지금 집을 구할 때 본 등기부 등본에서 1989년 지은 것을 확인했다. 집합주유소가 들어오기 전에 이 주택가들이 형성된 것 같았다.

G는 기괴스럽기만 했다. 한낱 주유소가 들어섰던 1995년을 기억한다니. 대한민국에, 한반도에, 그리고 지구상에 더 뇌리에 남을 사건들이 수두룩한데 어찌 그것들을 다 기억한단 말인가. G는 그런 정황에 어리둥절해 눈만 끔찍였다. 물론 집합주유소가 사람들의 이목을 끌었을 만한 여지는 있었다. 위치 덕분에 근처를 지나다니는 자동차나 행인들에게 쉽게 그 존재감을 드러냈을 것이다. 그렇다 쳐도 딱 짚어낸 1995년이라니. 이미 자취를 감춘 주유소가 생긴 해를 기억해내는 저들에게 G는 그저 놀랄 뿐이었다. 그해를 기억하는 사람들은 자신들과 관계한 중요한 일들이 공교롭게 그해에 겹쳤기에 그럴 수도 있다고 G는 한발 물러섰다.

G도 처음에는 그 집합주유소가 없어진 지 얼마 지나지 않았다면 택시 기사들이 '거긴 집합주유소라고 말씀하셔야지요' 등의 말에 고개를 끄덕였을 것이다. 그건 5년이 지나서 없어졌다. 없어진 지가 10년 가까이 되었다는 얘기다. 그 자

리에는 지금 하이마트가 들어왔다. 그럼에도 하이마트는 물론 바로 건너편의 세인트병원도 집합주유소에 눌려 존재감이 없었다. 택시 기사들도, 동네 사람들도 으레 집합주유소였다. 누군가 G가 사는 동네 사람에게 세인트병원에 병문안을 가려고 그 위치를 물으면 필시 이런 답이 나올 것이었다. "병원이 어딘가 하면 말이지, 집합주유소 건너편이야." G가 우연히 들은 주인집 남자의 전화 통화 내용이었다. 이게 G가 알고 있는 집합주유소의 전부였다.

G는 아이와 함께 세인트병원에서 내렸다. 아이는 종이봉투에 담긴 참고서를 들고 얼른 G를 앞질러 집 쪽 골목으로 들어섰다. G 역시 몇 권의 책이 담긴 봉투를 든 채 고개를 뒤로 잔뜩 젖히곤 건물 옥상에 설치한 세인트병원 간판을 올려다보았다. 분명 '세인트병원'이라고 주황색 형광등으로 된 큰 글자들이 또렷이 눈에 들어왔다. 멀리서도 보였다. 또 집합주유소 자리에 있는 이층짜리 하이마트도 나름 늠름하게 사거리를 지키는 중이었다. 거스름돈을 돌려받으며 G는 택시 기사에게 다시 주지시켰다. "자, 이게 세인트병원이요. 여기 어디 집합주유소가 있단 말입니까. 저 병원 생긴 지가 언젠데." "아, 거야 알지요. 그런데 세인트병원 가자는 사람 거의 없어요. 대개 집합주유소라고 하지. 그러니까 우리도 따라 하는 겁니다."

G는 대로변의 오층짜리 세인트병원을 대곤 했지만 택시 기사들은 대개 고개를 가로저었다. "글쎄요, 그 병원은 잘 모르겠는데요." "아니 그 병원이 들어선 지가 오랩니다. 이제 십 년 가까워져 와요. 근처에서 제일 높은 건물인데 그 병원을 모른다 하시니 참." G가 억울하다는 듯 항변을 해도 기사들은 '글쎄요' 하는 표정이었다. G는 저리로 쭉, 좌회전, 우회전을 해달라다가 그 병원 앞에 차를 세우면 꼭 한마디 했다. "이게 세인트병원이에요." "에이, 손님. 이 자리면 집합주유소라고 하셨어야지. 그러면 얼른 찾아왔을 텐데." "아니, 집합주유소가 뭡니까. 집합인지 명제인지 그 주유소가 없어진 게 언젠데. 더구나 택시 하시려면 저 병원 이름 정도는 아셔야지." "병원이 얼마나 많은데 그걸 다 어떻게 압니까." "이쪽에 저 건물 말고 더 높은 게 있어요? 집합주유소는 벌써 저 땅속에 묻힌 지 오래됐다 이 말입니다." 막무가내였다. "다음부터는 집합주유소 가자고 하세요. 그러면 기사들도 금방 알아들을 겁니다." "아니 있지도 않은 집합주유소에 가자고 하라구요?" 그것은 보이지도 않는 지하 도시에 가자고 하는 것과 다를 바가 없었다. G는 결코 목적지를 집합주유소라고 말하지 않았다. 슬슬 오기 비슷한 게 일어났다. 어느 날 G가 술에 취해 겨우 잡은 택시 기사도 세인트병원을 완강히 거부하며 집합주유소를 들먹였다. 밸이 꼬인 G는 꼬인 혀로 목적지를 바꾸었다. 그의 집에서 차로 십 분 정도 떨어진 곳이었다.

지금은 축대 일부분만 남아 있지만 언젠가 관아가 있었다는 팻말을 본 게 문득 떠올랐던 것이다. "'C 관아'로 갑시다!" "손님, 뭐요? 'C 관아'요? 이 분이 놀리시나. 관아면 조선 시대 관청인데 어디 그런 게 있느냐 말입니다." "그럼 좋다 이거요. 'C 관아 자리'로 갑시다!" "이럴 거면 내리세요. 지금 영업 방해하는 겁니다." "그러니 세인트병원 가자 이 말이요. 있지도 않은 집합주유소로 간다면 C 관아로 가자는 거와 뭐가 다르단 말이요?" G의 말도 점점 거칠어졌다. 기사는 사납게 차를 몰아 병원 입구에서 급정거를 했다. 아마도 그 지하에 묻힌 집합주유소와 관계된 유령들이 날뛰는 것만 같았다. 씩씩대며 거스름돈을 받아 쥔 G는 손가락으로 병원 간판을 가리켰다. "저거 보이지요? 세인트병원이라 쓴 것!" 주황색의 형광등으로 된 세인트병원이란 글자가 환한 빛으로 G를 맞았다. "이 근처 어디에 집합주유소가 있냔 말이요?" G는 문을 쾅 닫았다.

집합주유소에 대한 애착은 집요했다. 도무지 이해할 수 없는 집합주유소의 존재. 툭하면 긴 사다리차가 굉음을 내며 이삿짐을 오르내리는 아파트들과는 달리 여긴 오래 산 토박이들이 많았다. G는 자기 또래인 집주인에게 물었다. "집합주유소가 얼마나 컸길래 여기 오자 하면 택시 기사들이 꼭 집합주유소 타령을 합니까?" "집합주유소가 큰 게 아니고 이 근처에 하나뿐이었으니까 사람들 입에 붙었지요." "아니 누가 주유소나 충전소 이름 기억해요? 대충 위치만 기억하는 게 보통 아닌가요? 그럼 집합주유소에서 가스 충전도 했습니까? 택시는 LPG 넣으니까 기사들이 유독 고집하는 건지, 원!" "거긴 기름만 팔았지, 가스는 없었어요." "근데 왜 기사 열이면 아홉은 세인트병원은 모른다네요. 여태 집합주유소만 붙들고 늘어질 까닭이 있나요?" "여기 사람들도 거지반 그렇게 말해요. 입에 배서 그렇지. 저 건너 골목에 '수정마트'라고 있었지요. 문 닫은 지 꽤 됐는데 거기 사람들 택시 타면 수정마트 가자고 해요. 내비게이션에도 아직 수정마트가 뜨니까." 더 얘기해봐야 뻔했다. G는 고개를 저었다.

한번은 세인트병원을 아는 택시가 걸렸다. 반가웠다. 신호를 기다리는 동안 G는 깜빡 졸았나 보았다. 근데 눈을 떠보니 낯선 풍경이었다. 미터기를 보니 8천 원이 넘었다. G의 집까지 할증이 붙어도 5천 원 정도면 충분했다. "여기가 어딥니까? 세인트병원 가자는데." "가고 있지 않습니까?" 기사가 내려놓은 데는 '세인트병원'이 아니라 '세인트의원' 앞이었다. 이층 상가에 붙은 '세인트의원'이라는 초록색 글자가 눈에 들어왔다. 기가 찼다. 집합주유소에 가자고 하면 끝났을 일이었다. 그래도 G는 고집을 꺾지 않았다. 그 말을 하기가 정말 싫었다. 있지도 않은 곳을 가자고 할 수 없다는 생각은 점점 분노로 바뀌었다.

G가 세인트병원의 존재를 안 것은 8년 전쯤이었다. 그때 병원이 그전부터 거기 있었다는 사실도 알았다. 교통사고 환자나 거동이 불편한 노인들이 주로 입원했다. G의 처 외숙모도 중풍이 와서 그곳에 2년가량 입원해 있다가 돌아가셨다. G도 두어 차례 병문안 간 적이 있었다. 물론 그때도 집합주유소는 없었다. 집합주유소를 들먹일 까닭이 없는 것이다.

이 동네로 이사 와서 기괴한 점이 집합주유소를 끈덕지게 움켜잡고 있다는 것뿐만은 아니었다. G의 집 바로 옆에 높은 담장을 두른 나대지가 있었다. 구도심이라도 어쨌든 도시 한복판인데 넓은 나대지가 남아 있다는 게 이상하긴 했었다. 군데군데 오가피 등 귀한 나무들을 심고 가꾸어, 땅주인이 약재에 관심이 많구나란 생각만 했다. G의 집은 단독주택 이층이어서 나대지 위에서 벌어지는 상황이 한눈에 들어왔다. 지난 봄, 땅주인은 G의 집 아래 담장에 바짝 붙여 닭장을 만들고는 닭을 키우기 시작했다. 처음에 가져온 닭은 회색 털 사이사이 여러 빛깔이 박힌 제법 모양이 있는 애완용이었다. 문제는 그게 시도 때도 없이 울었다. 소리도 명징한 '꼬끼요'가 아니라 잔뜩 목이 쉰 것 같이 허스키했다. 처음에는 '꼭－히－요'하고 쉰소리로 시작해 한 옥타브씩 고래고래 음을 높였다. 그러다가 힘에 부치면 풀이 죽은 저음의 '꼭－이－요'가 이어졌다. 아침뿐 아니라 한밤중, 대낮 가리지 않았다. 언젠가 복날 즈음 G는 땅주인에게 슬쩍 물었다. "그거 언제 잡아드실 거예요?" "이건 잡아먹는 닭 아니요. 이게 화초닭인데." '화초닭'이란 말에 G는 그만 입을 다물었다. 그리고 얼마 지나지 않아 다른 닭 소리들이 들려 왔다. 나대지에 들여놓은 컨테이너에 가려 보이지는 않지만 한두 마리가 아니었다. 이번에는 '꼬끼요'가 여기저기서 들려왔다. 거기다가 비라도 오면 퀴퀴한 닭똥 냄새가 집 안으로 흘러들었다. G가 담배를 피우려 발코니에 나갈라치면 뒤쪽 파랑새맨션 주민들은 G를 노려보았다. 혼잣말로 툴툴댈 때 '닭'이라는 명사가 가끔씩 들려왔다. 그러다가 G와 눈이라도 마주치면 얼른 창가에서 물러났다. 닭 소리가 나는 곳이 G의 집이라고 여기는 모양이었다. 파랑새맨션에서는 나대지가 보이지 않았다.
어느 날, 추석 다음날이었던 것 같다. G는 아주 오랜 만에 만난 땅주인과 다투었다. "여름 내내 닭 소리에 잠을 설쳤다구요. 닭똥 냄새도 말이 아닙니다. 화초닭이면 댁에 가져다 기르세요." "젠장, 내 땅에다 내 맘대로 닭도 못 기르면 어디다 기르냐고!" "여기가 논밭 있는 시골입니까?" G와 땅주인의 목소리가 골목에 울려 퍼졌다. 흥분한 G는 슬리퍼를 대충 발에 꿰고 나대지로 들어가는 문으로 뛰어 내려갔다. 집주인이며 파랑새맨션 사람들은 멀리서 G와 땅주인을 멀뚱하게 바라만 보고 있었다. 컨테이너 옆으로 하얀 털을 가진 열댓 마리의 오골계들이 모여 구구댔다. 화초닭은 여전히 허스키한

'꼭—히—요'를 외쳤다. 그날 G가 핏대를 올리며 소리 지른 결과라고는 파랑새맨션 사람들로부터 닭을 기른다는 누명을 벗은 게 다였다. 땅주인도 양심은 있는지 닭들을 줄인 것 같았다. '꼭—히—요'는 한여름 같지는 않았지만 여전했다. 집주인이 G에게 전한 말에 따르면, 파랑새맨션 사람들도 몇 달 동안 잠을 설쳤다고 뒤늦게 털어놓더라는 것이었다. G는 혼자만 바보가 되는 것 같았다. 동네에 정나미가 떨어졌다. 얼른 계약 기간이 끝나기만을 기다렸다. 그때까지는 집합주유소 소리도 계속 들어야 할 듯했다.

그날 집합주유소가 G의 심기를 평소보다 유독 더 들쑤셔놓은 까닭은 집합주유소의 실체보다도 그 '집합'이란 단어 때문이었다. 물론 애초부터 '집합'이라는 상호는 G의 귀에서 버석거렸다. 1995년이면 좀더 세련된 상호를 가져다 쓸 수 있지 않았을까. 규모가 큰 것을 강조했다면, 가령 '코끼리'라든가 '매머드'같이 귀염성 있으면서도 거대함을 나타내는 상호를 쓰는 경우도 많았다. '코끼리주유소', '매머드주유소' 등. 직접적이긴 해도, '종합'이란 단어를 붙여 '종합분식', '종합전기'같이 그쪽 분야에 엔간한 것은 다 갖추어놓았다는 점을 강조하는 상호도 많지 않은가. 다소 허풍 섞인 것 같아도 솔직한데다 귀여운 구석이 있었다. 그런데 '집합'이 대체 뭐냔 말이다. 기름들의 집합? 기껏해야 휘발유, 경유, 등유밖에 더 팔았겠는가. 그게 아니라면 차에 기름을 넣어야 할 때 모두 그리로 집합하라는 명령조의 구호를 상호로 사용했다는 것인가. "집합!" G는 그 '집합'을 들춰낼 때마다 은근 심사가 뒤틀렸다. 그런데 그날은 '집합'이 G에게 다른 의미였다. G의 아이가 누구나 다 맞출 수 있을 만큼 빤한, 이 동네 사람들에게 집합주유소같이 빤한 시험문제의 답을 틀렸다고 들이밀었다. 그게 그만 평소 마뜩잖았던 집합주유소란 상호에 철컥 달라붙고 말았다.

그날의 '집합'은 G를 분개하게 했던 수학의 한 단원을 떠올리게 만들었다. 학창 시절 G는 그 '집합'이라는 개념 때문에 쩔쩔맸다. 대체 그게 뭐란 말인가. '착한 학생들의 집합'. 이것은 집합이 될 수 없다는 거였다. 확실히 그의 반은 '착한' 아이들과 '못된' 아이들로 나뉘었다. G처럼 키가 작아 앞에 앉은 아이들을 덩치만 믿고 괴롭히는 녀석들은 분명 '못된 학생들의 집합'에 속해야 했다. 그런데 그것은 집합이 아니란다. G는 기가 찼다. 그럼에도 친구들에게는 집합이 쉽고도 재미있었던 모양이었다. G는 종잡지 못했다. 더군다나 전체집합이니, 부분집합이니, 교집합이니, 차집합이니 마음대로 다른 접두어를 붙이고 등장하는 집합들에 고개를 절레절레 흔들었다. 하나의 원소로서 그 성원이었는데 조건이 맞지 않으면 가차 없이 내팽개치는, 매몰차고도 비인격적 처사를 대놓고 종용하는, 수학의 집합 단원이 끔찍했다. G는 집합 문제를 풀 엄두를 못 냈다. 조건에 맞지 않는 성원들은 낙인같이 죽죽 그어진 사선 자국을 남기며 제외됐다. 거기다가 공집합이란 말에 그만 수학책을 덮고 말았다. 공집합을 의미하는 부호 'ø'는 그래도 괜찮았다. 그런데 공집합을 말하는 또 다른 부호가 있었다. 텅텅 비어버린 중괄호 '{ }'. 아무것도 없는데도 위엄을 부리며 행세를 떠는 꼴에 G는 그만 기가 질렸다. 지금이 어느 세상인데 쭉정이만 남은 그게 왜 큰소리를 치며 원소가 되어야 하는지 전혀 이해할 수 없었다. 그 집합의 원소들은 모두 괄호 밖으로 질질 끌려 나와도 그것은 끝끝내 남았다. 비워두면 비워뒀지, 절대로 집에 들일 수 없다며 문을 꽁꽁 걸어 잠그고 있는 그런 공집합의 탐욕. 문밖에서는 내쫓긴 원소들이 덜덜 떨며 자기들을 다시 받아줄 문이 열리기만 고대하고 있지만 헛수고일 뿐이다. 대체 거기에 무엇이 들어가면 된단 말인가. 조건을 충족시키지 못하면 그냥 길거리에 내몰린 채 비참한 최후를 맞이해야 한다. G의 기억에는 집합이 그랬다. 그래서 강하게 집합 단원을 거부했고, 비장하게 삭발하는 기분으로(사실 그때 남학교에 다니던 학생들 대부분이 반삭을 하고 있을 때니까) 수학책을 덮어버렸다. 나중에 주워들은 이야기지만, 수학에 집합의 개념이 도입되며 근대 수학과 현대 수학으로 나뉘는 분기점이 되었다는 것을 알았다. 그 말을 듣자마자 G는 자기가 현대인이 아닌 근대인이라는,

즉 뒤처진 구시대의 인물이라는 점을 씁쓸하게 자각했다. 어쨌든 G는 자기가 수학을 못하게 된 가장 큰 요인이 집합의 그 매정함에서 비롯되었다고 단정했다. 그 집합이란 게 없었다면 수학을 좀더 잘했을 것이고, 그랬다면 좀더 괜찮은 대학을 갈 수 있었고, 그랬다면 지금보다 훨씬 나은 삶을 살고 있었을지도 모른다는 망상에 사로잡히기도 했다. G는, 지금 자기가 변변치 않은 것은 얼마간 집합 탓도 있다고 여겼다. 그런데 택시를 탈 때마다 매번 집합주유소라니. 정말 오래전 자취를 감춘 집합주유소는 공집합을 나타내는 중괄호 '{ }'처럼 사라지지 않고 끈질기게 남아 있었다.

거기다가 집합주유소란 상호를 들을 때마다 이상하게 온몸에 또 다른 불쾌감이 전해졌다. 그것은 군대처럼 제복을 필요로 하는 사람들에게 주로 통용되던 구호였다. 물론 시절이 어느 때인지도 모르고 사회 곳곳에서는 아직도 '집합!'이라는 소리가 들려오기도 한다. '모여!'나 '모이세요!'가 아닌 '집합!' 별 차이가 없는 말인데도 G는 그 말을 들을 때면 갑자기 침을 꿀꺽 삼키고는 찜찜한 가운데 얼른 그 집합의 범주에, 조건에 들려고 황황히 발걸음을 옮기는 자신을 알아채곤 했다. G의 그런 행동 밑바닥에는 그 집합에 꼭 끼어야만 한다는 절실함 같은 게 깔려 있었다. '집합' 소리에 맞춰 행동하지 못했다가 '뺑뺑이'를 돌던 시절, 그리고 꼭 끼여야 할 자리인데 방심하다 '집합' 소리를 못 듣고 낭패를 보았던 많은 경우들.

군 훈련소 시절, G는 그 집합에 들지 못해 분대원들의 분노를 자아냈다. G는 그때 훈련소에서 초복, 중복, 말복을 보냈다. 훈련이 막바지에 이를 무렵, 그러니까 말복 날 각개전투 측정이 있었다. 분대가 한 조가 되어 고지 점령을 해야 했다. 포복으로 철조망을 통과한 뒤 다시 진흙탕과 여러 장애물을 지났다. 숨도 못 쉴 정도의 지열이 코로 밀려들었다. 거기다가 기관총 소리, 폭탄 터지는 소리 등등. G는 어떻게 고지까지 올라갔는지 몰랐다. 고지에 적군 대신 서 있는 시커먼 고무 타이어를 착검한 소총으로 찔렀던 것까지 기억났다. 돌아서자마자 바로 밑 참호 속에 엎어져 토하기 시작했다. G가 정신을 차렸을 때는 혼자였다. 그런데 같이 뛰었던 분대원들이 밑에서 고지 쪽으로 흐느적대며 다시 올라오는 게 아닌가. 혼란스러웠다. G는 곧 사태를 파악했다. 고지 점령 뒤 밑에서 집합해 인원 점검을 할 때 한 명이 빠진 것을 발견한 교관은 전우도 버리고 온 놈들이라며 호통을 쳤다는 것이다. 처음부터 다시 시작해 고지 점령을 하며 G를 찾아오라는 명령을 받은 분대원들의 눈은 정말 분노로 이글거렸다. 말복 날 두 번씩이나 고지 점령을 해야 했던 그들의 눈. G는 애써 그 눈길들을 피했다. 덜컥거리는 철모를 한 손으로 누르며 분대원들과 허겁지겁 뛰어 내려갔다. 그게 다가 아니었다. 그 일로 G의 중대는 단체로 얼차려를 받았다. 그의 철모에 하얗게 찍힌, 눈에도 잘 띄는 훈련병 번호 '100'이라는 숫자와 함께 G는 훈련을 마칠 때까지 집합의 원소이기는 했지만 동료들의 따가운 시선을 받았다. 제대로 된 집합의 조건을 충족시키지 못해 벌어진 쓰디쓴 기억. G는 그 일을 두고두고 떠올렸다.

집합주유소가 문을 열었다는 그해, G도 어느 집합의 원소가 되려고 정신없이 뛰던 기억이 스치고 지나갔다. 아이가 막 태어났을 때였다. 여기저기 문을 두드렸지만 어느 누구도 제대로 불러주지 않았다. 그의 앞에는 공집합 '{ }' 같은 세계가 문을 닫아걸고 모른 척했다. 어쩌다가 원소가 되라고 조건을 제시한 집합은 무서웠다. 그때마다 쩔쩔매다가 끝내는 도망쳐버렸다.

찜찜하게 발걸음을 옮기는 G는 그날 일진이 사납다고 입술을 꼭 깨물었다. 어쨌든 불쾌한 '집합'이었고, 집합주유소였다. 이게 전부 자기 아이가 그 노래 가사를 제대로 해석하지 못해 생긴 일이라고 치부했다. 아이는 벌써 집으로 들어갔는지 골목에 없었다. G는 아이가 자신과는 달리 여러 조건을 내건 집합 속에서 당당한 원소로 자리하길 간절히 바랐다. 그런데 교과서에 실린 빤한 노랫말 정도를 알아채지 못하다니. G는 고개를 저으며 아이가 사라진 골목으로 들어섰다. 그의 손에서 책을 넣은 봉투가 덜렁거렸다.

2. 해 뜰 날

그날, 「해 뜰 날」이 갑자기 먹구름처럼 찾아온 날, 중학교에 다니는 아이는 학교에서 본 시험지를 G에게 들이밀었다. 아이의 중간고사가 끝난 주말이었다. "아빠, 이거 아세요? 이거 아빠 또래면 다 아는 노래 같은데. 근데 왜 답이 틀렸는지 진짜 이해가 안 돼요." 아이는 씩씩댔다. 국어 시험지 속에 「해 뜰 날」이 있었다. '어? 이게 왜 여기 있지?' 당혹스러웠다. G는 허둥대며 시험지를 잽싸게 훑어 내렸다. 아무 연고도 없는 지방에 갔다가 불쑥 마주친, 별로 얼굴을 맞대고 싶지 않은, 그런 사람을 우연히 맞닥뜨렸을 때의 느낌이었다. G는 얼굴을 붉히며 주저주저했다. 대체 뭐가 어렵다는 것인지 이번에는 찬찬히 시험문제를 훑었다. 아이는 그 '해 뜰 날'의 숨은 뜻을 잘 알지 못했다. 속뜻이라 할 것도 못됐다. 어째 저 정도 의미를 못 알아챈단 말인가. 초등학교에 다니는 아이들도 척척 맞힐 수 있는 수준인데. G는 속으로 답답했다. 적당한 사례나 비유를 들어주면 쉬울 일이었다. 제일 설득력 있는 비유, 생생한 비유를 어디서 찾겠는가? 직접 경험한 것으로 아이를 일깨우는 게 제일 설득력이 있지 않을까, 그런 충동이 G에게 아주 잠깐 일었다. 그렇다고 그의 입으로 털어놓기는 정말 난처했다. 더구나 평소 거짓말을 잘 못하는 G는 살아 꿈틀대는 다른 비유를 끌어올 자신도 없었다. 아이의 국어 시험지를 보니 컴퓨터용 수성펜으로 채점을 해놓은 상태였다. 얼핏 봐도 동그라미들보다는 직직 그어진 사선들이 많았다.

> 쨍하고 해 뜰 날 돌아온단다
> 꿈을 안고 왔단다 내가 왔단다
> 슬픔도 괴로움도 모두 모두 비켜라
> 안 되는 일 없단다 노력하면은
> 쨍하고 해 뜰 날 돌아온단다
> 뛰고 뛰고 뛰는 몸이라 괴로웁지만
> 힘겨운 나의 인생 구름 걷히고
> 산뜻하게 맑은 날 돌아온단다
> 쨍하고 해 뜰 날 돌아온단다
> 쨍하고 해 뜰 날 돌아온단다
>
> (송○○ 작사/신○○ 작곡/송○○ 노래)

G의 얼굴이 다시 벌게졌다. 어떻게 저 노래가 교과서에 실린단 말인가. G는 얼른 수긍할 수 없었다. 세상이 너무도 많이 달라졌다. 그 노래가 이제 지나간 역사의 흔적으로 교과서에까지 실렸으니 말이다. '노래가 되는 말'이란 단원에 소개된 가사였다. 정말 거기서 시험문제가 나왔고, 아이는 그 문제들을 죄다 틀렸다. 채점한 국어 시험지는 엉망이었다. '쨍하고 해 뜰 날 돌아온단다'가 G의 귀에 잉잉거렸다. 그 밖의

문제들은 눈에 제대로 들어오지도 않았다. 잠시 뒤 G는 학부모의 자리로 돌아왔다. 기가 막혔다. "이 녀석아, 너 대체 시험공부를 어떻게 한 거니? 기껏 학원까지 보내놨더니 이게 뭐야, 맞은 개수를 세는 게 더 빠르잖냐. 그리고 이것도 몰라? 초등학교 애들도 다 알겠다." 아이는 우그러진 표정을 진 채 입을 다물었다. G는 「해 뜰 날」에 대한 문제를 주르륵 읽어나갔다.

Q1: 이 노래에서 말하는 이의 태도와 가장 관련이 깊은 것은?

①. 앞날에 대하여 기대와 확신을 가지고 있다.

②. 고난과 역경을 극복한 기쁨을 만끽하고 있다.

③. 자신이 처한 현실을 받아들이지 못하고 있다.

④. 희망찬 앞날을 맞이하기 위해 슬픔을 감추고 있다.

⑤. 미래에 대한 두려움을 이겨내기 위해 노력하고 있다.

아이는 답을 ⑤번으로 적었다고 했다. G는 기가 차 큰소리를 지르려다 말았다, 두번째 문제는 서술형이었다.

Q2: 위에서 밑줄 친 '구름', '맑은 날', '해 뜰 날'의 의미는 무엇인가.

G는 눈을 부릅뜨고 어떻게 썼느냐고 다시 물었다. 잠시 목

젖 아래에서 대기하던 울컥거리는 것을 기어코 입 밖으로 꺼내놓고 말았다. "야, 그게 어떻게 답이니! 학원 간다고 나가서 PC방만 갔지? 이걸 어떻게 모르니? 너 당장 스마트폰 내놓고, 학원도 집어치워! 자습서 사줄 테니 이제부턴 집에서 해!" 아이는 '해 뜰 날'을 '자기가 하고 싶은 것을 하는 날'이라 적었다고 했다. '맑은 날'도 '해 뜰 날'과 같다고 적었나 보았다. "그럼 '구름'은 뭐라 적었니?" 아이는 아무 대답도 없었다. 시험지의 문항 밑에 끄적거려놓은 꼬깃꼬깃한 글씨가 흐릿하게 G의 눈에 들어왔다. '살기 힘든 날'이라고 적혀 있었다. 정답으로 제시된 답과 다르면 아예 오답 처리를 한 모양이었다. 이 노래 가사에 어디 머리를 감싸 쥘 숨은 뜻이 있는가. 저 노래가 유행할 때 초등학교 코흘리개에서부터 노인들까지 그 가사를 흥흥거렸다. 상투어 같기는 해도, 밝고 희망찬 앞날을 꿈꾸며 무조건 '해 뜰 날 돌아온단다'라고 주문처럼 외우면 그뿐인 노래 아닌가. G는 속이 뜨거워졌다.

"그럼 넌 누가 봐도 알 수 있는 객관식 문제는 왜 틀렸니? 저 노래 가사 보면 당연히 ①번이지." "아빠, 그게 왜 ①번만 답이에요? 전 그렇게 생각 안 해요. ①번은 거짓말이라고요. 정말은 ⑤번이 정답이에요. 우리 반 애들이 쓴 답 중 ⑤번도 많아요. 전 ①번 쓴 사람 보면 솔직하지 못하고 비겁하다고 생각해요. 싫으면 싫다거나, 무서우면 무섭다고 하지, 저렇게 오지 않을 '해 뜰 날'이 있다고 주접떨고 있잖아요. ③번도 맞는 거 같아요. 그래도 ①번은 아니에요." 아이는 사춘기를 건너는 중이었다. G가 어쩌다 아이를 야단치려 하면 이렇게 대들었다. "왜 북한에서 못 쳐들어오는지 아세요? 우리나라 중학생이 무서워서래요. 그니까 그만하세요." 더 이상 윽박지르지도 못했다. 뭐라 논리적인 답을 줄 수도 없었다. G도 구린 데가 있었다. 아이 말처럼 싫으면 싫다고, 무서우면 무섭다고, 그렇게 해보지 못했다.

G도 '쨍하고 해 뜨라'던 주문을 걸던 시절이 있었다. 고등학교에 올라가 수학 시험을 봤을 때였다. 수학의 첫 단원을 차지했던 게 다름 아닌 '집합'이었다. 이미 밝힌 대로 G와 '집합'은 그리 좋은 인연이 아니었다. 시험이 끝나고 확인하라고 나누어준 그의 수학 답지에는 달랑 동그라미 하나와 5라는 숫자가 외롭게 서 있었다. 앞에 붙어야 할 숫자가 없었다. 번호마다 사선으로 그어진 붉은 볼펜 자국만 답지를 채웠다. 분명 5점이었다. 이상하게도, 아니 G가 행한 전생의 업보 탓인지는 몰라도, 수학 선생은 중3 때 담임과 너무도 닮았다. 그는 큰 덩치에서 뿜어 나오는 힘으로 사정없이 대걸레 자루를 휘둘렀다. 거기다가 정말 열이 오르면 매를 맞아야 할 아이들을 두 명씩 짝을 지어놓고는 서로 번갈아가며 상대방의 따귀를 올려붙이도록 했다. 그게 쉬운 일인가. 늘 시시덕거리며 지내는 친구들끼리 서로의 뺨을 갈긴다는 것이. 입장이 곤란해 슬

슬 상대방의 뺨을 건드리면 수학 선생은 그 아이를 불러 세웠다. "그게 때리는 거냐? 이리 와!" 그러곤 본때를 보였다. 그에게 뺨을 맞은 학생은 서너 걸음 뒤로 밀려 바닥에 쿵 나가떨어졌다. 그러면 교실 안으로 그 음향효과가 확실히 나타났다. 짜-악! 짜-악! 서로의 뺨을 향해 혼신을 다하여 손바닥을 올려붙였다. 그런 날이면 학교가 끝나고 집으로 돌아가는 길에 운동장 한구석에서 서로 치고받고 하는 아이들이 꽤 됐다. "너 이 자식, 평소에 나한테 감정 있지?" "인마, 그게 무슨 소리야?" "그럼 난 살살 때렸는데 넌 왜 그리 세게 쳐, 이 자식아!" 그런 일은 수업 시간에 칠판에다 내놓은 수학 문제를 못 풀 때 벌어졌다. 그런데 G는 중간시험에 그만 5점을 맞고 말았던 것이다. 10점, 15점은 있어도 5점은 G 혼자였다. 수학 선생은 번호순으로 반 평균 30점을 못 맞은 아이들을 불러내 대걸레 자루를 휘둘렀다. 점점 차례가 다가올수록 대걸레 자루가 누군가의 엉덩이를 파고드는 둔탁한 소리가 G의 심장을 쿡쿡 쑤시고 들어왔다. 심장이 뛰는 소리는 매 맞는 소리에 비해 경쾌했다. 퍽-쿵쾅쿵쾅, 퍽-쿵쾅쿵쾅! 드디어 G였다. "어쭈, 5점! 이 새끼가 놀려?" 매 맞으려고 교탁에 엎드려뻗쳐를 하려는 G를 세우더니 우선 따귀를 냅다 갈겼다. "이 새끼야, 넌 우선 '나는 5점입니다!'를 문제 수만큼 외쳐!" 문항 수는 모두 20개였다. 그것도 사지선다형은 하나도 없는 전부 주관식 문제였다. G는 수학 선생이 시키는 대로 '나는 5

점입니다!'를 외치기 시작했다. 음악 감상이라도 하듯 씩씩대던 숨을 고르며 수학 선생은 눈을 지그시 감은 채 '나는 5점입니다'를 듣고 있었다. G의 목소리가 조금씩 잦아들었다. "나는 5……점임……다." 열 번을 넘지 못했다. 그는 G의 뺨을 다시 후려갈겼다. G는 그 숫자를 다 채우고 엎어져 온몸으로 대걸레 자루를 힘겹게 받아냈다. 주위는 온통 캄캄했다. 지구에는 빙하기처럼 해가 비쳐들지 않을 것 같다는 엉뚱한 생각이 들기도 했다. 무엇보다도 부끄러웠다.

다음날은 고등학교 첫 소풍이었다. 원체 내세울 게 없어 쭈뼛대던 G에게 스무 번의 '나는 5점입니다!'는 너무 큰 충격이었나 보았다. 매 맞은 자리는 우둘투둘한 자국을 남기며 두툼하게 부어올랐다. 교복 바지에 그 자리가 쓸릴 때마다 살이 발라지는 아픔을 느꼈다. G는 왕릉 밑에서 쭈그려 앉아 점심으로 싸 간 김밥을 혼자 먹었다. 아이들이 소나무 숲에서 말타기를 하며 뛰어놀았다. 자유 시간이 끝나고 반별로 모였다. 장기자랑이나 게임 같은 것을 하는 시간이 이어졌다. G의 반에는 별로 나대는 아이들도 없었다. 한참을 쑥덕대다가 시시한 수건돌리기를 했다. 걸리는 사람은 장기를 선보이는 벌칙이 뒤따랐다. 반장이 게임 규칙을 설명했지만 G는 모든 게 귀찮고, 쑥스러웠다. 아직도 머리에는 '나는 5점입니다'가 강하게 남아 있었다. 갑자기 아이들이 G를 보고 손가락질을 하며 큰 소리로 웃어댔다. 등뒤에 떨궈진 수건을 집어 재빨리 다른 제물을 찾아야 하는데 전날의 일 때문에 넋이 나가 있었다. G는 다시 아이들 앞으로 나서야만 했다. 한참을 머뭇거리다가 진언을 읊기 시작했다.

아이들이 킬킬대며 박수를 쳤다. 왜 그때 하필 그 노래가 스쳐갔는지 G는 몰랐다. 당시 유행하던 노래도 많았고, 또 G가 좋아하지도 않는 뽕짝이라 그걸 고를 까닭이 없었다. 두고두고 왜 그 노래를 불렀나 생각해도 그 선곡에 도통 납득이 가질 않았다. 학교 앞에는 분식집과 복덕방이 나란히 붙어 있었다. 가끔 라면을 먹으러 갈 때면 희한하게도 복덕방에서 틀어놓은 카세트에서 그 방정맞은 노래가 울려 퍼졌다. 몇 번 듣다 보니 귀에 거슬리던 그 박자와 가사가 어느덧 G의 머릿속에 자리했던 모양이었다. 나중에야 애써 G는 그 의미를 부여했다. 자기도 열심히 해서 '나는 5점입니다'라는 수렁 속에서 빠져나온다는 각오가 무의식적으로 튀어나왔는지도 몰랐다고. 어쩌면 그의 영혼이 얼른 그 진언을 외우라 시켰는지도 모를 일이었다. 빨리 부르라는 아이들의 재촉에 G는 '해 뜰 날'이 온다는 그 긴 진언을 한 자도 틀리지 않고 읊었다.

아이들은 「해 뜰 날」을 곧 잊었다. 그런 뽕짝류는 팝송을 읊조리는 아이들의 관심을 끌 만한 곡조가 아니었다. 맑은 날, 해 뜰 날이 되기 위해서는 구름이 걷혀야 했다. 해가 안 뜬 날이 있었던가. 늘 해는 그 자리에 있었고, 지구는 그 주위를 빙글빙글 맴돌았다. 사실 고등학교 시절 동안 G에게는 해가 뜬 날이 별반 기억에 없었다. 대체로 궂은 날씨가 G의 시야를 덮었다. 아마도 태양은 제자리에 있지 않고 멀리 달아났나 보았다. G는 수학의 집합뿐 아니라 아이들 사이의 집합에서도 점차 멀어져 갔다. 그래도 가끔씩 속으로 '쨍하고 해 뜰 날'이 돌아올 것이라고 자그맣게 웅얼거리곤 했다. 그 '집합'이 없어도 되는 날을 꿈꾸었다. 그 덕분에 지금 '삼류'라는 수식어가 붙은 소설가로, 살림에는 도움도 못 되는 글을 간간 써내고 있는지도 몰랐다.

G는 며칠 전에도 TV에서 그 가수를 보았다. 디지털 TV는 화면 속 얼굴에 여드름이 남긴 미세한 흠까지 다 잡아냈다. 그럴수록 출연자들의 얼굴은 점점 짙은 분장으로 뒤덮였다. 「해 뜰 날」을 부르던 가수도 얼굴에 화장을 한 덕분일까, 아니면 너무 보톡스를 맞은 덕분일까, 나이에 걸맞지 않게 피부가 탱탱했다. 정말 이 긍정적인 진언이 그에게 그런 얼굴과 '해 뜰 날'을 가져다준 걸까. 왕릉에 쪼그려 앉아 혼자 도시락을 먹던 날이 그 가수 얼굴 위로 어른거렸다. G는 리모컨을 쥐고 있던 엄지손가락을 꽉 눌러 얼른 채널을 돌렸다. 무책임하게 그 「해 뜰 날」을 유행시켜 자기 같은 사람들을 미혹 속으로 몰아넣은 것 아니냐는 항변이 리모컨 위로 묻어나는 것 같았다. 그 가수의 얼굴을 두른 짙은 화장처럼, 오지도 않을 '해 뜰 날'이 있다고 우겨대는 그 억지스러움 같은 게 정말 분장처럼 느껴졌다. G는 어쩌면 아이가 쓴 답이 정확하다는

생각이 들었다. 싫으면 싫다고, 무서우면 무섭다고 말 못하게 만드는 그 '쨍하고 해 뜰 날'이 무슨 소용이란 말인가. 그럼에도 아이에게 동조해서는 안 되었다. G는 아이를 다그쳐 참고서를 사자고 서점으로 나섰다.

3. IQ84

실로 「해 뜰 날」을 기억해낸 것은 한참 만이었다. '집합'을 거부한 결과 뿐 아니라 「해 뜰 날」은 또 다른 것도 아주 밝게 비춰주었다. 어둠 속에 웅크린, 고칠 수 없는 성적표의 점수 같은, G의 아이큐 숫자였다. IQ84.

G는 아이와 함께 대형 서점에서 국어 참고서를 샀다. 이제는 「해 뜰 날」 같은 것은 틀리지 말라는 염려 섞인 G의 바람이 국어 참고서를 건네는 손에 실렸다. 「해 뜰 날」 가사를 읽고 '미래에 대한 두려움을 이겨내기 위해 노력하고 있다'가 아니라 남들처럼 '앞날에 대하여 기대와 확신을 가지고 있다'라고 답하라는 바람이었다. 그래야만 집합의 세계로 들어가 사회의 원소로 살아갈 것 아닌가. G는 아이가 자기 같은 삶을 살지 않았으면 했다. 서점을 빠져나오는데 아이는 영화를 보자며 G를 붙들고 늘어졌다. "우리 반 애들 거의 다 봤

어요." 그 건물 오층이 멀티플렉스 영화관이었다. 쯧쯧. G는 혀를 차며 마지못해 표를 샀다. 아이는 꼭 그래야만 되는 것처럼 팝콘과 콜라를 요구했다. 길게 선 줄 뒤에서 차례를 기다리다가 큰 종이 용기를 받아 쥐고선 자리에 앉았다. 영화가 시작되기를 기다릴 때 광고들이 빠르게 스쳐갔다. 처음에는 휴대폰 광고였다. 그것도 아이가 사달라고 조르던 기종이었다. 아이의 입에서 또 그 말이 튀어나올까 얼른 화면이 바뀌라고 조바심을 냈다. 다행히도 아이는 콜라가 든 종이컵을 한 손에 쥐고 다른 손으로 팝콘이 든 용기를 헤적였다. 그때였다. G는 화면 위로 선명히 부각되고 있는 광고에 숨이 멎었다.

IQ84

G 스스로도 얼굴이 하얘진 것을 느꼈다. 안면 근육도 딱딱하게 굳어 들었다. 멘트가 이어졌다. 그렇지만 얼어붙은 G의 귓가에서 울리는 그 내용은 하나도 알아먹을 수가 없었다. 아이가 굳어진 자기 얼굴을 알아챘을까, 잠깐 우려스러웠다. G는 그 84란 두 자릿수를 여태 입에 올려본 바가 없었다. 아내도, 아이도 당연히 몰랐다. 아이가 초등학교 저학년일 때 학교에서 받아온 여러 항목이 적힌 카드에는 세 자리로, 그것도 꽤 높게 IQ 숫자가 찍혀 있었다. G의 것보다 한참 진화된 숫

자. 그 결과표를 들고 G는 안도의 한숨을 내쉬었다. 그날 흐뭇한 표정으로 G는 소주 두어 병을 비웠다. G의 아내는 그가 왜 그리 기분 좋아하는지 몰랐다. 그냥 아이의 지능이 꽤 높다는 것, 장래에 잘될 거라는 흐뭇한 기분에 술잔을 기울인다고 짐작했을 것이다. 거기다가 EQ 수치도 상당히 높게 나왔다. 그런 아이가, 들뜬 그를 기분 좋게 취하게 만들었던 아이가, 그에게 어떤 자랑스러움을 심어준 아이가 그 '해 뜰 날'의 의미를 모르다니. 이건 아이가 아닌 G의 자존심 문제였다. 그런데 나오기 싫다는 아이를 윽박질러 데리고 나온 그의 주제를 알라고 일깨워주는 것 같은 광고. IQ84. 관람객들의 시선도 죄다 그 광고에 집중되고 있었다.

IQ84는 스크린 위에서 몇 초 동안 꼼짝도 안 했다. G도 그렇게 미동도 없이 스크린만 바라보았다. 진공상태가 된 귓속으로 윙윙거리는 소리만 꽉 들어찼다. 스크린에 머물던 IQ84의 정체는 책 광고였다. 『IQ84』는 G가 처음 보는 책이었다. 소설을 쓴다는 작자가 영화관 광고에까지 등장하는 책을 모르다니, G는 부끄러웠다. 일본의 유명 작가가 썼다는 대작. 그 작가의 이름은 G도 익히 알았다. 그의 작품 몇 편은 읽은 바 있었다. 수많은 그의 작품들이 번역되어 서점마다 깔렸다. 감성을 앞세웠다는 그의 소설들. 그 작가는 우리나라에서 어떤 한국 작가보다 유명하고 위대했다. 『IQ84』는 그의 역작이라는 자막이 흘렀다. 아이큐 84가 의미하는 바가 무엇일까.

누군가 자기와 같은 아이큐의 소유자가 있어, 그것이 만들어낸 충격 아니면 그게 빚어낸 사건, 그것도 아니면 비록 아이큐 84이지만 '노력하면 쨍하고 해 뜰 날 돌아온단다' 따위의 충고나 인생을 뒤바꾼 성공담 따위를 늘어놓고 있는 것은 아닌가. 그런 냄새가 풀풀 났다. G가 상상하는 범주는 그따위였다. 느닷없이 진동으로 바꾸어놓은 휴대전화가 요란스레 몸통을 떨어댔다. 꼭 받아야 할 전화였다. 얼른 허리를 굽힌 채 어두운 계단을 더듬어 상영관 밖으로 빠져나왔다.

다시 안으로 들어가 어둠이 눈에 익기만을 기다렸다. 아이는 계단 옆 좌석에 앉아 여전히 우물우물 팝콘을 먹고 있었다. 슬며시 그 곁에 앉았을 때 아이큐 84에 대한 광고는 이미 지나갔다. 아이는 G의 표정을 못 본 것 같았다. 하필 아이를 다그쳐 끌고 나온 날, 보란듯이 스크린 위에 떡 자리를 차지하고 있던 아이큐 숫자. 신의 뜻 같기도 했다. 아이는 놔두고 너 자신에게 돌아가 충실하라는, 그런 계시. G는 「해 뜰 날」이 불러들인 자기의 아이큐 숫자를 떨쳐버리려 스크린에 시선을 집중시켰다.

다음번 상영될 영화 예고편이 굉음을 냈다. 여전히 찜찜했다. 얼마나 대단한 책이기에 영화관에다 그 비싼 광고료를 지불하고 광고를 한단 말인가. 왜 아이큐 84를 내세웠을까. 지능이 모자란 사람을 소재로 코미디를 그리고 있는가. 개그 프로그램을 보면 많은 분량을 그렇게 채우기 다반사였다. 남들보다 지적으로 떨어지거나 아니면 외모가 처진다든가 하여튼 '모자람'을 전면에 내세웠다. 불쑥 등장한 IQ84 앞에서 G는 꼭 자신의 과거를 스캔당해 낱낱이 발가벗겨진 기분이었다.

아이는 좋다고 키득거렸다. G는 하나도 재미가 없었다. 미래의 로봇들이 펼치는 전투와 또 로봇들을 조정해서 적을 괴멸시키는 인간들의 유치한 논리. 아이큐 84짜리한테도 유치했다. 그 조야한 영화를 두고 천만 관객 돌파니 떠들어댔다. 종잡을 수 없는 스토리가 이어졌다. 마치 예전에 아이큐 검사를 위한 문항들을 앞에 놓고 되는대로 찍을 때 같았다. 잔상으로 남은 장면들과 이해한 부분들을 되는대로 막 연결해보아도 천만 명이 볼 영화는 아니라는 생각이 강하게 치밀었다. 그런 것을 돈 뺏기고 시간 뺏겨가며 보고 있는 게 언짢았다. 이제 G에게 그 로봇 영화는 관심 밖이었다. 주인공 격인 로봇이 여러 형태로 변신하여 적을 제압하는 장면이 화면을 메울 때도 광고의 'IQ84'란 잔상만이 그의 눈앞에서 어른댔다. 팝콘을 다 비운 아이는 영화에 푹 빠졌다. 불편해하는 G 따위는 아예 신경이 쓰이지도 않는 모양이었다. 슬슬 부아가 치밀었다. G는 뜨악한 얼굴로 영화관의 어둠 속에 웅크리고 있었다. 깊은 곳에서 없는 듯 숨죽이고 있다가 벌떡 일어난 그의 아이큐 숫자처럼 줄줄이 떠오르는, 또 그 숫자가 만들어놓은 셀 수 없는 편린들. 그것들은 무채색으로 뿌옇게 피어나며 곰팡내 같은 퀴퀴한 냄새를 풍겼다. 차마 버리지 못하고 창고 같은 데 넣어두었다가 잊어버린 물건처럼, 그렇게 방치했다가 퍼런 곰팡이가 잔뜩 슬어 치울 엄두가 나지 않는 그런 물건처럼 아이큐 84가 그랬다. 강렬하게 그의 눈을 파고든 'IQ84'.

시계를 보니 영화가 끝나려면 아직 삼십 분은 더 남았다. G는 곁눈질로 아이의 옆얼굴을 흘끗 보았다. 아이는 입까지 헤 벌린 채 영화에 빠져들어 있었다. 요사이 G는 아이에게서 그런 표정을 못 보았다. G는 몸을 비비 꼬며 뻗었던 발을 오므렸다. 발밑에 놓은 아이의 참고서 감촉이 발뒤꿈치에 와 닿았다. 다시 아이가 밉상스러워졌다. 저딴 유치한 영화를 보고 좋아라 하니 그 뻔한 '해 뜰 날'의 의미 파악도 못한 게 아니냐는 못마땅한 시선을 영화에 빠져든 아이에게 던졌다. 더더구나 아이큐도 좋게 나온 녀석이었는데. G는 다시 미간을 찌푸렸다. 영화가 끝날 때까지 내내 '해 뜰 날'과 '아이큐84'는 영화 속 로봇처럼 합체와 분리를 계속했다.

G는 단 한 번 아이큐 검사를 받았다. 중학교 3학년 때였다. 아이큐 검사를 한 날, 그는 한 시간 반이나 걸어서 학교에 갔다. 차비가 없어서가 아니었다. 아낀 차비로는 학교 앞 분식집에서 파는, 엄지손톱만 한 크기의 작은 소시지 위에 주먹만 하게 밀가루를 입혀 튀긴 핫도그를 사 먹을 참이었다. G는 아이큐 검사가 무엇인지 몰랐고, 어떤 문항들은 생각하기가 귀찮아 되는대로 찍어 골랐다. 결과가 84였다. 그는 애써 그 숫

자가 자기 것이 아님을 주지시켰다. 정말 최선을 다해 문항들에 답을 한 게 아니라고 믿었다. 그런데 그 숫자는 그게 진실이라고 G 앞에 증거를 들이밀었다.

G의 중3 때 담임은 도덕 과목을 담당했다. 괴상한 인물이었다. 공부를 못해서 때리는 것 정도는 G도 뭐라고 할 생각이 없었다. 그런데 담임은 등록금을 늦게 낸다고 대걸레 자루를 휘둘렀다. 반장 아이는 집이 갑자기 망하는 바람에 아직 임기가 남았음에도 그 자리를 빼앗겼다. 얼른 다른 아이를 반장에 임명했다. 담임은 아이큐 검사 결과가 나왔을 때 50명 정도 되는 그의 반 아이들의 숫자를 일일이 불렀다. 아이들 대부분은 인간의 지능을 갖고 있었다. 이른바 세 자리 숫자였다. 두 자리라 해도 90대는 넘기고 있었다. G의 차례였다. 담임은 뜸을 들였다.

"여러분, 우리 큰애가 요즘 읽고 있는 책이 있다. 고등학교 다니는데 학교에서 독후감을 쓰라고 한 책이 『1984』라는 소설이야. 물론 나야 진즉에 읽었지. 여러분, 우리 반에는 거기 어울리는 아이큐를 가진 학생이 있다. 아이큐가 1984라면 어떠니?"

G는 담임의 그런 질문이 작위적이라고 느꼈다. 억지로 꿰맞추기 식의 썰렁한 질문. 아이들은 '와－아!' 하는 탄성과 그런 게 어디 있냐는 '에－이' 소리로 나뉘었다. "그럼 84는 어때? 이걸 어떻게 사람의 아이큐라 할 수 있나? 여러분, 우

리 반에는 원숭이가 두 마리 있다. 이 정도면 침팬지하고 뭐 비등비등하다고 해야겠지. 아니 침팬지가 더 높을 거야. 「혹성탈출」이란 유인원 나오는 영화 본 사람? 거기 나오는 침팬지가 얼마나 영리한가 봐라. 아이들의 웃음소리가 교실 안을 메웠다. 웃음소리는 정말 여러 가지 음색을 띠었다. 꺄르륵. 깔깔. 하하. 몇몇은 주먹으로 책상을 쾅쾅 내려치며 웃어댔다. 담임은 그 웃음이 사윌 때까지 잠자코 있었다. 그때 G가 할 수 있는 반응은 후끈 달아오른 얼굴을 아래로 떨구는 일밖에 없었다. 그렇게 G에게는 84란 번호가 부여됐다. 다른 한 마리에게는 G보다 1이 적은 83이란 숫자가 매겨졌다. G는 그 아이큐 84란 게 아이큐 1984처럼 작위적이라는 느낌을 떨칠 수 없었다.

G의 담임은 늘 아는 체를 많이 했다. 그것도 중학생들의 귀에는 들어오지도 않을 어려운 철학 이야기를, 아마도 그가 대학에서 철학을 전공했다는 이력과 맞물려 있었겠지만, 장황하게 늘어놓았다. 물론 철학적인 내용 같지만 종종 다른 길로 빠져 담임 자신도 자기가 뭔 말을 하고 있는지, 어디로 가고 있는지 알아채지 못할 때가 많았다고 G는 기억했다.

그날도 유인원 두 마리를 실험 대상처럼 들먹이다가 묘한 곳으로 방향을 틀었다. 돌이켜도 담임은 자기의 말이 어디로 가고 있는지 몰랐던 게 분명했다. "여러분도 『1984』를 꼭 읽어보도록. 공부 안 하고 지능 낮은 인간들이 사는 세상을 그린 책이야. 저런 원숭이들에게 제격인 세상이지. 그 책 보면 매일 사람들이 감시당하고, 위에서 시키는 대로 살아야 해. 그런데 그게 누가 시키는지 잘 드러나지 않거든. 저런 원숭이들은 아무 의심 없이 잘살아갈 수 있는 곳이다. 적어도 인간의 지능을 가진 우리가 그런 데서 살 수 있겠니? 거기가 어떤 덴지 책을 읽으면 알 수 있으니 꼭 읽어보도록! 우린 인간이니까." G는 다시 원숭이가 되어 정말 원숭이 엉덩이 빛깔로 얼굴을 물들였다. 담임은 또 길을 잃었다. 꼭 읽어야 할 책으로 『1984』를 두 번씩이나 강조한 담임은 다른 곳으로 옮겨갔다. 처음 들어보는 서양 철학자의 이름도 등장했다. 길어진 종례 시간은 이런 말로 끝이 났다. "어찌되었든 우리나라는 인간이 사는 반공 국가임을 명심해야 한다. 원숭이가 사는 세상이 아니다. 너희는 인간이 살 수 있는 그런 세상을 위해 어떻게 해야 하나? 왜 대답이 없어? 하나다. 열심히 공부해야 한다!"

종례 때마다 길게 늘어지는 담임의 연설은 늘 G의 머릿속에서 뒤죽박죽 엉켰다. G는 지능 낮은 원숭이답게 하교 시간에 사 먹을 핫도그를 떠올리는 것으로 그 지루함에서 벗어나곤 했다. 원숭이가 된 G와 또 다른 아이는 인간들이 대부분인 그 혹성에서 탈출하려 시도했지만 번번이 도로 끌려왔다. 반 평균을 밑도는 성적 때문에, 기일을 넘긴 등록금 때문에 교탁 앞에 엎어져 두드려 맞았다. 결국 G는 자기가 있는 혹성에서 탈출이 불가능하다는 사실을 절감했다. 집합주유소처럼 견고하게 자리 잡은 G의 아이큐는 반 아이들의 머릿속에서 똬리를 뜬 채 꼼짝도 안 했다. "야, 84. 너 오늘 청소당번이지?" 그렇듯 G를 부를 땐 그냥 '84'였다.

중3에서 고등학교로 올라올 때 G는 하필 같은 재단이 운영하는, 더구나 같은 울타리 안에 있는 고등학교에 배정되었고, 중3 때 담임을 길에서 자주 마주쳤다. 그때마다 G는 다시 자기 아이큐가 진짜가 아님을, 그러니까 핫도그를 사 먹을 궁리를 하지 않고 버스를 타고 가 차분히 검사에 임했다면 제대로 문항에 답변했을 것이고, 인간임을 증명했을 게 분명하다고 자신을 다독였다. 그럴 즈음 G에게 「해 뜰 날」이 찾아왔다. 집합의 세계에 진입하지 못하고 담임 말대로 그냥 원숭이가 사는 혹성에서 빙빙 돌던 G였다. 그러다가 정말 진언 같은 '쨍하고 해 뜰 날 돌아온단다'를 웅얼거렸던 것이다.

영화가 끝났다. 영화 상영이 끝나고 사람들에 밀려 영화관을 빠져나오는 순간 검은 화면을 올려다보았다. 'IQ84'를 제목으로 내세운 책의 광고가 잔상으로 어른댔다.

4. 1Q84

왜 다시 서점으로 들어가냐고 아이는 의심스러운 눈초리를 보냈다. 아마 자기를 옭아맬 책을 사려는 줄 알았던 것 같았다. G는 그 아이큐 84가 타인의 경우 어떻게 작용했는지 궁금해 견딜 수가 없었다. 아이는 만화가 있는 코너로 향했다. G는 『IQ84』를 찾기 시작했다. 조금 전 영화관에서 본 책의 표지가 눈에 선했다. 찾고 말고도 없었다. 금방 눈에 들어왔다. 신간을 올려놓은 매대에도, 베스트셀러를 올려놓는 책꽂이에도 『IQ84』는 수북이 쌓여 있었다. 부피가 꽤 되는, 그것도 세 권씩이나 되는 『IQ84』를 안고 계산대 앞에 섰다.

계산을 마쳤을 때 G는 뭔가 이상했다. 『IQ84』의 표지를 들여다보았다. 근데 그게 영어 알파벳의 'I'가 아니라 아라비아 숫자 '1'이 아닌가. 『1Q84』. 환영 같았다. 분명 영화관 스크린에 떠오른 광고에서 '1'을 'I'로 발음했을 리가 없다. 그 광고 때 전화를 받으러 잠깐 나갔다 온 기억이 났다. 그래도 그렇지, '아이'와 '일'은 전혀 다른 발음이었다. '아이큐팔십사'와 '일큐팔십사', 또는 '아이큐팔사'와 '일큐팔사'를 구분 못 할까. 화면에다 저 책의 이미지만 띄웠을 리는 없지 않은가. 그 일본 작가에 대한 찬사와 문제작을 잔뜩 부각시키지 않았겠는가. 그럼에도 G는 그게 '아이큐팔십사'라고 단정했었다. 책값도 몇만 원이나 됐다. 이미 벌어진 일이었다. G는 맥이 풀려 서점을 나왔다. 아이는 손에 「해 뜰 날」의 설명이 담긴 참고서를, G는 『IQ84』를, 아니 『1Q84』를 각각 들고 있었다.

집으로 돌아온 G는 사 온 참고서가 든 봉투가 그대로 아이의 방문 앞에 모로 누워 있는 것을 보았다. 툭 던져 놓은 게 분명했다. 이어폰을 꽂고 음악을 듣는 게 못마땅해 G는 그런 아이를 아래위로 훑었다. 솔직히 얘기하면, 아이 앞에서 자세히 설명해줄 수 없는 '해 뜰 날' 때문에, '84'가 줄줄이 끌고 온 기억 저편의 것들 때문에, 또 거금의 책값을 지불하며 속아 산 것만 같은 두툼한 세 권의 『1Q84』 때문에, 또 택시 기사와 집합주유소 때문에 툴툴거린 게 불쾌했다. G는 시무룩하게 책을 펴 들었다.

『1Q84』를 꺼냈을 때 G의 아내도 제목을 보고는 '아이큐팔십사'로 발음했다. 정말 G를 현혹시키려는 의도로 붙인 듯한 제목. 대체 얼마나 대단한 작품이기에 온 나라가 들썩인단 말인가. 물론 G는 그 일본 작가에게 흠을 내고 싶은 마음은 조금도 없었다. 다만 일본 작가들의 작품이라면 앞다투어 찍어내 서점을 채우는 그런 시류가, 한국 작가에게는 별 관심도 두지 않는 출판사들의 그런 행태가 불편했다. 언젠가 G는 도쿄에 갔다가 신주쿠 근처의 제법 큰 서점에 들어갔었다. 한국문학 코너가 따로 있어 얼른 그리로 발을 뗐다. 한데 우리나라에서 내로라하는 작가들의 작품은 하나도 없었다. 그 코너

에는 정말 하찮고 시시한 만화, 그리고 한류 덕분인지 한국의 '아이돌'을 비롯한 연예인들을 표지 모델로 내세운 그런 잡지들만 꽂혀 있었다. 그런 것들을 어찌 한국 문학을 대표한다고 버젓이 꽂아놓는가. 그 저의가 의심스러웠다. 뒤도 안 돌아보고 그냥 그 서점을 빠져나왔었다. 물론 그때 서점들이 몰려 있다는 곳은 시간이 없어 들러보지도 못했다. 선물로 아이 샤프펜슬이나 사다 준다고 들어갔다가 그런 꼴을 보고 말았던 것이다. 그게 강하게 인상에 남았었다. 그런데 한국의 서점이란 서점에는 일본 소설이 한국 소설보다 훨씬 많았다. 여기가 일본인지 한국인지 구별할 수 없을 만큼 출판사들은 서로에게 뒤질세라 그런 소설들을 출판했다. 급기야는 영화관의 광고에까지 등장한 게 아닌가. 저 돈으로 한국 작가들을 지원한다면 좋지 않았을까. 물론 출판사들은 재미도 없는, 독자들이 거들떠보지도 않는 그런 글들을 누가 출판하겠냐고 일축하고 말 것이었다. 물론 '훌륭한' 한국 작가들의 책은 출판사들도 두말 않고 낸다. 그런 편견은 G가 어디까지나 자기와 비슷한 처지의 작가들을 염두에 둔 데서 비롯한 것이었다. 다시금 스스로 붙인 '삼류'라는 수식어를 절감했다. '한국의 소설가 집합'인 {x|한국 소설가}는 G도 'x'에 포함되어 원소가 될 수 있었다. 헌데 다른 조건들, 가령 '한국 일류 소설가들의 집합'인 {x|한국 일류 소설가}, 또는 '한국 이류 소설가들의 집합'인 {x|한국 이류 소설가}로 범위를 축소시킨다면 G 자신

은 분명 그 임의의 'x'가 될 수 없다고 고개를 떨구었다. '한국 문학이든 일본 문학이든 어찌되었든 문학이 살아야……' G의 머릿속에서 그런 생각이 흐느적거렸다.

『1Q84』는 조금씩 정체를 드러냈다. 우주 만물 창조의 음이라 알려진 진언 '옴'. 그 '옴'을 내세운 '옴진리교'의 교도가 저지른 것으로 알려진 1995년 도쿄지하철 독가스 살포 사건을 작가가 다루고자 했다는 기사도 보았다. 조지 오웰이 쓴 『1984』의 '9'를 슬쩍 'Q'로 바꾼, 달이 두 개 떠 있는 세계. '빅브라더' 대신 '리틀피플'이 있는 세계. 분명 공집합은 아닌데 원소가 보이지 않는 집합들. 중3 때 G의 담임이 원숭이나 살 수 있다던 조지 오웰의 세계. 아이큐 84도 감지할 수 있는 그런 장치들. 그럼에도 호기심을 끄는 스토리들. 다시 G의 머릿속에서 '아이큐84'의 세계가 줄줄이 꿰어졌다. 영화관에서 떠올렸던 그 무채색의 단상들은 조금씩 색을 입고 구체화되고 있었다. 정말 G가 속하지 못한 집합들의 원소 하나하나는 '리틀피플'처럼 G의 머릿속을 헤집었다. 한때 G가 고집스레 거부했던 집합들의 세계도 스쳤다. 그 순간이었다. G는 더럭 겁이 났다. 집합주유소 때문이었다.

G는 재빨리 스마트폰으로 '집합주유소'를 검색했다. 이게 어쩐 일인가. G의 얼굴이 노랗게 변했다. 전국에 집합주유소는 여럿이었다. 그게 체인점일지도 몰랐다. '집합주유소'들의

집합. 집합주유소는 여러 군데서 영업 중이었다. 다시 가슴이 덜컥 내려앉았다. 대놓고 집합주유소에 분개하면 안 되었다. 마치 체제를 비난하는 언사를 막 내뱉다가 법에 저촉되어 불쑥 연행이라도 당하지 않을까, 하는 그런 유의 두려움. 대학 다닐 때 학교 전체가 데모에 휩싸이고, 밤이면 여럿이 술집에 앉아 마음대로 지껄여댈 때 G에게 찾아들었던 그런 불안, 그 비슷한 두려움. 그렇다고 G는 데모에 앞장을 선다든가 아니면 논리력으로 다른 학우들을 선동할 그런 위인도 못 되었다. 그저 데모 대열 맨 끝에 서 있다가 최루탄이라도 날아들면 얼른 꽁무니를 빼던 그런 기억들만 있었다. 앞장선 그들 중 몇은 또다시 선동가들이 되어 목소리를 냈다. 그러면 주변 친구들은 그리로 우르르 몰려갔다. 한참 뒤의 일이지만 그들은 갈라져 서로 다른 목소리를 냈다. 그들을 따르던 집합은 다른 조건을 내세워 새로운 집합들을 만들었다. G는 물끄러미 그 모습을 지켜봤다. 그 집합의 원소가 되어야 하는지 아닌지 망연해할 때마다 두려움이 몰려왔다. 집합주유소가 여러 군데 있다는 것을 알자마자 그때와 비슷한 두려움이 G를 감쌌다. 더군다나 자신처럼 집합주유소를 완강히 거부하는 사람은 주변에 없었다. 재빨리 생각을 고쳐먹었다. 그 상호에 대해 적의감이 없다. 다만 공집합 같은 집합주유소, 없어졌으면서도 아직까지 버젓이 행세하는 집 근처의 집합주유소에 대해서만 적의를 품고 있다고 얼른 그 조건을 수정했다. 이제 이층짜리 건물의 하이마트가 들어선 자리인데도 지금껏 사람들의 뇌리에서 여전히 영업을 하고 있는 그 집합주유소에 분개하는 것이다. 정확히 말하면 그것도 아니다. 사라진 그 집합주유소가 무슨 죄가 있겠는가. 지금까지 집합주유소를 들먹이는 사람들에 분개하는 것이다. G가 고쳐먹은 생각은 그랬다.

어쨌든 1995년에 들어선 집합주유소는 5년간 영업하고 문을 닫았다. 정말 그 상호처럼 엄청난 숫자의 자동차들이 집합해 기름을 넣었는지는 G로선 알 수 없었다. 그가 벌컥 하는 까닭은 세인트병원을 모르고 여전히 집합주유소만 들먹이는 택시 기사들과 주변 주민들의 태도 때문이었다. 아마 어느 누구라도 자기 집 근처에 주유소나 가스 충전소가 있다면 달가워하지 않을 것 아닌가. G는 어릴 때 주유소가 폭발하는 굉음과 불빛을 보았다. G의 집과 버스로 몇 정거장이나 떨어진 곳이었다. 물론 그때는 지금처럼 아파트 단지나 고층 건물들이 거의 없을 때니까 폭발 소리와 불빛은 거침없이 사방으로 내달렸을 터였다. 굉장한 화력이었다. 인근 건물과 집들의 유리창이 다 깨졌다고 뉴스에 나왔다. 근데 지금 이 동네 사람들은 아직도 집합주유소를 찾는다. 이 동네의 누군가에게 집이 어디냐고 묻는다면 필시 '집합주유소 근처예요'라고 할 것이었다. 그 대답은 '하이마트 근처예요'라든가 아니면 '세인트병원 건너편이에요'와 전혀 달랐다. 오히려 주유소라는 이미지를 털어내야 집값도 더 오를 것 아닌가. G가 지금 살고 있는 집을 얻을 때였다. 집주인이 지역 생활지에 실은 세를 놓는다는 광고 속에 집합주유소 근방이라는 문구가 있었다. 방도 셋이나 되어 마음에 들었지만 주유소란 말이 께름했다. 더구나 집합주유소 위치도 어딘지 몰랐다. G는 집주인에게 전화를 건 뒤에야 세인트병원 근처라는 것을 알고 그날로 계약했던 게 기억났다. 물론 주변에는 주유소는 없었다. 1년 전의 일이었다. 또다시 G는 자기가 분명 집합주유소 근처에 사는 게 아니라, 하이마트, 세인트병원 근처에 살고 있는 것이라 다짐을 두었다.

*

중중무진!

'해 뜰 날'과 '집합', '아이큐84'가 소용돌이친 며칠 뒤 어느 아침이었다. 이제 일렁거리던 물결들도 잠잠해졌다. 간밤까지 G는『IQ84』가 아닌『1Q84』세 권을 다 읽었다. 아침에 실시간으로 뜨는 뉴스를 스마트폰으로 뒤적일 때 대화창에 친구의 이름이 떴다. 그 친구는 틈만 나면 SNS로 명언이나 교훈적인 내용을 담은 글을 보내왔다. 그날도 마찬가지였다. G는 또 그런 내용이겠지 심드렁하게 친구가 보낸 내용을 불러냈다. 몇 줄 읽어 내려가지도 않은 순간 G는 깜짝 놀랐다. 우연이라고 하기는 석연찮았다. 어떤 섭리가 배어 있는 것만 같았다. 정말 우주의 모든 것은 촘촘하게 엮여 있는 게 맞나 보다고 G는 눈을 지그시 감았다. 마치 그 사이로 먹잇감 하나 빠져나가지 못하도록 칭칭 쳐놓은 거미줄 같은 촘촘한 망. 거기에 뭔가가 걸려들어 미동이라도 한다면 재빨리 먹이를 향해 출격하는 거미처럼 그 망 전체를 흔들며 달려드는 것들. G는 다시 저 우주의 법칙을 떠올렸다. 친구도 텔레파시처럼 G의 마음을 읽었나 보았다. 보내온 아침 메시지는 그 증명 같았다. 하필이면 자기가 '아이큐84' 속에서 허우적거릴 때, '해 뜰 날'의 그 퀴퀴한 기억들이 채 가시기도 전에, 친구가 이런 문구를 보내온 섭리를 곱씹어보고 있었다.

> '때에 맞는 말과 생산적인 말': 말이 씨가 된다는 말을 우리 주변에서 흔히 듣습니다. 말이 씨가 되어 성공한 인생도 있고, 실패한 인생도 있습니다. 오랜 무명 시절과 식당 경영 등에서 실패 가도를 달리던 가수 송○○은 어느 날 「해 뜰 날」을 부르고 나서 지금까지 인기를 누리고 있습니다. 반면 「낙엽 따라 가버린 사랑」을 부른 차○○은 27세에 요절했습니다. 그래서 우리는 말을 할 때……

하필 왜 「해 뜰 날」을 그 비유로 들었을까. 친구는 분명 다른 사람의 글을 퍼왔을 것이다. 그 글을 쓴 사람에게 「해 뜰 날」은 어떤 성공의 징표가 되었기에 그 노래 가사를 들춰낸 것일까. 꾸역꾸역 쏟아져 나오며 G의 기억을 일깨우는 단서들. 그날 아침에도 해는 눈이 시릴 정도로 쨍하고 떴다. 그런데 왜 그 노래란 말인가. 물론 친구가 보낸 아침 편지의 말들은 그럴듯했다. 자기도 그 주문을 계속해서 외쳤다면 지금 훨씬 나은 모습이 되어 있었을까. 창을 꽉 채우고 책상까지도 점령한 햇빛을 보며 G는 스마트폰을 껐다. 친구가 보낸 '오늘의 명언'은 컴컴한 화면 속으로 사라졌다.

『1Q84』 세 권을 치우려 할 때까지도 아이의 국어 참고서는 꼼짝 않고 그 자리에 그대로였다. 아이도 완강히 집합의 원소가 되기 싫어하는 것은 아닐까. 아니면 자신을 닮은 아이큐 84의 유전자가 흐르고 있는 것은 아닐까. 정답으로 제시된 「해 뜰 날」의 노랫말 의미가 꼭 그것뿐일까. 어쩌면 아이에게는 「해 뜰 날」에 대한 설명이 필요 없을지도 몰랐다. 대체 언제가 해 뜰 날이란 말인가. 그 노랫말은 정말 '앞날에 대한 기대와 확신'의 표현이 아니라 '미래에 대한 두려움을 이겨내기 위해' 절박하게 불러댄 절규였는지도 몰랐다. 아이 주장대로 싫으면 싫다고도 말 못하고, 무서워도 무섭다고 못하며, 주접을 떨었는지도 몰랐다. G가 겪은 IQ84년의 세계, 원숭이가 되어야 했던 그 세계. 어쩌면 아이를 그 세계로 몰아넣으려고 하는지도 모른다는 생각이 불현듯 일어났다. 무서웠다. G는 세 권의 『1Q84』와 아이의 참고서를 집었다. 재활용품을 모아

놓는 박스 속으로 그것들을 툭 던졌다. 그러고는 뭔가 새로운 것을 찾아 '해가 쨍하게 비추는' 거리로 나섰다. 대형 서점에 들렀다.

『1Q84』의 인기는 사그라들 줄 몰랐다. 아예 한쪽을 온통 차지했다. 행사를 벌인다는 안내판도 눈에 들어왔다. G는 서점 한구석에 잘 보이지도 않게 꽂힌 자기 책을 우울한 시선으로 바라보았다. 다시 'IQ84' 와 '1Q84' 사이에서 서성거렸다. 서점을 나오려 계산대 앞을 지나칠 때 계산을 하려 줄을 선 사람들의 손에 그 책들이 들려 있는 것을 보았다.

저녁에 G는 가까운 문우들과 조촐한 술자리를 벌이고 취했다. 집으로 돌아올 때였다. 그가 탄 택시 기사 또한 세인트병원을 몰랐다. G는 술냄새가 뒤섞인 한숨을 푸욱 내쉬고는 딱 잘라 말했다.

"집합주유소 갑시다, 집합!"

G는 그날 집합주유소에 대해 쓰기로 했다. 1995년에 문을 열었다가 오래전 없어져버린, 그렇다고 보존해야 할 문화재 같은 것도 아닌, 백세 시대를 앞두고 있는 요즘 감히 병원을 무시하고 있는, 환영 같은 그 집합주유소에 대해 쓸 작정이었다. 아직도 집합주유소를 들먹이는 그들에 대해 쓰기로 마음먹었다. 우연이 아닌 필연의 그 세계를 쓰려고 그는 하얀색 바탕이 된 컴퓨터 모니터를 뚫어져라 응시했다.

비원 가는 길

그 묘비는 비원과 아무 상관이 없었다. 술자리에서 느닷없이 끼어든 묘비는 자꾸 G를 비원 쪽으로 끌어당겼다. 가끔은 뭔가에서 싹튼 기억 따위가 어른거리다가 재빨리, 그것도 일방적으로 다른 것에 달라붙는다. 다른 것도 싫지는 않은 듯 딱 자르지 못하고 미적미적대다가 어느새 그 둘은 아주 끈끈한 사이가 된다. 막상 그것들을 정식으로 소개할라치면 우리가 언제 알던 사이냐며 슬쩍 등을 돌리고 만다. G의 머릿속에서 종종 벌어지는 일이었다.

그날 G는 고등학교 동창 몇과 오랜만에 만나 술잔을 기울였다. 그중 하나는 졸업 뒤 처음으로 얼굴을 봤다. 3학년 반창회라고 모였지만 같은 반 오십여 명 중 나온 사람은 G까지 고작 다섯 명이 전부였다. 묘비가 술자리의 중심이 되기 전까지 시국에 대한 이야기로 서로 얼굴을 붉혔다. "야, 이게 나라냐? 개판이지." "너, 모르는 소리 마. 뜬소문 가지고 저리 설치는 거야. 나라가 굳건하려면 저렇게 거리로 나와 설치면 안 되는 거지." "그런 얘기는 그만두자. 다 살아온 게 다른데 서로 우겨봐야……" 반창회 자리에서 할 소리는 아니다 싶었는지 입을 다물고는 잠자코 연신 술잔들을 비워댔다. 더 떠벌릴 이야기 밑천도 동이 났다. 그때 술자리로 나온 게 묘비였다.

"에이, 그런 비석이 어디 있어? 잘못 봤겠지."

"틀림없대두! 그러니까 내가 똑똑히 기억을 하지."

"그러니까 말이지, 생몰 기간이 하-루라는 말은……"

'하-루'라고 힘주어 말하는 소리에 G는 솔깃했다. 술잔을 만지작거리며 오가는 말을 가만히 들었다. "그럼 그 묘비의 임자는 어떤 거사에서 하루 동안 엄청난 영웅적인 행위를 했다는 건가, 비석까지 세워주게. 대체 그게 누구야?" "생몰 기간이라는 건 그런 게 아니지. 이 친구 '생몰' 몰라? 태어나고 죽는 것을 생몰이라 하잖아." "헤-에, 이봐. 말이 되는 소리를 해! 그 애한테는 미안한 말이지만, 하루 살다가 간 핏덩이에게 가당키나 하냐 이거지. 잘못 봤겠지."

별게 아니었다. G는 술자리를 차지한 그들의 너스레를 흘려버렸다. 요즘이라면 별 이야깃거리도 아니다. 기르던 개한테도 거대한 유산상속을 하고, 죽은 개를 기리기 위해 여러 기념물도 만들어주는 판인데, 아이가 태어나 죽는다면 그 정도 고귀함을 표시할 수도 있지 않은가. 인간의 고귀함. 인간에 대한 예의. 분명 아이 부모는 깜냥껏 뱃속의 아이에게 온갖 정성을 다했겠지. 산모와 열 달 동안 한몸으로 있다가 지독한 산고 끝에 세상으로 내보냈을 아이가 순식간에 떠나버렸으니 그랬을 수도 있다. 그래봐야 그날 G에게는 시시한 이야기였다. 그래도 그 묘비는 끈질기게 물러나지 않았다.

"대체 그 비석이 어디 있는데?"

"아 글쎄, 요기 절두산에 있다니까."

탕수육이 담긴 접시를 멀거니 내려다보던 G의 귀가 번쩍 뜨였다. 절두산이라면 병인박해 때 절명한 순교자들을 기린 곳 아닌가. 거기에 태어난 지 하루 만에 세상을 뜬 아기. 뭐가 뭔지 모를 일이었다. 하루 된 아이를 순교자 반열에 올려놓다니, 종잡을 수 없었다. 그때였다. 절두산에 있다는 묘비는, 아니 절두산이라는 지명은 G를 비원으로 몰고 갔다. 그러고는 비원과 아는 사이라 고집을 부리기 시작했다. 그러자 창덕궁의 아주 구석진 곳에 있는 신선원전(新璿源殿)과 그 둘레 풍경에 연이어 어떤 구절이 G의 머릿속에서 어른댔다.

전혀 그런 눈치가 아니면서 비원이 무섭다고 동운은 자꾸 그런다. 왜 무섭다는 것일까? 무섭지 않은 것은 틀림없는 것 같은데 아무래도 이상한 일이로고.*

무섭지도 않은데 왜 무섭다고 하는지 이상스럽기만 하다는 말. 언젠가 읽은 소설 속의 한 대목이었다. 거기서 절두산에서 새남터까지 형장으로 이름난 곳만 내세웠다면 빤한 이야기였다. 그런데 빤한 그것 말고, 달 휘영청 밝은 어떤 고즈넉한 밤, 비원 담장에서 던진 생뚱맞은 그 말. 모든 게 흐뭇해지는, 사방 어디를 보아도 모두 정겹게 다가들 것만 같은 밤 풍경 속에서 주책없이 분위기를 깨며 느닷없이 "비원이 무섭다"고 한 까닭은 대체 뭘까. G에게 오랫동안 머물러 있는 구절이었다. "왜 무섭다는 것일까? 무섭지 않은 것은 틀림없는 것 같은데 아무래도 이상한 일이로고"라며 품은 의심은 거기서 끝났다. 속내를 드러내지 않고 몸을 배배 꼬며 숫기 없이 굴고 있는 그 말, 비원이 무섭다. G는 당장이라도 고백을 받아낼 수 있을 것 같아 달려들어보면 그 말은 짐짓 내숭을 떨었다. 절두산의 묘비가 끌어낸 그 말 앞에 반짝했던 G는 이내 풀이 꺾였다. 묘비의 하루는 계속되고 있었다.

---

* 이제하의 단편소설 「비원」의 한 대목. 이 작품 도입부에서는 절두산과 병인박해 때 이야기가 잠깐 등장한다. 이 작품을 읽고 나서 절두산과 비원은 G에게 같은 의미선상의 지명으로 남았다.

창덕궁 담장을 끼고 언덕을 올라가 좁은 골목길로 접어들면 G가 잠시 살던 그 집이 나왔다. 마당을 가로질러 건물 옆으로 난 철 계단을 오르면 장독대 옆으로 그 방이 있었다. 그 방으로 이사하기 전 G는 학교 앞에서 자취를 했다. 대학가가 시끄럽던 그해, G의 방은 원치 않게 친구들의 아지트가 되어버렸다. G는 겉으로 내놓지는 못했지만 두려웠다. 자기 방을 드나드는 친구들 몇은 쫓기고 있었다. 거기에 P도 있었다. 마침 주인집이 개축을 한다는 바람에 방을 비웠다. G는 학교에서 멀리 떨어진 원서동의 그 방을 어찌어찌 구했다. 처음 방을 보러 갈 때 긴 돌담길이며 고즈넉한 궁이 있어 마음도 한결 차분해졌다. 교통도 괜찮았고 또 그리로 소풍도 몇 번 왔던 차라 두말 않고 계약을 했다. 그렇게 숨을 돌릴 때 찾아온 것은 창밖 풍경과 P가 놓고 간 소설책 속의 그 구절이었다. 창문으로 빤히 보이는 창덕궁 구석의 신선원전. 그 풍경이 또렷하게 되살아났다.

원서동의 막다른 골목의 셋집은 사람 하나 지나다니기 힘들 정도로 궁의 담에 바짝 붙어 있었다. 골목 안에는 노인들과 날품을 파는 일용직 노동자들이 꽤 살았다. 여름밤이면 골목 입구 구멍가게에서 새우깡을 까놓고 소주병을 기울이는 사내들의 모습이 익숙한 풍경이었다. 누렇게 바랜 러닝셔츠만 걸친 사내들이 각자 방으로 기어들고 적막이 찾아오는 밤, 그때 G의 기억에 남은 창밖 풍경은 귀살스러웠다. 그의 방 창문에서 숲에 가려 반쯤만 보이는 전각과 딸려 있는 몇 채의 부속 건물들. 누렇게 바래고 얼룩진 창호지가 군데군데 찢겨 있는 그 전각의 문들. 누군지 몰라도 그 안에서 자기를 빤히 올려다보고 있는 것 같아 불편했다. 특히 밤이 되면 금방이라도 문을 벌컥 열어젖히고 누군가 튀어나올 것만 같았다. 괴괴한 그 전각 일대가 시야에 들어올 때마다 그런 느낌에 빠져든 게 수도 없었다. 어쩌다 한밤중 폭풍우가 퍼붓는 날이면, 그 숲과 전각을 훑고 온 비바람이 쏴—쏴 거친 숨을 토해내며 그의 방 창문을 두드렸다. 그 전각의 문을 활짝 열고 튀어나온 것 같은 어둠은 습기를 잔뜩 머금은 채 그악스레 달라붙어 덜컹덜컹 창문을 세차게 흔들었다. 어서 문을 열지 않으면 가만 안 두겠다는 으름장처럼 들려오는 소리. 창틀과 아귀가 잘 맞지 않는 창문은 맥없이 되는대로 그 비바람에 몸을 내맡겼다. 한참 뒤 구멍가게 주인 할아버지에게 '어진'이란 소리를 처음 들었다. "거긴 어진을 모시던 곳이야. 그 전에는 대보단(大報壇)이라 불렀지. 임진왜란 때 우릴 도와준 중국 왕들한테 제사 지내던 곳이라고 들었어." G의 방에서 보이는 신선원전은 조선의 역대 왕들이 함께하던 공간이었다. 어진들은 처음에 궁 앞쪽의 구선원전(舊璿源殿)에 있었다. 일제강점기 때 대보단 자리에 신선원전을 만든 것은 기울어진 국운와 조선을 둘러싼 국제정세 속의 국내외 여러 이익들이 얽힌 결과였을 터였다. 일제는 그 속에서 일석이조를 노렸을 것이었다.

이 땅에 뿌리 깊게 밴 중국에 대한 사대를 끊어내고 자신들의 입지를 공고히 하려는 동시에 어진들을 궁의 후미진 곳으로 옮겨 이미 실추된 조선 왕실의 권위를 교묘하게 이용하려는 속내가 뻔히 읽혔다. 그 어진들이 6·25 때 거의 불타버렸다는 것은 나중에 알았다.

어쨌거나 그곳은 분명 사자(死者)들을 위한 공간이었다. 어진이란 말을 듣는 순간 G의 눈앞에는 역사책 같은 곳에서 본 조선 왕들의 얼굴이 어른댔다. 어진 속에서 생시의 모습을 한 사자들. 거기는 낮에도 사람 그림자조차 보이질 않았다. 혼령들이 여전히 그 근처를 배회하고 있는 것만 같은 착각. 지엄한 호령과 함께 붉은 용포를 펄럭이며 숲속을 배회하는 사자들. 가끔씩 여러 왕들이 G의 방을 찾아오곤 했다.

뭔가 새로운 게 있을까 귀를 세운 G는 접시에서 안주 한 점을 집어 들었다. 마치 익사한 시체를 건져놓았을 때 퉁퉁 불어 있는 것처럼 접시에 담긴 탕수육은 전분 국물에 잔뜩 부풀어 있었다. 그것을 추모하기라도 하는 양 일행은 계속 묘비를 붙들고 늘어졌다. 술잔을 몇 번 더 부딪치는 사이 그 묘비에 대한 상상들이 중국집 안을 어지럽게 날았다. 묘비에 적힌 그 '하루'는 무척 길었다. '하루'는 각자의 과거로, 또 세상사는 시시한 이야기로 탈바꿈했다. 대화 도중 이야기는 시국에 대한 서로의 입장이 대치한 경계에서 아슬아슬하게 멈추어 서기도 했다. 그들은 다시 걱정거리를 몰고 오는, 추레해서 인상을 찌푸리게 만드는, 그런 이야기들을 늘어놓았다. 누가 암에 걸렸다더라, 누구는 주식 하다가 경기가 바닥을 치는 바람에 다 날렸다더라 등등. G의 친구들이 떠들어대는 내용 속에는 비석에 담아 기릴 장대함도, 숭고한 영웅적 행위도, 감동도 들어갈 틈이 없었다. 모두 그만그만했다. 소설가라면서도 요즘 통 소설을 쓰지 못하고 있는 G, 분양받은 상가에서 조그맣게 부동산중개소를 하는 친구 등 모두 갓 오십을 넘긴 채 우중충한 모습으로 추레한 대화들을 이어갔다. G는 자리를 뜨고 싶었지만 오랜만에 만난 자리라 먼저 일어서지도 못하고 미적미적거릴 뿐이었다. 어정쩡하게 긴 하루는 좀체 물러날 줄 몰랐다. 묘비도 비원도 이제 어정쩡한 사이가 되어버렸다. 낮에 긴가민가하며 나갔던 광장에서도 G는 어정쩡했다.

시국이 시끄러웠다. 연일 뉴스를 통해 정말 말이 안 되는 일들이 속속 쏟아져 나왔다. 그럴수록 어마어마한 숫자의 사람들이 광장으로 쏟아져 나왔다. 정말 설마 했던, 소설 속에 다 그렇게 설정했다면 엉터리라는 비판과 함께 삼류소설로 전락하고 말 것 같은 일들이 팩트로 강조되었다. 명색이 소설을 쓴다는 G도 집에 가만히 틀어박혀 있을 수만은 없었다. 주말이면 거리를, 광장을 서성댔다. 그런데 언제부터인가 그런 팩트가 사실도 아니고 있을 수도 없다는 주장을 실은 깃발들이 또 다른 광장을 메우기 시작했다. 그날 낮에도 G는 동창회에 가기 전 광장 속으로 스며들었다. G가 구보라는 닉네임으로 활동하는 인터넷 카페의 모임도 그 속에 있을 것이었다. 시국과는 별 관계없는 서평, 세계사 속의 굵직한 사건 뒤에 숨은 비사 같은 게 자주 올라와 G는 그 카페에 들락거렸다. 며칠 전이었다. "함께 뭉칩시다!!!!!!" 커다란 몽둥이 같은 느낌표를 몇 개나 대동한 결연한 구호가 나타났다. 많은 닉네임들은 좋다고 글을 달았다. 물론 거기에 반대하는 댓글들도 상당수였지만 '함께 뭉칩시다' 앞에서는 힘이 미미했다. G는 지하철에서 내려 광장 쪽으로 천천히 발걸음을 떼었다. 인터넷 카페 회원들이 만나기로 한 장소는 세종문화회관 계단이었다. 혹시나 하면서 G가 그리로 발길을 잡은 까닭은, '뭉칩시다' 때문만은 아니었다. 과연 그 약속이 지켜질까 두 눈으로 보고 싶었다. 더구나 그 장소는 G의 기억에 남아 있는 세종문화회관 계단이었다. 세종문화회관 계단에 문제가 있는 게 아니었다. 그 '약속'이란 두 글자가 던지는 구속력과 범위가 애매했다. 물론 그런 약속 없이 수많은 국민들이 말도 되지 않는 현실에 몰려 나왔다. 그래도 카페 이름으로 한정한 그 약속이 지켜질지 G는 미심쩍기만 했다. 요즘이야 동호회나 팬클럽 회원들이 불시에 약속을 정해 만나는 일은 흔하다. 그렇지만 구식이니 꼰대니 말을 듣는 G로서는 가끔씩 의아스러웠다. 알던 사람들도 만나는 게 뜸해져 거리가 생기다가 드디어는 잊고 마는 세상인데, 생면부지의 사람들이 어떻게 뭉칠 수 있는지 궁금했다. SNS의 힘이겠지만 그래도 도통 딴 세상 일 같기도 했다. 세종문화회관 계단에 얽힌 G의 기억은, 물론 SNS가 없던 시절이기는 했지만, 그래도 약속을 바탕으로 한 것이었다.

20여 년 전 진눈깨비가 흩날리던 삼일절 날 G는 텅 빈 그 계단 앞에서 한 시간가량 고개를 빼고 사람들을 기다렸다. 온다는 사람들의 얼굴도 흐릿하게 가물거렸다. 군대 시절, 막 훈련소를 나와 주특기 교육을 10주가량 같이 받은 동기들은 대개 서울이 집이었다. G와 그들은 전국으로 흩어지며 약속했다. 전부 전역해 있을 그해 삼일절에 세종문화회관 계단에서 '다 같이 뭉치자'였다. 즉흥적인 그 약속. 군생활을 하며 언제일지 까마득하기만 한 전역 날짜를 손꼽을 때면 이따금 그 약속이 함께 떠올랐다. G는 정말로 그 자리에 나갔다. 물론 군대 시절을 기리기 위한 것만은 아니었다. 그 삼일절에 때마침 종로에 일이 있었고, 불쑥 그 약속이 기억났다. 뼛속으로 은근하게 스며드는 한기에 몸을 부르르 떨며 궂은 날씨를 뚫고 올 누군가를 기다렸다. 아무도 나타나지 않았다. 어쩌면 G의 얼굴을 몰라보고 누군가 왔다가 발길을 돌렸을지도 모를 일이었다. 약속을 하고 몇 년의 세월이 흐른 뒤였다.

세종문화회관 계단 밑에 서서 G는 두리번거렸다. 계단을 따라 많은 인파가 빼곡히 들어찼다. 여러 피켓 속에서 카페 이름은 보이지 않았다. G는 다시 20여 년 전 그 일을 떠올렸다. 카페 이름이 적힌 피켓이 없다면 서로 얼굴도 모르는 사이들 아닌가. 배설하듯 갈겨놓은 그 툴툴대는 불평들을 모았던 '함께 뭉칩시다'라는 말. 봉기하듯 벌떡 일어나 열을 짓고 있던 느낌표들. G는 그것을 찾아 이리저리 고개를 돌렸다. 어쩌면 피켓 없이 저 속에 앉아 있을지도 모르지 않는가. '약속'이라는 말이 흐물흐물 무너져 내렸다. G는 얼마간 어정뜨게 있다가 자리를 떴다.

아직 이른 시간이었지만 동창회가 열리는 합정역 근방으로 이동할 작정이었다. 운집한 인파와 왕왕대는 확성기 소리들을 비껴 지하철역으로 향했다. 태극기 물결. 태극기 안의 태극도 둘로 쪼개져 수난 시대를 맞고 있었다. 거기다가 느닷없는 성조기의 행렬. 한 달 전쯤 터져 나온 그런 믿기지 않는 사실들이 만들어낸 시국은 이제 다른 쪽으로 방향을 틀었다. 확성기 속에서 서로의 방향을 알리는 그런 구호들이 터져 나왔다.

지하철을 타려고 지하도로 내려섰을 때였다. 지하철이 도착했는지 사람들이 꾸역꾸역 계속해서 쏟아져 나왔다. 그 인파에 뒤섞인 G는 도로 지상으로 끌려 나갈 판이었다. 순간 양쪽 출구를 가리키는 굵게 강조된 화살표들, 벽에 붙은 A4 용지 위의 파란색과 빨간색의 화살표가 G의 눈에 또렷하게 들어왔다. 그 화살표들을 왜 거기에 붙여놓았는지 밖으로 밀려

나지 않으려 버둥대는 와중에도 의아스럽기만 했다. 물론 지척에서 서로 다른 집회가 열리고 있는 것을 G도 알았다. 그게 이상한 게 아니라 친절하게 두 집회 방향을 알리는 화살표들을 누가 붙여놓았는지가 이상했다. 집회 주최 측에서 붙여놓은 것일까. 그렇다면 화살표 하나만 있어야 하지 않을까. 서로 사이좋게 나란히 붙은 화살표라면 밖의 저런 광경은 없지 않을까. 아니면 불상사를 방지하려는 지하철 역장의 배려인지 경찰이나 공무원들의 지시에 따른 것인지도 몰랐다. 출구는 단 두 곳이었다. 밖으로 나가려면 두 화살표 중 하나를 골라야만 했다. 양쪽으로 난 계단에서 사람들은 화살표들이 지시하는 방향으로 갈라졌다. 어깨를 부딪치며 이러지도 저러지도 못하던 G는 틈을 비집고 가까스로 지하철 개찰구 앞에 섰다. 겨우 뚫고 지나온 뒤쪽을 엉거주춤 서서 돌아보았다. 파란 화살표를 따라 계단을 오르는 사람들이 대부분이었지만 빨간색 화살표 쪽도 적은 수는 아니었다. 얼른 카드를 개찰구에 대고 G는 땅속으로 내려갔다.

G는 물론 동창들도 무기력하게 한물간 안주와 비워버린 소주병들을 보며 착 가라앉아버렸다. 다들 바쁜 일이 있는 것처럼 스마트폰을 만지작대면서도 아무도 자리를 파하자는 말은 꺼내지 않았다. 그러다가 무안해지면 가끔씩 이어지는 동창들의 시답잖은 말들. 슬슬 G의 눈꺼풀이 닫히기 시작했다. 그

래도 비원을 놓치지 않으려고 감기는 눈을 반쯤 뜬 채 가까스로 버티고 있었다. 흐릿한 와중에 소설 「비원」 속의 다른 사내가 어른거렸다. 캄캄한 어둠 속에서 등불을 밝히던 인물. 그 자리는 다름 아닌 한 인간을 참살하는 자리였다. 주인공을 죽이러 온 패거리 중 하나였던 사내는 살벌한 그 순간에도 남의 일처럼 모른 척 등불을 든 채 꾸벅꾸벅 졸고만 있었다. 게슴츠레한 G의 눈앞으로 그 사내가 슬쩍 지나갔다. G는 심기가 불편해졌다. 자리를 떠야겠다고 다짐을 할 때였다.

"왜 절두산이라는지 알어?" 퇴직해서 도서관에서 시간을 보내는 친구가 술자리에 묘비 이야기를 처음 꺼냈던 부동산에게 물었다. "야, 날 뭘로 보니. 사무실이 여긴데 그걸 몰라. 대원군 때 천주교 믿는 사람들 끌어다 목을 벤 곳 아니냐. 그래서 절두산이지." 이번에는 사람 죽이는 방법으로 화제가 옮아갔다. "그때 말이야, 죽은 사람이 약 만 명가량 된다네. 심문도 제대로 않고 그냥 목을 잘랐다는 말을 들었어. 선참후계(先斬後啓)로. 잘린 머리들을 한강물에 그냥 내던졌다지. 야만이야, 야만, 어디 병인박해 때만 그랬겠어. 육이오 때도 그랬지." "어디 육이오 때만 그랬어? 그 뒤로도 있었지." "야—아, 그래도 그 많은 사람들 목을 어떻게 쳐? 망나니도 힘들었겠다. 교수형도 아니고. 총으로 쏘는 것도 아니고." 누군가 거들고 나섰다.

목이라는 신체 부위에 G의 생각이 머물렀다. 목이 없는 사자들. 목이 없는 산 자들. 정확히 말하면 머리는 잘린 채 목 부위 아래로만 남아 꿈틀대는 육체가 정확한 표현일 것이었다. G는 얼마 전에 우연찮게 본 한 전시회의 그림들을 떠올렸다.

전시회 그림들 중 두어 점은 생생하게 남아 있었다. 머리가 사라진 목 상단에 넥타이를 겨우 맨 와이셔츠와, 역시 머리는 없고 목 부위를 완전히 가린 터틀넥의 트럼프 놀이. 이들이 내려놓은 하트, 스페이드, 클로버, 다이아몬드 무늬의 카드들이 긴 줄을 만들었다.* 목 없는 둘은 양손에 역시 여러 무늬의 카드를 들고 있었다. 화가의 작의가 어떤 것인지 잘 모르겠지만 G는 이런 생각들을 했다. 이미 수많은 카드를 뽑아 내려놓은 터라 이제 마땅히 내려놓을 카드도 없는데 생각할 머리가 없다. 설사 머리나 얼굴이 없다 해도 상관없는 일이다. 양쪽을 대표하기만 하면 되는 것. 그래야 카드판은 성립할 수 있다. 판을 접으면 그 몸뚱이들은 치워질 것이다. 그래서 얼굴을 그리지 않은 것은 아닐까. 어차피 사람들의 관심은 그 몸뚱이들이 내려놓은 카드에 쏠릴 테니까. 다음 그림은 정반대였다. 머리 두 개만 달랑 트럼프 카드가 널브러진 탁자 위에 놓여 있었다. 한쪽은 파마를 했는지 곱슬곱슬한 머리털과 그 밑으로 광대뼈가 투득 튀어나온 강인한 얼굴, 다른 한쪽은 회

* 화가 이호철의 그림 「무제」.

사원처럼 단정히 깎은 머리를 한, 하얀 피부색에 안경을 걸친 도시에서 흔히 보는 얼굴이었다. 눈을 부릅뜬 이 둘은 카드를 놓고 서로 이겼다고 목울대를 씰룩이며 고래고래 소리를 지르고 있는 것만 같았다. 그 정도면 멱살을 잡을 만한데 다행인지 불행인지 그들에게는 손도 몸뚱이도 없었다. 달랑 테이블에 놓인 두 개의 머리. 치뜬 눈 속에서 쉴 새 없이 눈동자를 돌리며 격하게 노한 표정의 머리들. 인간의 머리라고 할 수 없었다. 문득 언젠가 들었던, 중국에서 원숭이 골을 먹는 장면이 스쳤다. G가 고등학교 고전문학 시간에 '방자'에게 『두시언해』를 배울 때였다. 성이 방씨였던 선생은 자신도 위대한 사람이라며 자기 성씨에서 비롯된 '방자'라는 호칭을 스스럼없이 썼다. 두보의 「등고(登高)」라는 시를 펼쳤을 때였다. 거기에 "원숭이 휘파람 소리 애달파(猿嘯哀)"라는 구절이 있었다. G는 원숭이 휘파람 소리가 어떤지 들어본 바가 없어 그 구절에서 별 감흥을 못 받았다. 다만 그 시에는 병마에 시달리며 정처 없이 떠도는 노인의 그지없는 슬픈 감회가 짙게 배어 있다고만 느꼈다. 그런데 '방자'는 방자하게도 "원숭이 휘파람 소리 애달파"에서 느닷없이 원숭이 골을 먹는 이야기로 방향을 틀었다. 원숭이를 끌고 들어와 머리만 나오도록 고안한 틀에 가둔 다음 머리통을 부수어 골수를 먹는다는 것이었다. '방자'는 칠판에다 백묵으로 손수 그 틀을 그리기까지 했다. 한참 뒤이지만 G는 사진으로 올라온 그 장면을 인터넷에서 본 적이 있었다. 거기에는 애달프게 휘파람 소리를 낼 것 같은 원숭이는 없었다. 죽음 앞에서 절규하듯 눈을 까뒤집고 포효하는 원숭이만 있었다. 그림 속 표정이 분명 그럴 것이라는 확신이 들었다. 골이 깨지기 직전의 발광하는 원숭이처럼, 그림 속 두 개의 두상은 온갖 표정을 지으며 방자할 정도로 으르렁댔다. 큰소리를 질러대도 침만 튀겨댈 뿐 아니겠는가. 막상 상대방을 한 대 쥐어 패고 싶어도 손도 발도 없는 둥그스레한 머리통만 있는 그들.

G는 자기가 경망스럽다고 느꼈다. 순교자의 반열에 오른 이들, 어떤 신념에 의해 목이 잘려진 사람들, 아니면 죄도 없는데 맥없이 끌려와 처형당한 사람들. 그런 이들을 두고 떠오른 그런 '방자한' 느낌을 얼른 지우려 애썼다. 숭고한 그 자리에 그림들 속의 '방자한' 고함들이 끼어들 틈이 있단 말인가. G는 처형 방법들을 늘어놓는 동창들을 슬그머니 바라보았다. 음식을 앞에 놓고 할 소리들은 아니었다. 서로의 얼굴을 쳐다보고는 무안했는지 사람 죽이는 방법은 자취를 감추었다. 이번에는 형벌이었다.

"얼마 전 도서관에서 본 건데, 너희들 현장법사 알지. '손오공'에서 삼장법사의 모델 말이야. 그 사람이 인도, 그러니까 천축이지. 거길 갔다가 쓴 『대당서역기』를 보면 죄를 묻는 방법이 기가 막혀. 죄인으로 끌려온 사람을 돌이 잔뜩 든 포대에 묶어 물에 던져. 그 사람이 물 위로 떠오르면 죄가 없고,

떠오르지 않으면 죄가 있는 거지. 또 불에 달군 쇠 위에 죄인을 맨발로 세우는 거야. 그다음 발등을 형리가 힘껏 눌러. 그때 발바닥에 화상을 입지 않으면 무죄야. 재미있는 것은 양의 다리를 쪼개놓고, 죄인이 먹을 부위에 독약을 섞는대. 죄가 있는 경우 독 때문에 즉사할 것이고 무죄면 독이 아무 효과도 내지 못한다는 거야. 하여간 이런 판결이 신의 뜻이었다네. 사람들이 만들어낸 신이지." "어차피 죽을 바엔 그게 맘에 든다. 먹고 죽은 귀신이 때깔도 좋다는데." "인도에는 종교적인 이유로 사형 제도가 거의 없었고, 죄인은 주로 돈을 물고 속죄하거나, 코, 귀, 손목, 발목이 베어져 나라 밖으로 쫓겨났다고 적혀 있어. 또 우리 고등학교 때 배운 혜초 있잖아, 신라에서 인도에 갔다가 『왕오천축국전』을 쓴 승려 말이야." "그래 그건 알지. 거기도 사람 죽이는 방법이 나오나?" "그게 아니고, 거기에는 혜초가 들른 몇 개 왕국이 나오는데 그곳에서는 사람 목에 칼을 씌우거나 몽둥이로 때리거나 감옥에 가두는 일이 없다는 거야. 죄가 있는 자에게는 죄의 경중에 따라 벌금을 물게 할 뿐 형벌이나 처형은 없다고 적혀 있어." "야, 천축이면 인도 아냐. 그럼 아까 삼장법사인가는 뭐야, 잔인한 게 많았잖아. 혜초는 천축이 아니라 천국을 갔다 온 건가." "그래도 인간적이지 않니? 그게 사실이면 언제 적이야. 천년이 훨씬 지나고는 아예 죄가 있나 없나 묻지 않고 그냥 목을 뎅겅 자르고, 막 쏴 죽이고, 원." '막 쏴 죽이고'라는 말이 G

에게 와락 달려들었다.

순간 G에게 다시 '동운'이란 그 인물이 다가왔다. 비원이 무섭다던 그 청년. 끝내는 '내 것은 달라!'라고 외치다가 총구 앞에서 쓰러졌다. 한쪽을 선택하지 못하고 중간에 서서 '나는 달라', 아니면 '내 것은 달라'라고 하면 안 되었던 시대였다. 그럼에도 그는 시대를 자기 식으로 읽고 있었던 모양이었다. 찰나 낮에 지하철역에서 화살표를 따라 밀려들던 인파 속에 휩쓸렸던 광경이 G의 눈앞에 오롯하게 펼쳐졌다. 그 속에서 버둥대며 '내 것은 달라'라고 소리칠 수 있었을까. G는 자신에게 의심이 버럭 일었다. 그러자 맥이 쭉 풀려버렸다. 묘령의 묘비가 던져준 '하－루'도 G에게 더 이상 상상력을 불러일으키지 못했다.

"야, 너는 뭐 그런 책만 보냐. 이제 자격증 준비들 해야지. 백세 시대라는데 재취업 준비나 해." 누군가의 말에 G는 정신이 버쩍 들었다. 비원도, '내 것은 달라'도 순식간에 사라져 버렸다. 밤으로 접어든 지도 꽤 되었다. 저 어둠 너머를 꽉 채운 채 대기하고 있는 다음날 일이 G의 눈앞에 어른댔다. 가슴이 턱 내려앉았다. 무서웠다. 이제 익숙해질 법한데 그럴수록 무서움의 폭과 깊이는 어째서 더해만 가는지 알 수 없었다. 경직된 G의 머리에는 상투적인 말들만 떠오른다. 눈덩이처럼 불어나는…… 생략된 그 부분에 넣을 수 있는 말이 뭐가 있을까. 무서움과 불안 따위의 의미소를 갖는 단어들만 줄을 선다. 얼른 그 생각을 지운다. 그러자 다른 단어들이 뒤따른다. 대개 돈과 관련된 것들이다. 늘어놓고 보니 정말로 신파조였다. 얼른 그것들을 떨쳐버린다. 기다렸다는 듯이 건강치 못하다는 생각이 찾아든다. 요사이 부쩍 늙어버린 얼굴. 잠잠하던 위, 간, 폐, 장이 꿈틀대며 배와 옆구리, 가슴을 쿡쿡 찔러댄다. 정말 몸뚱이도 신파조로 투정을 부리는 것 같았다. 정신을 차린 G는 의자를 바짝 잡아당겨 허리를 꼿꼿이 폈다. 그 묘비는 아직도 물러나지 않고 있었다. "그 애는 하루를 살았어도 그렇게 이름은 남겼는데 우리는 뭐냐. 우리 갈 때면 이름 석 자 새길 비석은커녕……" 누군가 푸념을 했다. 그렇게 긴 '하루'가 끝나갈 무렵, 지금껏 하릴없이 한참을 수다 떤 게 무안했는지 누군가가 다잡았다.

"정말 확실한 거지? 그 비석." 술자리 내내 그 이야기만 했는데 거짓이면 가만 안 두겠다는 투였다. "맞대두. 하도 신기해서 오늘 내가 얘길 꺼낸 거 아니냐." 또다시 그 얘기였다. "글쎄. 여러 이름이 적혀 있었으니까." "뭐라 적혀 있던데?" "그게 영어야. 비석에 잔뜩 쓰인 사람 이름들이…… 그래도 하루는 확실해." 부동산은 불쾌해진 얼굴을 결연히 들이밀었다. "하기야 하루 살다 간 아기라면 별건 아닌데. 비석에다 여러 이름을 새긴 것을 보면, 글쎄……" 뭔가 이상했다. 영문으로 채워진 묘비라. 그리고 그 속의 하루를 살다 간 아이. 병인박해 때 하루를 살다가 이름을 남기고 떠난 아이. G의 머리에서 불씨 같은 게 깜빡 피어올랐다. 그 비석을 꼭 봐야겠다는 생각이 치밀었다.

사실 요즘 G는 도무지 작품을 못 썼다. 아니 끝을 보지 못하고 허물어지는 여러 편린들만 남아 있었다. 그것은 소설의 소재도, 형식의 문제만도 아니었다. 소설도 자기한테서 저만치 비껴 있다는 자괴감 따위가 온통 그를 지배하고 있었다. 충격이라도 받아야 할 텐데, 그럴 일도 없었다. 아니 너무 큰 충격이 있다. 대체 내일을 어떻게 넘겨야 하는가, 이번 사태만 잘 마무리되면 정말 혼신을 바쳐 소설 써야지, 그런 두려움과 각오를 거의 밤마다 반복했다. 그렇지만 어떤 출구도 보이지 않는, 바로 눈앞에 닥친 해결해야 할 문제들.

두어 달 전부터 G는 밤마다 가슴이 빠개지는 통증을 느꼈다. 그런 통증이 찾아올 때마다 정육점 진열장의 붉은 조명 아래 갈고리에 매달린 갈비짝이 떠올랐다. 채무 불이행에 따른 신체포기각서. 물론 목까지는 아니겠지만, 어떤 영화에서 본, 곳곳에 핏물이 짙게 배어 있는 엽기적이고 잔인한 장면에서처럼 누군가 자기 가슴을 그렇게 쩍 쪼개는 것만 같았다. 아침이 되면 직면해야 할 문제들. G는 어둠 속에서 숨을 몰아쉴 뿐이었다. G의 그 무서움이란, 옹색함에서 비롯된, 가계부채율이 사상 최대라는 말처럼, 이 시대 대다수의 사람들이 겪는 그런 유였다. 그것을 쓴다면 독자들이 대번에 집어 던질 이미 닳고 닳아빠진 내용의 진부한 신파조의 글이 될 게 뻔했다. 감동이 필요했다. 감동이 있는 가난, 감동이 있는 채무 상태, 감동이 있는 신체포기. 어디론가 달려야 했다. 하지만 달릴 곳도 숨을 곳도 눈에 띄지 않았다. 광장에서 흥분했다가도 집이 가까워올수록 조금 전 울뚝대던 것들은 아득히 멀어져 갔다. 그랬기에 절두산 묘비가 무엇인가 던져줄 것만 같았다. 이를테면 어떤 감동 같은 거였다. '감동 있는 하루'. G는 자리에서 벌떡 일어났다.

"이참에 아예 한번 가볼까. 여기서 가깝다고 했지."

"미쳤니, 이 밤중에? 뭐 귀신하고 데이트라도 하려고. 그것도 목 없는 귀신들 하구. 난 싫다."

"말 나온 김에 가보지. 뭐 집에 들어가도 딱히 일 없잖아."

G 일행은 중국집을 빠져나와 어둠 저편에 있는 절두산 쪽으로 걷기 시작했다. 께름해하던 치들은 뒤쳐져서 궁얼댔다. "내, 참. 아무리 할 게 없어도 그렇지 이게 뭐냐. 확실하긴 한 거지." 부동산이 다시 쐐기를 박았다. "아, 글쎄 따라오기만 하라니까." 그들이 컴컴한 어둠을 뚫고 도착한 곳은 절두산 옆에 붙은 양화진 외국인 선교사 묘지였다. "이거 뭐야, 절두산은 저쪽이잖아." 누군가 볼멘소리를 했다. "그게 그거지. 바로 조기야." 부동산은 공동묘지를 가리키며 스마트폰에 있는 플래시를 켰다. 아마도 그쪽은 목 잘린 시신들과는 먼 쪽 같았다. G가 머금었던 절두산, 비원과는 별 관계가 없어 보이

는 그쪽으로 발걸음을 떼었다. 뒤쪽으로는 절두산의 음영이 어둠 속에 드리워져 있었다. 대리석과 화강암 묘비들이 여기저기서 희번덕댔다. G는 그 곁을 전철을 타거나 걸어서 수없이 지나쳤지만 와보기는 처음이었다. 앞장섰던 부동산이 더듬더듬 묘비를 확인했다. "여기 있잖아, 내 말이 맞지!" 우르르 그리로 몰려갔다.

'1893. 8. 9-10. Marie' 아까 술자리에서 여러 상상 속에서 나온 하루 동안의 영웅적인 행동을 기리는 비석이 아니었다. 정말 그대로 태어나자마자 죽은 '마리'라는 이름의 아이를 기리는 것이었다. 하루, 어쩌면 이틀이었을지도 모르는 지구에서의 삶. 그 아이에게는 그 힘겹던 시간이 무척 길었을 것이라고, G는 감상에 잠깐 사로잡혔다. 그래도 그가 바라던 '감동' 같은 것은 찾을 수 없었다. 하루 동안, 살기 위해 용을 쓰던 '마리'라는 그 아기의 몸짓이 어찌 영웅적 행위에 견주어 부족하다 하겠는가. 그건 성스러운 일이라고 G는 생각을 고쳐먹었지만 겉돌 뿐이었다. 그 밑에 또 다른 이름이 새겨져 있었다. 마가렛 조이. 1903년 9월에 태어나 1909년 2월 10일날 죽었다. 나중에 G가 알게 된 사연에 따르면 비석 속의 죽은 아이들은 R. A. Hardie란 의료선교사의 딸들이었다. 어쨌든 내내 술자리를 차지했던 비석에서 물러난 G는 풀이 죽었다. 뭔가 기대하고 왔는데 빈손으로 돌아갈 판이었다.

G는 비석들 사이를 지나 한강이 보이는 곳으로 올라섰다.

자동차 헤드라이트가 양화대교 위를 빠르게 오갔다. 중학생 일 때였다. 겨울 어느 날, 방한하는 미국 대통령을 마중하러 전교생이 동원되었다. G의 학교가 배치되었던 곳이 절두산이 훤히 올려 보이는 양화대교 중간이었다. 칼바람이 몰아치는 겨울, 한강 중간에 선 G와 반 아이들은 양손에 태극기와 성조기를 쥔 채 김포공항 쪽으로 고개를 빼고 있었다. 마치 어린 시절 크리스마스 때 교회에서 나누어주는 색색의 사탕에서 풍기던 풍요로움 같은 것을 한가득 싣고 올 것 같은 미국 대통령이 탄 차가 나타나기만 기다렸다. 좀처럼 차는 오지 않았다. 면도칼에 베인 듯 강바람이 훑은 두 뺨이 쓰라려오면 바람을 피해 몸을 돌렸다. 당인리발전소의 굴뚝에서 내뿜는 허연 연기가 강풍에 이리저리 흔들리고 있는 모습, 이름처럼 을씨년스러운 절두산이 한강을 내려 보는 광경. 바람은 그쪽으로 몰려갔다. 순간 와—아 소리 사이로 미국 대통령이 탄 차는 순식간에 지나쳤다. 눈을 빼고 기다렸던 G는 미국 대통령이 탄 차를 놓치고 말았다. 어린 마음에 풍요로운 선물을 싣고 오리라 믿던 차는 없었다. 찬 공기에서 벗어나려 종종걸음으로 그 다리를 벗어났다. 그때처럼 또 무엇을 놓친 것일까. G에게 뭔가 내줄 듯했던 묘비도, 그 속의 '하루'도 그리고 절두산도 어둠 속에서 잠자코 있었다. 당산역 쪽의 불빛들이, 어렸을 때 본 미국이나 유럽을 담은 사진 속의 화려한 불빛처럼, 아주 까마득한 나라의 휘황한 불빛처럼, 아득하다고 G는 느꼈다. 잘려나간 수많은 머리통에서 흘러나온 피로 물들었을 한강물 위에서 그 불빛들이 어른거렸다. 묘지 아래쪽에서는 어서 나가자고 성화였다. 가로등에 비친 친구들의 얼굴에 찝찝한 뭔가가 깃들어 있는 것만 같았다. 어쨌든 공동묘지였다. 친구들은 묘원 문밖으로 빠져나가는 중이었다. G도 터덜터덜 뒤를 따랐다. 무척 긴 하루. 절두산, 비원.

'비원이 무섭다'는 그 구절을 읽은 건 P가 썰렁한 농담처럼 '비원 옆에 사니까 「비원」 정도는 읽어야하지 않겠냐'고 놓고 간 소설책에서였다. 거기에 실린 소설 제목이 '비원'이었다. G가 어렸을 때만해도 창덕궁과 비원을 통틀어 그냥 비원이라 부르기도 했다. 이제 비원이란 말은 쓰지 않는다, 아니 간간 쓰는 사람도 있다. 그런 사람들 중 상당수는 러시아를 이제 지구상에서 그 체제가 사라진 소련이라 부를 것이었다. 중국을 중공으로 부르기도 하는 노인들을 탑골공원이나 종묘공원에서 이따금 만났다. 몇십 년 동안 내린 뿌리는 아직도 흙 속에서 생명을 유지했다. 이제 비원은 '창덕궁 후원'으로 불린다. 그럼에도 G의 입에서 무심결에 튀어나오는 창덕궁의 명칭은 아직도 '비원'이다. 그럴 때 G는 아차 싶었다.

G가 원서동으로 이사하고 얼마 지나지 않아 그의 방으로 사내들이 들이닥쳤다. 흔한 일이었다. G는 학교 앞 자기 방을

P와 다른 두엇이 들락거렸다는 사실 말고는 더 볼 게 없었다. 그들은 연행된 G에게 말도 안 되는 각본을 들이댔다. 고등학교 때 가끔 드나들던 동시상영관에서 자주 상영되던 알려지지 않은 삼류, 사류 각본의 그런 무협영화들, 터무니도 없는 충성심과 복수심을 내세우고 스토리를 끌고 나가던 그런 영화의 각본 같은 말들이 취조하는 어느 사내의 입에서 쏟아졌다. 결국에 사내도 자기가 쓴 각본이 너무 엉터리 같은 것을 알아챘나 보았다. 아무리 캐봐도 별게 없다 여겼는지 사내는 고개를 젓고 말았다. 집으로 돌아온 G는 몇 차례나 세숫대야에 물을 담아 온몸에 부었다. 여전히 씻겨 내려가지 않는 게 있었다.

어느 여름날 P가 어찌 알고 원서동 집으로 찾아왔다. G가 처음 꺼낸 말은 '미안하다'였다. 왠지 몰라도 그래야만 할 것 같았다. P는 괜찮다며 대수롭지 않게 받아넘겼다. 그 밤 P와 소주병을 앞에 놓고 있었다. G가 할 수 있는 행동은 비워진 잔을 채우는 게 다였다. 곧 한바탕 비가 퍼부을 모양이었다. 방 안은 후덥지근한 습기로 꽉 찼다. 취기가 오르는지 P는 창가로 다가가 얼굴을 어둠 속으로 밀어 넣었다. "저기 보이는 건물이 뭐지?" P도 자리가 멋쩍었는지 화제를 다른 데로 잡는 듯했다. 불편했던 G는 잘됐다 싶었다. 거기가 신선원전이며 왕들의 어진이 있던 곳이라는 설명을 늘어놓았다. 대보단을 놓고 사대주의니 뭐니 떠들어댄 것도 같았다. 한동안 전각을 뚫어져라 바라보던 P는 입을 열었다. "예나 지금이나 똑같지." G는 P의 입에서 이어 터져 나올 말들을 지레짐작했다. 그의 입에서 나온 말은 뜻밖에도 '비원'이었다. "그러니까 여기가 비원인 거지? 내가 너 이리로 이사 왔다고 해서 책 한 권 가져왔다. 거기 「비원」이 있더라구." "야, 농담 마라." G는 멀리 이사 온 자기를 P가 빈정거리는 것이라고 지레짐작했다. "사실 학생회 방에 놓여 있던 책 집어 왔다. 오다가 보니 소설책이더라. 빈손으로 오기 뭐했는데 마침 거기 비원이라는 글씨가 보이는 거야. 잘됐다 싶었지." P가 건넨 책 목차를 보니 정말 「비원」이 있었다. 건성으로 고맙다며 정말 '썰렁한 농담' 같기만 한 그 책을 책상 위에 올려놓았다. 그날 자리에 누워 G는 P에게 앞으로 어떻게 할 작정이냐고 물으려다 입을 닫았다. 후두두둑 비가 쏟아지기 시작했다. 얼른 창문을 닫고 돌아서는데 색색대는 P의 숨소리만 들려왔다. 예의 신선원전으로부터 몰려나온 듯한 비바람이 그의 방 유리창을 세차게 때렸다. 아침에 G가 눈을 떴을 때 빈 소주병들만 나뒹굴고 있고, 곁에는 아무도 없었다. P가 놓고 간 책이 눈에 들어왔다. 그렇게 G는 「비원」을 만났다. 그 무렵 방에서 본 창덕궁 풍경과 그가 처했던 상황이 함께 빚어낸 유쾌하지 않은 인상들이 '비원이 무섭다'는 말에 이상하게도 겹쳐졌다. 선지자의 예언 같은 알쏭달쏭한 그 말. 원서동 살 무렵 창덕궁 담을 끼고 돌 때면 이따금 소설 속 장면과 구절이 그의 머리에 머물곤 했다.

청기, 동운, 만석과 함께 창덕궁 뒷길로 접어든다. 달 휘영청 밝고 제 푼수만큼 거나해, 세상에 부러울 게 하나 없다. 만석은 오줌 누고, 청기는 털퍽 주저앉아 동요를 부르고, 동운은 종이로 비행기를 접어 날린다. 색시도 없는 사람이 애들은 좋아서…… 싶어 다가갔더니, 비원이 무서워 죽겠다고 동운이 그런다. 전혀 그런 눈치가 아니면서 비원이 무섭다고 동운은 자꾸 그런다. 왜 무섭다는 것일까? 무섭지 않은 것은 틀림없는 것 같은데 아무래도 이상한 일이로고.*

독자를 계속 끌어들이는 "왜 무섭다는 것일까? 무섭지 않은 것은 틀림없는 것 같은데 아무래도 이상한 일이로고" 하는 이 구절. 소설 속에서 비원이 무섭다고 한 날, 동운 일행은 분명 창덕궁 근처 낙원동이나 종로에서 술을 걸쳤을 것이 분명했다. G도 자주 다니는 곳이기에 그렇게 단정 지었다. 탑골

* 「비원」에서 되풀이되는 대목. 소설을 다 읽은 G도 동운이 왜 무서워했는지 그 까닭을 모르는 바는 아니었다. 소설에 따르면 해방 뒤 육이오가 터지기 전 어느 날 밤 풍경. 육이오가 일어나자 그림을 그렸던 동운은 김일성의 초상화를 그렸다는 이유로 끌려간다. 반공지에 그가 그렸던 김일성 초상화를 누군가 변형하여 북한의 선전 도구로 사용했기에 그런 누명을 쓴다. 결국 끌려온 폐가에서 그는 닦달을 당하다가 이승만의 초상화도 그릴 수 있다며 자신이 그린 김일성 초상화가 찍힌 선전지 뒷면에다 이승만의 파안대소하는 얼굴을 그린다. 어떻게 두 얼굴이 한 장의 종이 앞뒷면에 함께 그려질 수 있단 말인가. 결국 동운은 '내 것은 달라'라는 절규를 하다가 바로 총구 앞에 쓰러지고 만다.

공원을 지나 올라가면 골목골목 틀어박혀 있는 술집들을 떠올렸다. 당시 G도 원서동 셋방으로 올라오다 한잔하려고 가끔 퀴퀴한 그곳 골목을 배회하기도 했었다. 그렇다면 그 소설에서 말하는 두려움의 대상은 비원보다 운현궁이 더 어울리지 않았을까, G는 그런 생각을 했다. 그 많은 목을 자른 병인박해의 중심인물인 대원군이 살던 운현궁이 근처였다. 더군다나 작품 앞에서 계속 절두산을 들먹이지 않았는가. '운현궁이 무섭다.' 별 의심 없이 수긍할 수 있는 말이었다. 삼류소설가인 자기가 소설을 썼다면 분명 비원이 아니라 운현궁을 들먹였을 터였다. G가 창덕궁 담에 붙은 그 집에 살지 않았다면, 그리고 그 시절이 아니었다면 '비원이 무섭다'는 말은 실감도 나지 않았을 터였다. 초등학교 시절 두 번인가 창덕궁으로 소풍을 갔던 기억들이 '아름다운'이란 형용사 위에 머물렀던 때도 있었다.

동운을 향해 멀리서 뚜벅뚜벅 걸어오던 서로 다른 발소리. 어둠에 잠긴 비원의 고요 속에서 그는 그 소리를 감지해내고 있었을 터였다. 자기 것과는 다른 발소리들. G는 자기에게 비원은 뭘까 싶었다. 왜 그 말이 그토록 남아 있는 걸까, 그냥 객기처럼 남아 있는 말일까, 혼란스러웠다. 새삼 창덕궁도 비원도 초등학교 소풍 때 그곳에서 찍은 빛바랜 흑백사진처럼 아득해졌다. 몇 번인가는 창덕궁에 들어가기도 했었다. 당시 비원은 꼭꼭 숨어 있었다. 인정전 언저리에서 신선원전은 우거진 숲속 저쯤에 있을 것이라는 가늠만 할 뿐이었다. 그때 언뜻언뜻 떠오르던 P. 울창한 숲으로 꽁꽁 휘감은 비원처럼, 「비원」을 놓고 간 P의 소식도 알 수 없었다. 비원을 개방한 지 한참이 지나 긴 줄을 선 끝에 어렵사리 들어가보았다. 인솔자를 따라 움직여야 했다. 혹시나 코스에 신선원전 일대도 포함되어 있나 물어봤다. 그곳은 볼 수 없는 구역이었다. 대낮에 한번 당당히 그 앞에 서고 싶었던 신선원전. G는 실망에 휩싸여 인솔자의 뒤를 따라 주합루와 부용지, 존덕정 같은 곳만 둘러보고 말았다. 그날 원서동 집을 찾아가기도 했다. 주인이 바뀐 것 같았다. 훤히 안이 들여다보이는 새로운 철문이 생겼고, 문안에는 흰 털의 큰 개가 G를 보고 이를 드러냈다. G는 급히 골목을 빠져나오고 말았다. 그것은 전부 훨씬 전의 일이었다. 그런데 그날 갑자기 묘비가 등장하며 그것들은 스멀스멀 G의 머리 밖으로 기어 나오기 시작했다. 문득 P의 오래전 얼굴이 흐릿하게 지나쳐갔다. P는 연행 뒤 G가 졸업할 때까지 학교로 돌아오지 않았다. 가끔 그의 소식이 궁금해 몇 차례 수소문해보았지만 알 수 없었다. 학교에서 알고 지내던 몇몇과 가끔 통화할 때 P의 소식을 묻기도 했다. 처음에는 모두 P의 근황을 궁금해했다. 그러다가 G의 그런 질문도 식상해졌나 보았다. "뭘 그리 신경 쓰냐? 걔도 연락 없잖아. 잘살고 있겠지." 다른 데서 들은 바로는 벤처인가 하다가 파산해 해외로 떴다는 말도 있었다. 산골로 들어가버렸다는 소리도 들렸다. 풍문일 뿐이었다. 그해 G의 방을 들락거렸던 다른 학우는 기세 좋게 정치권에 뛰어들어 가끔 TV에 얼굴을 내비쳤다.

G 일행은 절두산을 빠져나와 합정역에서 헤어졌다. 다만 비슷한 방향의 동창과 전철을 타고 오다가 광화문 뒷골목에서 2차를 했다. "거봐라, 내가 뭐랬니. 네가 우겨서 가긴 했다만 실없지. 아까운 시간만 날렸잖아." G는 그의 말에 아무런 대꾸도 못했다. '감동 있는 하루'는 끝내 찾지 못했다. 그러고 보니 동창회에서 줄곧 G를 사로잡았던 묘비라는 것도, 절두산도, 양화진 외국인 선교사 묘지도, 신선원전도 온통 죽은 자들과 관련을 맺는 것들이었다. 지상에서 하루 아니 정확히 말하자면 이틀을 머물다간 '마리'라는 아이도, 병인박해 때 절두산에서 목이 잘린 수많은 이들도 지금은 먼 나라의 일같이 취기 속에서 아스라해졌다. 불쑥 나타난 비원과 동운도 까맣게 멀어져갔다. 헛헛해진 G는 다시 비원으로 생각을 몰았다. G는 몇 차례 그것을 어떻게든 자기 글에 담아볼까 골똘했다. 번번이 실패였다. 지금은 엄연히 다른 시대 아닌가. 그래, 그건 옛날 일이지. 목을 베고, 총으로 막 쏴 죽이고…… 그렇게 G는 풀썩 주저앉아버렸다. 날이 밝으면 그에게 들이닥칠 여러 전화와 문자들이 그 틈새를 비집었다. 가슴께가 뻐근해지며 딱딱하게 굳어왔다.

취기가 잔뜩 오른 G는 동창과 헤어져 흐느적흐느적 걷기 시작했다. 골목을 돌아 나오니 세종문화회관 계단이 바로였다. 정말 '함께 뭉칩시다!!!!!!'는 성공했을까, G는 텅 빈 계단을 올려다보았다. 황사와 미세먼지가 엉켜 만들어낸 뿌연 스모그에 잠긴 북악산이 저만치서 봉우리만 겨우 내놓고 있었다. 차들도 뜨문뜨문한 도로 저편으로부터 확성기를 통해 증폭된 목소리들만이 건물 사이사이를 뚫고 G의 귀에까지 사납게 와 닿았다. G는 뭔가 할 일이 생각났다는 듯 바삐 그쪽으로 향했다. 낮에 보았던 인파는 눈에 띄게 줄어 있었다. 가까이 다가가자 확성기 소리는 다시 뱃속까지 울려왔다. 잠깐 소리가 숨을 고르는 참이면 또 저쪽의 확성기에서도 잘 알아들을 수 없는 웅웅 소리를 보내왔다. 그게 어떤 내용인지는 듣지 않아도 알 수 있는 것들이었다. 트럭을 개조해 설치한 전광판과 단상에서 불빛이 쉴 새 없이 점멸했다. 취기 어린 G의 눈에 이상스러운 물체가 크게 비쳐왔다. 점퍼 차림으로 지칠 줄 모른 채 마이크를 잡고 있는 단상의 남자. 그런데 트럭에 설치한 전광판 화면에는 열띤 표정을 한 사내의 머리만 크게 확대되어 있었다. 입을 크게 벌리고 무서운 표정을 한 머리로부터 격한 주장들이 터져 나왔다. 화단에 앉아 있던 G는 몸을 벌떡 일으켰다. 안국역 쪽으로 다가가자 또 다른 집회가 아직 파하지 않고 여전히 확성기 소리를 내보냈다. 낮에 보았던 인파들은 흩어져 몇 명 되지 않는 인원만 자리를 차지하고 있었다. 단상 위에서 마이크를 잡고 여전히 열변을 토하는 사람과 그 밑으로 빙 둘러앉은 몇이 전부였다. 단상에 선 사람은 목소리로 미루어 여자였다. 자그맣게 들려오던 소리의 진원지였다. 거기도 마찬가지였다. 몸뚱이 없이 파마머리를 한 중년 여자의 벌겋게 상기된 얼굴이 전광판에서 열변을 토해댔다. 말도 안 되는 주장들. 듣고 있으려니 역겹기조차 한 억지들. 가끔 그 밑에서 사기를 북돋으려는 듯 박수와 '옳소!' 소리가 이어졌다. G는 고개를 가로저으며 지하철 역사로 바삐 내려갔다. 개찰구로 들어가려던 G는 뭔가 잊은 듯 뒤돌아섰다. G는 아까 화살표들이 그대로 붙어 있나 궁금해졌다. 발길을 돌려 계단 입구로 다가갔다.

화살표들은 제자리에 붙어 있었다. G는 멍하게 한참 그것을 바라보았다. 그날 집회가 다 끝났는데 저 화살표들이 언제까지 붙어 있을지 궁금증도 일었다. 파란 화살표, 빨간 화살표 할 것 없이 모두 '국민'이란 무겁고도 엄정한 두 글자를 내걸었다. 처음 시국이 시끄러워지기 시작할 때 G도 그 인파 속에 파묻혀 자기도 '국민'임을 두근거리는 가슴으로 되새겼었다. 그런데 '국민'이라는 말 앞에 꼼짝 못하고 숨죽이던 이들도 '국민'임을 내세웠다. 적잖은 인파가 그리로 모여들었었다. '국민'을 위한 화살표들이 오랫동안 잔상으로 G의 눈 속에 남아 있었다.

내친걸음이었다. 뭔가는 쥐고 들어가야 했다. 다시 계단을 올라온 G는 자기도 모르게 창덕궁 쪽으로 방향을 잡았다. 어느 쪽 화살표를 따라 올라왔는지 기억도 없었다. 그건 별로 중요한 게 아니었다. 비원으로 향하는 길은 까마득해 보였다. 궁 쪽으로 다가갈수록 집회에서 들려오는 소리들은 가물가물 멀어져갔다. 창덕궁 담을 끼고 돌았다. 어둠에 덮인 궁궐에서는 나뭇가지들만 바람에 서로 몸을 비비댔다. 쏴아—쏴아 소리가 담을 타고 넘어왔다. 이제 잘 알아볼 수 없게 바뀌어버린 언덕을 오르는 도중 잠깐 숨을 골랐다. 그래 이제 비원 따위는 더 이상 없는 것이야. 흐느적거리는 그의 앞으로 그 어떤 '감동'도 다가들지 않았다. '내 것은 달라'라고 절규할 그 무엇도 없었다. 다시 언덕을 올랐다. 언덕 제일 높은 곳에서 G는 자기가 다니던 골목을 쉽게 찾아냈다. 양옆으로 집들이 줄지은 그 좁은 골목 끝 맹지에 자기 방이 있었다. 허연 왕모래 알갱이를 듬성듬성 드러낸 색 바랜 기와를 얹고 있던 예전 집들은 번듯한 다가구주택들로 변해 있었다. G는 더듬더듬 골목으로 들어갔다. 살던 집도 삼층짜리 다가구로 바뀌었다. 이삿짐 나를 때 리어카가 겨우 드나들던 골목이었는데 어떻게 저런 건물을 올렸는지 짐작이 가질 않았다. G는 약간 남아 있는 마당으로 발을 들였다. 야심한 시각이었다. 궁의 담이 바짝 다가왔다. 하지만 장독대에 덧붙어 있던 그의 방에서나 보였던 신선원전 둘레는 담의 높이에 가려버렸다. G는 주위를 둘레둘레 살폈다. 발판으로 쓸 뭔가가 필요했다. 마침

현관 옆에 세워놓은 자전거가 눈에 들어왔다. 숨죽이며 G는 자물통이 걸려 있는 자전거를 들고 와 담벼락에 붙여 세웠다. 그러고 안장을 밟고 올라섰다. 신선원전과 그 부속 건물들의 실루엣이 나뭇잎들 사이에 웅크리고 있었다. 그때와는 달리 새롭게 단장한 것을 어둠 속에서도 감지할 수 있었다. G는 눈을 크게 부릅뜨며 얼굴을 다시 담 쪽으로 디밀었다. 그만이었다. 밤이면 가끔 찾아들던 그 왕들의 환영도, '비원이 무섭다'도, 그것을 놓고 간 P도 거기서 끝이었다. 어쩌면 광장에서 G의 곁을 지나쳐갔을까. 그것도 모를 일이었다. 간헐적으로 저 아래로부터 올라오는 확성기 소리들이 적막을 깨고 있었다.

"거기 뭐합니까?"

뒤돌아보려는 순간 G는 옆으로 기우뚱하는 자전거와 함께 나뒹굴고 말았다.

"당신 뭐요?"

중년의 남자였다. 그 집에 사는 모양이었다. 아무 대꾸도 할 수 없었다. 무릎을 움켜쥐며 일어선 G는 연신 "죄송합니다"라는 말을 내뱉었다. 쓰러져 있는 자전거를 내버려둔 채 시큰대는 발을 바삐 움직여 황황히 골목을 빠져나왔다. 뒤에서 무슨 소리가 들려왔지만 못 들은 척 뒤도 돌아보지 않았다. 뭐라 할 것인가? 예전에 이 집에 살았었다고, 그래서 비원에서, 신선원전 앞에서…… 도통 씨도 안 먹힐 말이었다. 미친놈이라 치부하겠지. 공분에 휩싸여 들끓는 이 시대에, 또 그 공분이 가짜라고 들썩이는 이 시대에, 그래서 온 나라가 요동치는 이 시대에, 비원이 어쩌고 신선원전이 저쩌고…… 미친 짓임에 틀림없었다. G는 뛰다시피 언덕을 내려왔다.

피로가 엄습했다. 어수선하기만 했던 하루. 우스웠다. 사건도 없었고, 감동도 없었고, 모든 게 펼쳐지기만 할 뿐 아무것도 손에 쥐지 못한 하루, 훗날 회자될 거대한 흐름 속에서 주제넘게 절두산이 어떻고 하다가 대신 갓난아이의 묘지에 들르고, 그러다가 다시 원서동 옛집까지 몰래 들어갔다가 망신을 당한 하루. G의 생각이 '하루'에 머물렀다. 정말 하찮은 하루였다. 아니 하루가 어찌 하찮단 말인가. 지상에서 삶의 전부였던 '마리'라는 갓난아이의 귀중한 하루. 힘겹게 숨을 몰아쉬며 삶의 끈을 놓지 않으려 온 힘을 다했을 하루. 목숨을 앗을 총부리 앞에서 '내 것은 달라'라며 절규하던 동운의 하루. G는 자기의 하루가 그야말로 하잘것없다고 여겼다. G는 헛헛했다. '대체 이게 뭐란 말인가. 비원이 무섭다고?' 그 속에서 되지도 않는 글 한 편 잡으려는 얕은 속내가 우스워졌다. 얼마 걷다가 G는 주위를 두리번댔다. 텅 빈 거리 위에는 자기 혼자였다. 다시 버럭 무서움이 일었다. 무엇 때문에 그런지 되짚어보았다. 동운에게는 분명 무서운 까닭이 있었다. 하지만 왜 자신도 무서운 것인지 G는 꼭 집어낼 수가 없었다. 그날 P가 놓고 간 것은 무엇일까.

다리가 풀렸다. 이제 비원이고 절두산이고 묘비고 다 귀찮아졌다. 다음날 그를 향해 다가들 수많은 전화들도 귀찮아졌다. 사람의 목숨을 끊어내는 그 순간에도 등불로 참혹한 자리를 밝히며 모른 척 흔들흔들 졸고 있던 사내가 잠시 어른댔다. 확성기 소리들이 차츰 가까워졌다. 불현듯 귀를 파고드는 그 소리가 원숭이 소리같이 들려왔다. G는 미간을 찌푸렸다. '애달픈 원숭이 휘파람 소리'가 아니라 골을 빼앗길 틀에 갇혀 눈을 희번덕대며 사납게 내지르는 절규 같기만 했다. G는 발을 절룩이며 터덜터덜 걸었다. 어둠에 잠긴 신선원전을, 비원을, 창덕궁을 등진 채 흐느적거리며 지하철역으로 향했다. 두 화살표 사이도 지나쳤다. 그러고는 지하 속으로 사라져갔다. 자정을 막 넘긴 시각이었다.

구보전(仇甫傳)

구보는 저 서역 사람 새만제사(塞万提斯)*의 인생 역정을 듣고 참으로 괴이하다 여겼다. 그 인생이 괴이한 게 아니라 그 인생을 만들어내는 조화옹이 괴이한 것이다. 구보는 거적을 들추고 들어간 피맛골 술집에서 한 사내에게 그 얘기를 들었다. 사내는 어디서 주워들었는지 먼 서역 땅의 새만제사라는 한 인물을 꺼내놓았다.

어려서 새만제사의 고생은 뻔했다. 부모가 사당패처럼 유랑했으니 역마살을 온몸에 홀딱 뒤집어쓰고 태어난 인물 아닌가. 어찌어찌 자라 막 약관이 되어 글을 쓰려고 했을 때 서

* 『돈키호테』의 저자 세르반테스.

학(西學)이 신봉하는 귀신을 위한 전쟁에 강제로 징집당해 군대에 끌려간다. 전란이란 늘 있기 마련이고 요행히 성한 몸으로 돌아올 수도 있겠지만, 많은 사람들이 죽거나 다쳐 돌아오는 경우가 비일비재한 터. 새만제사는 결국 팔 하나를 잃고 귀향길에 오른다. 그런데 도중에 그만 해적패에게 포로로 잡혀 몇 년을 감금당하고 천신만고 끝에 몸값을 겨우 마련해 집으로 돌아온다. 새만제사에게 벌어진 일을 하도 맛깔나게 얘기를 하는 통에 구보는 그 슬픈 사연에도 불구하고 홀딱 빨려들었다. "이게 다가 아닙니다, 나리." 잠시 뜸을 들이는 사내의 술잔을 채워주자 다시 얘기를 이어나갔다. 조선 땅과 '서반아(西班牙)'라는 서역은 너무 동떨어져 있었다. 그럼에도 구보는 그 새만제사의 일이 바로 곁의 잘 아는 사람에게 벌어진 일만 같았다. "들어보세요, 나리. 그 인사는 해적 소굴에서 풀려나 어찌어찌 미관말직 벼슬자리를 얻게 됩니다. 그런데 그만 친구를 도와주다가 횡령죄로 감옥에 갇히고 맙니다." 대체, 전생에 어떤 죄를 지었기에 삶이 이리도 가혹하단 말인가. 구보는 혀를 차며 단숨에 술잔을 비웠다. '전생'이란 말이 자꾸 구보를 휘감고 들었다. 어떤 문집에서 읽은 비감한 글이 오롯하게 살아났다. 그 글을 쓴 작자가 너무 자기와 처지가 비슷해서 그처럼 될까 봐 그 글을 떨쳐내려 애를 써보았다. 그럴수록 그 글은 마치 자신이 쓴 글처럼 찰싹 달라붙는 것이었다.

대개 전생의 바탕을 지금 세상에서 받아 쓰는 것이니 조화옹은 목이 뻣뻣하여 이러한 사람의 정리는 돌아보지 않고, 한 차례 기록함이 결정되고 나면 다시는 두번째로 표시를 고쳐주는 법이 없다. 설사 멋대로 이리저리 헤아려 이렇듯이 교활하고 어지러이 정신을 벗어나게 하여 십만팔천 리에 통하게 하더라도, 근두운(筋斗雲)을 탄 손오공의 재주로도 뛰어봤자 울타리 안을 벗어나지 못하고, 나가봤자 경계의 밖을 지나가지 못할 터이니 어찌한단 말인가?*

구보는 분명 전생의 바탕이 새만제사를 그렇게 만들었다고 믿었다. "그런데 새만제사는 감옥에 갇혀 『당길가덕(堂吉诃德)』**이라는 기사에 대한 방대한 양의 책을 씁니다. 오십 세가 넘었을 때 일입니다." "그럼 그 기사라는 인물은 세상을 바꾸려는 장사였겠구먼. 얼마나 가슴에 쌓인 게 많았겠는가." 구보는 은근 비분강개하며 장사(壯士)라는 단어를 입에 올렸다. 입 밖으로 꺼내지는 않았어도 장사라는 그 형상 속으로 아기장수가 스며들었다. 요사이 구보가 쓰다 만 글 속을 채웠던 아기장수. 구보는 저 서역의 이야기에서 번뜩이는 무언가를

* 『미쳐야 미친다』(정민 저) 중 「그가 죽자 조선은 한 사람을 잃었다(노긍의 슬픈 상상)」.
** 『돈키호테』의 한문 표기.

얻을 수 있을까 은근 기대했다. "천만의 말씀입니다요, 나리. 그 기사는 장사는 아닌 게 분명해요. 기사라는 게 '기이한 인사(奇士)'인지 '말을 탄 인사(騎士)'인지 몰라도 하여간 그 당길가덕은 비루먹은 말을 타고 몸종과 함께 여러 곳을 편력합니다. 그자는 책을 너무 많이 읽은 탓에 머리가 돈 거지요. 책 속에서처럼 영예롭고 용감한 기사가 되고 싶었던 겁니다. 명색이 양반이랍시고 그런 황당한 책들만 사 모으고 거기에 푹 빠져 닥치는 대로 읽었던 게 탈이었죠. 그 기괴한 기사는 무찔러야 할 상대로 언덕 위에 우뚝 솟은, 바람으로 움직이는 방앗간을 거인으로 착각하고 창을 앞세워 돌진하기도 합니다. 완전 미친놈이지요. 그러다가 언덕에 널브러지기도 하고. 한번 생각해보십시오. 그 미치광이는 방앗간에서 바람으로 돌고 있는, 나무로 만든 거대한 바람개비에 뛰어들었다가 튕겨져 나와 뻗어버렸죠. 너른 벌판에 뒹구는 모습을 그려보면 그냥 웃음이 쿡쿡 터지다가도 은근 연민의 정이 생겨난다 이 말입죠. 호된 충격에서 벗어나 정신을 차린 그의 눈앞으로 푸르게 다가온 새파란 하늘이며, 그 위를 나비 떼들이 팔랑이며 날고 있는 평화로운 풍경이 과연 그에게 어떻게 다가왔을까요, 나리." "그 글 속의 인사도 벼슬아치인가?" "그냥 놀고먹는 양반이죠. 향촌에서 얘기책만 읽었다니까요. 참 하릴없는 인사지요." "그따위 얘길 왜 썼단 말인가, 그것도 감옥에서?" "글쎄요, 나리. 책을 왜 써야 하는지 목적이 있어야 쓰나요?

전 전기수지만 재미있는 얘기면 뭐든 합니다. 입에 풀칠하려고 얘길 늘어놓지 그걸 왜 썼는지는 안 따져요." 구보는 시큼하게 올라오는 탁주의 뒤끝에 눈살을 찌푸렸다. "그걸 감옥에서 썼다면 재미가 아니라 온 인생을 다 바친 것일 텐데. 새만제사가 겪은 세상에 대한 골계인가." 저 서역의 새만제사도 당길가덕도 그냥 '괴이'하다는 말 속으로 스러졌다. 구보는 은근 당길가덕한테 취해 올 뭔가를 기대했다. 저 서역으로부터 자신의 아기장수에 맞닿을 게 있을지 몰라 이야기 내내 귀를 쫑긋거렸다. 대체 세상을 뒤바꾸지는 못해도 그래도 이치에 맞지 않는, 도저히 고개를 끄덕일 수 없는 세상에 통쾌하게 뭔가 해야 할 글을 썼어야 옳지 않은가. 헌데 미치광이를 앞세우다니.

구보가 거리로 나왔을 때는 아직 때 이른 점심이었다. 강한 햇살 아래에서 구보는 갈 길을 모른 채 멍하게 서 있었다. 지금쯤 과장(科場)에 있어야 했다. 아내가 자기를 보면 뭐랄까. 집에서는 아내가 개다리소반에다 정화수 올려놓고 비손을 하고 있을 게 뻔했다. 그게 길이 아님을 구보는 너무도 잘 알았다. '다 부질없는 짓이요. 이제 그만두구려.' 하지만 그걸 아내의 면전에다 대놓고 말할 수 없었다.

새벽부터 부엌에서 그릇 달그랑거리는 소리가 들려왔다. 과장에 나가는 구보에게 아내는 이른 아침을 준비하는 모양이었다. 아침이라 봐야 서속(黍粟)일 게 분명했다. 낌새를 알아챈 입 안을 좁쌀 알갱이들이 깔끈깔끈 휘젓고 다니는 것만 같았다. 가슴속에도 몽글몽글한 뭔가가 휘돌았다. 애써 그 생각을 지우려 눈길을 딴 데로 돌렸다. 방구석에 밀쳐두었던 종이 뭉치가 눈에 들어왔다. 눈이 씀벅거렸다. 다 쓰지 못한 글들. 아기장수를 주인공으로 쓰다가 그만둔 글들이었다. 그때 아내는 소반을 받쳐 들고 들어왔다. 간장 종지와 질척하고 누르끼리한 알갱이들로 채워진 사발. 분명 저걸 다 먹으면 아내와 아이들은 온종일 굶어야 할 터였다. 그래도 과거를 보러 간다고 아내가 엽전 몇 닢을 챙겨주었다. 구보는 한술 뜨는 시늉만 했다. 미소를 띠는 아내의 얼굴은 사발 속 서속 빛깔처럼 누르스름했다. 아내의 얼굴 위로 초례를 올리던 날이 스쳐갔다. 너무도 상투적인 말이지만 그땐 고왔었다. 초례를 올리던 그날, 방에 놓여 있던 함(函) 뚜껑 사이로 나비가 날고 있었다. 그때 구보는 꿈을 꾸는 것만 같아 함으로 다가갔다. 일어나보니 끝이 나비로 장식된 보자기였다. 도로 앉아서 다시 보니 나비가 또 팔랑팔랑 날았다. 열린 문틈으로 들어온 바람에 보자기 끝이 살랑거렸던 것이다. 구보는 거듭 다가가 보자기를 꺼내 들었다. 혼서보(婚書褓)였다. 구보는 그것을 조심스레 함 속에 넣었다. 그때 수줍은 표정을 짓던 아내 위로 날아오르던 그 나비는 어디로 갔을까. 언젠가 구보가 씁쓰레 웃어넘기며 들었던 말이 있었다. 정말 가난한 선비의 아내는 좋지 않은 전생의 바탕을 톡톡히 쓰는 게 분명했다. 어떤 사람으로부터 이런 얘기를 들었다. '옛날에 한 사람이 세상에 있을 때 악업을 많이 짓고 죽어 저승에 들어가 윤회의 벌을 받게 되었다. 염라대왕의 판결은 다음과 같았다. "이자는 극악무도하니 저열한 벌레나 짐승이 되게 한다면 외려 그 죄의 만 분의 일조차 갚을 수 없다. 그러니 가난한 선비의 아내로 보내는 게 마땅하다. 그것이 가장 적합하다."'* 멀리서 파루가 울렸다. 구보는 명치끝을 파고드는 통증을 느끼며 사립문을 빠져 나왔다.

구보는 조금 전 들은 저 서역의 미치광이를 떠올리며 하늘을 다시 올려다보았다. 구름 한 점 없는 푸른 하늘이었다. 호되게 받은 충격에 나가떨어진 미치광이의 눈에 비친, 빙빙 돌고 있는 하늘. 약간 오른 취기에 빙빙 돌고 있는 자기 눈에 비친 하늘. 평화롭기만 한 저 하늘. 정말 꿈을 꾸고 있는 걸까. 정말 전생을 바탕으로 조화옹이 결정한 이 꿈속에서 어쩔 줄을 모르고 있는 걸까. 구보는 먼지가 풀풀 이는 흙길에 눈을 주며 발을 떼기 시작했다. 구보는 다시 아기장수를 찾아 숭례문을 벗어났다. 과장 대신에 택한 아기장수. 오늘은 뭔가를 꼭 손에 쥐어야만 한다. 당길가덕 같은 미치광이가 아닌 총기

---

* 유만주의 『일기를 쓰다—흠영선집』(김하라 역) 중에서.

있고 늠름한 아기장수.

구보가 아기장수에 미친 것에는 그만한 까닭이 있었다. 물론 구보 자신에게만 그랬지, 남들이 들으면 도무지 수긍할 수 없는 사연일 것이었다. 어느 날 과장에 나갔다가 집에 돌아왔을 때였다. 답안에 '검(劍)'에 대해 실컷 써놓았지만 후련한 게 하나도 없었다. 그 칼로 누군가를 베기는커녕 제대로 휘둘러보지도 못한 것 같아 씁쓸했다. 그날따라 구보를 바라보는 큰아이의 눈이 유달리 또랑또랑했다. 구보는 와락 큰아이를 껴안았다. 한 손바닥에 다 들어오는 등을 살살 어루만질 때 방금 전 그 눈이 계속 어른댔다. 밖에서는 일감을 받아 온 아내가 마루 한편에서 덜걱덜걱 베 짜는 소리가 들려왔다. 그 소리가 버럭 무서웠다. 집 안의 '삼락성(三樂聲)'*이라 떠들어대는데 그것도 다 형편이 좋을 때 소리였다. 대체 책 읽는 소리는 뭐고 아이 울음소리는 뭐란 말인가. 더구나 베틀 소리는 즐겁게 울려오는 게 아니라 구보의 가슴을 후벼 팠다. 과제의 답안을 그렇게 적어서는 안 되었다. 구보는 아이의 등을 슬그머니 풀어놓았다. 아이들을 위해 해줄 수 있는 게 뭐란 말인가. 방구석에 쌓아둔 책들이 구보의 눈에 띄었다. 그 속에는 자신이 지은 글들을 책으로 묶은 것도 몇 권 되었다. 불쑥 아

* 예부터 내려온 말을 빌리면 '삼락성'이란 집에서 언제 들어도 좋은 세 가지 소리로, 책 읽는 소리, 아이 울음소리, 그리고 베 짜는 소리를 말한다.

이들을 위해 뭔가 쓰고 싶었다. 거기에는 '—하지 마라', '—해야 한다' 따위의 내용은 아예 넣지 말아야 한다고 구보는 다짐해보았다. 여태껏 아이에게 들려준 것은 거의 그런 것 아니었나. 물론 잠자리에서, 아니면 툇마루에 앉아 이런저런 이야기를 들려줄 때 큰아이가 깔깔거리면 작은애도 덩달아 따라하며 더 들려달라고 보채기도 했다. 얼마 전부터는 또래들과 동산에서 칼싸움 흉내에 푹 빠진 큰아이. 그 아이에게 들려줄 장수 이야기를 잠깐 떠올렸다. 물론 들려주었던 것 중에는 유명한 장수 이야기들도 끼어 있기는 했다. 어린아이가 받아들일 장수 이야기라 봐야 남달랐던 힘과 용맹 따위가 돋보이는 어린 시절에 머물렀다. 자기 아이들을 꼼꼼 살펴도 그런 구석은 없었다. 아이들을 위한 이야기라. 그렇지만 구보가 알고 있는 아기장수 이야기들을 그대로 쓸 수가 없었다. 그러던 어느 날 만났던 박수의 말은 다시 구보를 부추겼다.

그 박수를 처음 만난 때는 몇 달 전이었다. 그날 구보는 하릴없이 운종가를 지나 흥인문 밖까지 어슬렁대고 있었다. 동묘를 지나 그늘을 찾아 초가집 처마에 어정쩡 서 있을 때였다. 마당을 쓸던 중년 사내가 구보를 불렀다. "잠시 들어와 냉수라도 한 사발 하시죠." 구보는 갈증을 심히 느꼈던지라 별 생각 없이 그 사내를 따라 들어갔다. 보잘 것 없는 집안이지만 정갈하게 비질된 마당뿐 아니라 처마 밑에 빗자루와 장작 등 모든 게 가지런했다. 구보는 집주인의 성격을 짐작했다. "이거 고마우이." 구보는 사발을 받아들며 인사치레를 했다. "나리, 처마 밑에 우두커니 서서 계신 걸 보다가 말씀 좀 드려야 할 것 같아 들어오시라 했습니다만……" 사내는 거기서 말을 멈추었다. 분명 허튼소리는 안 할 것이라 확신한 구보는 귀를 쫑긋했다. 게다가 글을 써야 하는데 책 속의 것만으로는 안 되는 것이었다. 살아 있는 글감을 찾아야 했다. 틀에 박힌 것을 문구만 슬쩍 바꾸어 다시 찍어내는 그런 글을 쓰지 말자고 다짐한 게 한두 번이 아니었다. 거자(擧子) 노릇을 그만두자고 마음먹은 지도 꽤 지난 때였다. 사내의 접근은 구보의 구미를 바짝 끌어당겼다.

"나리, 과거 보셔도 신통치가 않죠?" 순간 구보의 얼굴이 일그러졌다. 자기 차림새만 보아도 당장 빤히 알아맞힐 수 있는 것 아닌가. "제가 나으리, 심기를 건드리고자 드리는 말씀은 아니고…… 저는 외람되게도 박숩니다. 나으리 얼굴을 보며 꼭 말씀을 드리고 싶어 들어오시라고 한 겁니다."

그날 구보는 박수로부터 말도 안 되는 소리를 들었다. 박수의 말을 빌리면 구보에게는 예사 사람이 갖고 있지 않은 비범한 무언가가 숨어 있는데, 구보 자신이 그것을 알아채지 못하고 그냥 자기를 무시하고 있다는 게 골자였다. 그러면서 '선대에 하늘이 낸 기운 센 장사가 계셨다'는 말을 덧붙였다. 그 기운이 후대에 계속 전해지고 있다는 것이었다. 기분은 나쁘지 않았다. 그렇지만 구보는 자기의 왜소한 골격을 보며 어림없다고 고개를 저었다. 집에서도 어쩌다 무거운 짐을 들라치면 쩔쩔매며 질질 끌어 옮겨놓는 자신 아닌가. 구보는 박수가 말하는 그 '기운'이 어떤 것인지 도통 감을 못 잡았다. 그때 박수는 은근히 구보를 부추겼다. "나리 행색을 보니 굿을 할 형편은 아닌 것 같고…… 치성이라도 드려보지요." 구보의 머릿속에서는 이자가 실없이 자기를 꼬드기는 게 아닌지 잠시 의심이 일었다. 박수의 맑게 빛나는 두 눈을 보고 그 생각을 접었다. 지금껏 살아오며 타인의 얼굴이나 행동에서 그 심중을 잘 읽어낸다고 자부하던 구보였다. 장사의 기운. 불쑥 언젠가 자기가 과장에서 써낸 답안지가 떠올랐다. 자기도 그런 검을 쥘 수 있다면. 어림없는 일이었다.

그날 과제는 '검'자를 압운으로 '혹 재상검도 있고 혹 장군검도 있다 하니 그 칼만 얻으면 사람이 재상과 장군을 감당할 그릇이 못 되어도 또한 재상도 장군도 될 수 있다는 얘기인가(惑有宰相劒 惑有將軍劒 苟得其劒 人非將相之器而亦可將相歟)'였다. 구보는 아예 떨어질 작정을 하고 답안을 적어나갔다. "칼의 이름이 재상검이니 장군검이니 하는데 그렇다면 진정 재상과 장군이 이 칼을 얻어야만 마땅합니다. 허나 이것을 얻지도 못했거나 설혹 쥔다 하더라도 제대로 휘두를 수 없는 자가 재상과 장군이 되기도 하니 저로서는 이 칼의 이름을 믿지 못하겠습니다." 그다음에 뭐라 썼는지 흐릿하지만 칼이 하나의 무기로 이로운 도구가 되기도 하고 흉기가 되기도 하고 아무 데도 쓸 수 없는 무용지물이 될 수도 있다는 것, 쓰되 그 쓰는 도리를 알지 못하는 이들이 너무 많다는 것 등등을 적었던 것 같았다. 자기에게는 영원히 오지 않을 장군검이니 재상검이었다. 그런 과제를 내는 것도 그냥 요식행위 아닌가. 과장에서 웃지 못할 얘기도 들었다.

어느 교생의 처는 어느 날 하늘에서 나비들이 떼 지어 내려와 남편을 감싼 채 물러나질 않는 꿈을 꾸었다. 겨우 천자문이나 떼고 향교에서 사역을 하던 교생은 과거에는 아예 뜻을 두지 않은 인물이었다. 뒷배가 될 사람도 전혀 없었다. 그날도 논에 물을 대기 위해 나갔다. 별시가 열린다고 유생들이 도성으로 올라가는 중이었다. 그것을 남의 일처럼 바라보는데 무슨 일인지 아내는 극구 과거를 보라고 보챘다. 자기 주제를 너무 잘 아는 교생은 이 핑계 저 핑계 대며 뒤로 뺐다. 계속 다그치듯 우겨대며 노자까지 꺼내놓는 아내의 성화에 마지못해 과거길에 올랐다. 생전 처음 한양 땅을 밟은 교생은 거리를 헤맸다. 그러다가 막다른 골목 어느 집 문가에서 쉴 때 그 집주인이 부르는 게 아닌가. 집주인 이진사는 노숙한 선비로 과장에서 젊음을 보냈다. 교생의 사정을 들은 이진사는 딱하다고 여겼다. 자기가 모아온 과거 볼 행구 중에 사초를 모은 권축(卷軸)을 과장에 들어갈 때 교생에게 지니게 해 과제와 같은 제목의 글을 찾아보도록 했다. 이진사는 자기 답안을 다 지어 바치고 나서 글자나 겨우 깨친 교생이 골라놓은 사초들을 보았다. 보니 그래도 제목이 같은 것이 여러 편이었고 서로 비슷한 게 많았다. 이진사는 그 글귀들을 적당히 자르고 붙여 교생의 몫으로 제출케 했다. 교생은 그 덕에 이진사와 함께 예비시험인 해액(解額)에 붙었다. 그리고 회시(會試)에 함께 참여했는데 이진사는 낙방하고 교생은 붙어 나중에는 정삼품에 해당하는 '봉상시정'이라는 벼슬까지 올랐다는 이야기*가 공공연히 떠돌았다. 그건 전생의 바탕이나 그 나비 덕이었겠지. 아니 교생의 아내가 그 지긋지긋한 생활에서 벗어나려 꾼 꿈속의 세상인 것이었다. 그 운 좋은 교생의 경우가 아니더라도 과거 급제를 위해 천금을 던지면 대신 답지를 써주는 거벽(巨擘)들도 수두룩하지 않은가. 세도가 자제들을 위해 불시에 별시를 보여 급제시키기도 한다. 또 그런 세도가 자제이거나 연이 있는 그런 자들은 비록 학문이 없어도 으레 교리 수찬에 올라 약관이 지나면 당상관에 오른다. 이런 세상에 검을 어찌 쥘 수 있단 말인가. '검'자를 쥔 구보는 부글부글 끓어오르는 것들을 향해 거침없이 그 '검'을 휘두른 뒤 과장을 나왔다. 집으로 돌아오는 도중 다시 되짚어도 자기 답안 속의 검이 짚단조차도 베어내지 못할 것이라는 생각에 몸이 흐물흐물 무너져 내리기는 했다. 그런데 '장사'의

* 『청구야담』 중 「문과성몽접가징(聞科聲夢蝶可徵)」을 바탕으로 구보가 약간 변형시킨 일화.

피가 자기에게도 흐를지 모른다는 박수의 말을 듣는 구보는 다시 속이 뜨끈거렸다.

박수가 아무아무 일이라 일러주며 구보에게 꼭 오라는 다짐을 두었다. 구보 형편으로는 어림없었지만 못 이기는 척 자리를 떴다. 며칠 동안 구보는 방에 틀어박혀 자기 족보를 뒤졌다. 이렇다 할 벼슬을 한 조상도 없었고, 더구나 무(武)와 관련해서는 눈을 씻고 찾아보아도 가늠이 가질 않았다. 자기 신세처럼 빈한한 집안을 근근 이어 자기까지 내려온 것이리라. 정말 조상들을 모시고 대를 잇는 것, 이게 전부였다. 겨우 대를 잇는 정도라면 저 금수(禽獸)도 다 하는 짓 아닌가. 겨우 마련한 포 조각과 나물 몇 가지만 달랑 올린 그런 제사상을 바치는 후손을 어느 조상이 달갑다 여길까만은 정말 물려받은 것 없이 다시 혼례를 올리고 애를 낳아 대를 잇고 있는 것이다. 족보를 들추다보면 마전(麻田)이란 지명도 빈번하다. 그 마전이라는 지명은 누렇게 바래 삭아 떨어지는 삼베옷을 떠올리게 만들었다. 지금 구보가 입고 있는 옷도 그랬다. 가난에 푹 절여진 듯한 지명, 마전. 지금도 구보의 아내는 틈틈이 길쌈을 한다. 시댁 조상들과 뗄 수 없는 그 지명을 기리듯이. 구보는 박수의 시답잖은 말에 온갖 공상 속에서 며칠을 보낸 게 어이가 없었다. 그 어떤 장사가 있었던가. 정말 그런 분이 있었다면 자신이 생각하는 '영웅'의 범주에 들 수 있는 분일까. 구보는 가끔 영웅에 대해 생각했다. 정말 자기를 위해 다른 것을 초개와 같이 던질 수 있고, 저 구중궁궐과 솟을대문에 사는 이들이 만들어놓은 저 규범들을 넘어설 수 있는 인물. 그렇다고 백성을 위해 그런 행위를 한다는 것까지는 아니어도 적어도 일단 자기를 넘어설 수 있는 그런 사람이라면 영웅의 범주에 넣을 수 있다는 생각을 했다. 즉 구보의 영웅은 관습이나 전통 따위를, 그리고 종족 보존이나 하고, 때마다 신호를 보내는 저 식욕에 대한 유혹에 삶을 바친다거나 하는 되풀이되는 일상을 거부하는 사람이어야 했다. 세태를 따라가는 저 몽매한 무리 속에서 정말로 자기 자신을 찾을 수 있는 자, 이게 구보가 그리는 영웅이었다.

명색이 유자(儒者)였지만, 그래도 박수가 이른 날이 가까워오자 구보의 가슴은 조금씩 떨려왔다. 그런 꼴을 보면 자신은 그 '영웅'과는 거리가 멀다고 새삼 선을 그었다. 구보의 가슴 속에 그어진 비뚤비뚤한 선. 영웅과 몽매한 속인과의 경계가 그랬다. 평소에도 구보는 산천초목의 영험함을 믿었다. 간혹 지인들과 오래된 절에 들어갈 때 구보는 어떤 경이로운 무언가를 느꼈다. 지인들이 부처를 힐난할 때 불상을 만든 지 천년 가까이 되었다면 거기에는 어떤 영혼이 달라붙어 영험함을 드러낼 것이라는 게 구보의 믿음이었다. 그런 게 깔려 있는 구보였는지라 박수의 간곡한 말도 쉽게 떨치지 못했던 터였다.

구보는 박수한테 가면서도 무엇을 빌어야 하나 곰곰 생각에 잠겼다. 과거에 급제하는 것, 아니면 자기가 쓴 글이 널리 읽히는 것, 그것도 아니면 입에 풀칠할 걱정이라도 덜어달라는 것 등등이 구보를 휘저었다. 초개와 같이 버릴 수 없는 것들을. 그날 밤 어둠이 내리고 천도제 비슷한 게 열렸다. 박수는 어디서 중년의 단골네까지 한 명 데려와 법당에다 간단한 상차림을 했다. 둘은 천지신명과 칠성님, 선녀님, 장군님을 찾으며 한참 공을 들였다. 구보는 법당 가운데에서 무뚝뚝한 표정을 짓고 있는 칠성, 장검을 거머쥐고 말을 탄 신장, 호랑이와 동자를 대동하고 앉아 있는 산신을 멀뚱멀뚱 올려보며 머쓱해하고 있었다. 한참 뒤 붉은 옷에 남색 띠를 두른 단골네에게 접신이 되었다. 그녀의 입에서 줄줄 말이 터져 나왔다. "나는 정(鄭)씨가 아니라 한(韓)씨다. 어려서 부모가 창칼에 죽임을 당할 때 누가 나를 빼돌려 아주 멀리 떨어진 곳에 양자로 보냈다. 한성봉이 본래 내 이름이다." 박수는 구보의 귀에 대고 속삭였다. "나리의 4대조 할아버집니다. 얼른 절을 올리세요." 기가 찰 노릇이었다. 누군지도 모르는, 더구나 단골네의 입을 통해 행세하는 귀신에게 절을 올리라니. 무엇보다 성씨가 다르다니. "내 부친은 장사였다. 그게 빌미가 되었구나. 그만 역적으로 몰려 억울한 죽음을 당하셨다. 나도 대단했느니라. 다만 그것을 감추었을 뿐. 내 후손들에게 전해지는 그 힘을 나는 자랑스럽게 여긴다. 네게도 그런 게 있을 게다." 구보는 혼란스러웠다. 인경(人定)이 울릴 때까지 천도제 비슷한 게 계속되었다. 믿을 수도, 안 믿을 수도 없는 접신 상태에서의 말들.

구보는 자신을 다독였다. 숭례문으로 오다 들으니 거자 하나가 밟혀 죽었다는 소리가 들려왔다. 과장에 들지 않은 것은 아무래도 잘한 일이다. 새벽녘 아내의 얼굴이 밟혀 구보는 어쨌든 과장에 들리라 거자들 틈에 끼었다. 과거를 보기 위해 궁의 문이 열리기를 기다리는 줄은 정말 끝이 없었다. 문이 열린 모양이었다. 중간쯤 서 있던 구보는 막 떼밀려 넘어질 뻔했다. 들어가봐야 별 소용없는 짓이라고 구보는 다시 되새겼다. 그 행세를 그만두자고 한 게 언젠데 또 이러고 있는가. 구보는 틈을 헤치고 겨우 줄에서 빠져나왔었다.

붐비는 사람들을 뚫고 숭례문을 나서자 숨통이 트이는 것 같았다. 자기가 어림해둔 곳을 찾아나서는 것이다. 밤까지 돌아오려면 바삐 걸어야 했다. 걷는 동안 그 당길가덕이라는 미치광이가 자꾸 머릿속에서 얼쩡댔다. 자신이 쓰고 있는 아기장수 이야기는 늘 탐탁지가 않았다. 늘 들어오던 아기장수에 대한 내용들과 색다른 게 없는 것이다. 오늘은 과거를 포기한 대신 뭔가는 쥐고 들어가리라 굳게 마음먹었다. 또 다른 아기장수를 찾아 나서려는 것이다. 모래내라는 곳을 지나 한강 어귀까지 다녀와야 했다. 과거시험을 앞둔 간밤에도 구보는 손때 묻은 서책은 물론, 온 힘을 쏟아 만들어놓은 권축조차 거들떠보지도 않았다. 대신 아기장수가 어쩌니 저쩌니 끄적이다 말았다. 과거 준비를 하며 굳어버린 문장들, 그것은 살아 있는 게 아니었다. 틀에 놓고 똑같이 찍어내는 과거답안 같은 문장들이 줄곧 구보를 꽁꽁 감쌌다. 살아 있음을 알리며 펄떡펄떡 뛰는 심장 소리 같은 생생함이 없는, 다만 성현의 글귀라고 칭송되는 글들만 그대로 답습하라 강요하는 그런 문장들. 그것이 아무리 훌륭할지라도 옛날의 것이지 오늘의 것은 아니었다. 사나운 꿈자리에서 가위에 눌려 필사적으로 손을 허우적대며 무언가를 잡으려는 그런 필사의 문장. 아니면 은성(殷盛)한 문장들. 그런데 구보는 자신에게 그것이 없음을 잘 알았다. 그것을 어찌 잡을까. 문득 선생의 말이 떠올랐다. 사마천의 『사기』를 읽을 때 글만 읽지 말고 그 마음을 읽으라던 경종이었다. '「항우본기」를 읽을 땐 제후의 군대가 성벽 위에서 초나라 군대의 싸움을 구경하던 장면이나 떠올려 읊는다면 이는 늙은 서생의 진부함이라' 일침을 놓던 그 글. '어린 아이가 나비를 잡을 때의 심정'*으로 읽으라던 그 말이 새삼스러웠다. 구보도 그 나비를 잡아야만 한다고 먹을 갈 때

* "어린아이가 나비 잡는 것을 보면 사마천의 마음을 읽을 수가 있습니다. 앞무릎은 반쯤 구부리고, 뒤꿈치를 비스듬히 발돋움하고는 두 손가락을 집게 모양으로 해서 살살 다가가는 아이. 잡을까 말까 망설이는 순간 나비는 그만 날아가고 맙니다. 주위를 둘러보니 아무도 없자 아이는 겸연쩍어 씩 웃습니다. 부끄럽기도 하고 속상한 마음, 이것이 사마천이 『사기』를 저술할 때 마음인 것입니다." (연암 박지원이 「박희병에게 보낸 편지 」 중에서)

사이사이 다짐했다. 붓 끝에 앉아 있는 나비를 숨죽여가며 잡으려다 번번이 놓치고 마는 날들. 날개를 펄럭이며 날아야 할 아기장수는 가물가물했다. 구보는 풀이 죽어버렸다. 아무튼 나비를 잡는 어린아이의 심정으로 아기장수를 찾아 나서기로 했다. 도중에 들러야 할 곳이 있었다. 구보는 정말 나비를 잡는 심정으로 그 처참한 모습을 볼 수 있을까, 슬그머니 자신이 없어졌다. 그래도 내친걸음이었다.

배다리가 조그맣게 눈에 들어왔다. 다리 곁에 높게 세운 장대와 그 끝에 매달린 둥근 물체가 아지랑이 피어오르듯 파르르 떨었다. 구보는 선뜻 그 장대 앞으로 발을 더 내디딜 수가 없었다. 장대 끝 효수된 머리를 꼭 한 번은 봐야만 한다고 몇 번이나 마음을 다그쳤는가. 손으로 코를 틀어막은 행인들이 고개를 숙인 채 빠르게 그 곁을 지나쳤다. 땅끝에서 올라오는 열기 때문이 아니라 그 앞으로 가야 한다는 생각에 숨이 턱 막혔다. 구보는 다리 위 둔덕에 쪼그려 앉았다. 퀭한 눈으로 그 장대를 바라보다가 얼른 눈길을 돌렸다. 멀리 미나리꽝에서 파랗게 웃자란 미나리가 눈앞을 메웠다. 바로 곁으로는 둔덕 여기저기 피어 있는 자줏빛 엉겅퀴꽃 위를 따라 흰나비가 한가로이 하늘거렸다. 저 나비를 어떻게 잡는단 말인가. 작열하는 태양 아래 장대 끝에 효수된 머리를 매단 풍경. 눈을 파고드는 화려한 자줏빛의 엉겅퀴꽃 위를 노니는 흰나비가 있는 풍경. 구보는 정말 꿈을 꾸는 것만 같았다. 맞는 말이었다. '不知周之夢爲胡蝶 與胡蝶之夢爲周與.' 정말로 장자가 꿈속에 나비가 된 것일까. 아니면 나비가 꿈속에 장자가 되었는지 모를 일이었다. 구보는 그 나비가 자기인지 잠깐 허튼 생각을 했다. 노니는 나비가 어디 있겠는가. 그래, 저 나비는 한가롭게 노니는 게 아니다. 열심히 꿀을 빨려고 쉼 없이 꽃 위에서 가녀린 발을 놀려대는 게 아닌가. 구보는 몸을 일으켰다. 어쨌든 다리 앞으로 가야 했다.

금서를 지니고 있다고 목숨을 끊어놓은 것도 모자라 효수까지 해서 그걸 사람들이 보라고 저 인적이 끊이지 않는 배다리 곁에다 매달아놓은 저들의 심사. 구보는 부르르 몸을 떨었다. 책은 명분이었을 터. 그가 쓴 글이 문제가 되었겠지. 그렇다고 모반을 꾀하는 글도 아니고. 구보는 저 장대 끝에 매달린 머리에서 나온 글들을 몇 차례 읽었다. 살아 있는 글이었다. 그렇다고 저 구중궁궐에서 두려워하는 '역(逆)'과는 너무도 먼 내용들. 무엇이 그들의 심기를 건드려 모진 문초 끝에 목까지 잘라 내걸었단 말인가. 구보는 고개를 쳐들었다. 굳은 피로 뒤덮은 얼굴 위에는 파리 떼가 새카맣게 붙어 있었다. 축 늘어진 수북한 머리카락이 장대 끝에서 바람에 휘날렸다. 잘린 머리에서 풍겨나는 역한 냄새가 코끝을 파고들었다. 구보는 쳐든 목을 바로 하며 두 손으로 쓰다듬었다. 문득 금서 생각이 났다. 『서유기(西遊記)』였다. 그거야 이미 시중에 많이 나돌고 있는 책 아닌가. 거기다가 그것을 자기 식으로 베껴 쓴 게 어디 한둘이란 말인가. 표현이 천박하고 불씨(佛氏)의 세계를 담고 있다는 이유로 봉인시켜버리는 건 도통 수긍할 수가 없었다. 광 깊숙한 데 숨겨놓았지만 막상 잘려 장대에 효수된 머리를 보니 염천임에도 은근 등골이 서늘해졌다. 필시 권세가들의 서고에는 나라에서 금하는 책들이 꽤 있을 터였다. 청나라 연행길이면 으레 책을 부탁하려 역관에게 달려가는 그들 아닌가. 입 안이 썼다.

배다리를 뒤로하고 온 길을 되짚었다. 그때 구보의 눈에 흰나비가 또렷이 들어왔다. 풀숲에 쳐놓은 거미줄에 걸려든 것이었다. 아까 엉겅퀴꽃 위를 날던 그 나비인지도 몰랐다. 저 나비라면 쉽게 잡을 수 있을 듯했다. 구보는 살그머니 거미줄로 집게 모양의 두 손가락을 내밀다가 흠칫 멈췄다. 대체 옴짝달싹 못하는 저것을 잡아 무슨 소용이 닿겠는가. 흰나비가 날개를 퍼덕이면 퍼덕일수록 거미줄은 점점 그 몸뚱이를 옥죄었다. 구보는 그 날개를 뚫어져라 내려다보았다. 날 수 없는 날개. 창공을 자유로이 날아다니기 위해 알에서 번데기로, 긴 우화 과정을 거쳐 찬란한 세상으로 나왔지만 별수 없는 것이다. 거미줄에 엉켜버린 날개는 아기장수의 날개와 닮아 있었다. 어느새 넓게 펼쳐졌던 흰나비의 날개는 거미줄에 돌돌 말려들었다. 정말 저 나비가 장자라면, 아니 장자가 나비라면. 눈앞에 펼쳐진 광경들. 장대에 매달린 머리, 거미줄에 걸려든 나비. 그때 구보의 머리를 스치는 글귀가 떠올랐다. 장자가 꾼 '나비의 꿈(胡蝶之夢)'에 대한 다른 해석이었다.

> 장자가 꿈에 나비가 된 것은 장자의 행운이었지만,
> 나비가 꿈에 장자가 된 것은 나비의 불행이었구나.
> 莊周夢爲胡蝶, 莊周之幸也
> 胡蝶夢爲莊周, 胡蝶之不幸也.*

아마도 거미줄 속의 저 나비는 꿈을 꾸고 있는지도 몰랐다. 철렁철렁 줄을 흔들며 다가오는 포식자를 꼼짝 못하고 기다리는 장자가 되어버린 나비. 구보는 마치 자기가 거미줄에 친친 묶인 것만 같았다. 부르르 몸을 턴 구보는 허청허청 자리를 떴다. 꿈같았다. 장자도 나비도 자기도 모두 꿈속에 있는 것이다. 원래는 지금 과장에 앉아 과거를 보고 있어야 했다. 봐야 뻔했다. 구보가 알고 있는 선비 몇은 그 학식과 문장대로라면 이미 출사를 하고 남았겠지만 아직 만년 거자로 과장을 들락거릴 뿐이었다. 그중 하나는 멀리 유배를 갔다. 과장에서 글을 팔았다는 죄목이었다. 그랬을까. 구보가 들은 바로는 오십 줄에 들어선 어떤 시골 선비가 딱해 자기 답안을 준

* 명나라 장조(張潮)의 「유몽영(幽夢影)」.

게 죄였다. 어차피 과거에 붙을 리도 없다는 자포자기한 심정 이었겠지. 구보는 그런 생각을 지우려 발걸음을 재게 놀렸다.

어쨌든 구보는 그 박수를 만나고 나서 가끔씩 잠자리에서 자기 겨드랑이를 더듬었다. 밋밋했다. 믿을 수는 없었지만 그의 4대조 할아버지라는 목소리는 후손들에게 그 힘이 전해지고 있다고 했다. 자기에게도 있을지 모르는 장사의 흔적. 비쩍 마른 자기에게도 그런 흔적이 있을지도 모른다는 망상 끝에는 두둘두둘 튀어나온 날갯죽지 대신 손끝에 와 닿는 매끈한 맨살의 감촉만 느껴졌다. 혀를 차며 헛웃음을 짓는 구보를 그의 아내는 이상한 눈초리로 바라보았다. 그 단골네를 믿을 수는 없지만 남자의 음색으로 말을 토해냈다. 더욱이 자기 조상이 '정'씨가 아니고 '한'씨라는 것도, 양자로 갔다는 말도 낱낱이 꾸며낼 하등의 이유가 없지 않은가. 구보가 그날 치성에 보탠 돈도 그야말로 변변치 않았다. 그런 하찮은 이야기를 몇 번 쓴 구보는 그때 다시 아기장수를 떠올렸다.

배추밭에서 김을 매던 노인은 손가락으로 산 끄트머리를 가리켰다. 이 마을에도 아기장수가 있는 것은 확실했다. 노인은 그 증거를 들이밀듯 매봉산 모퉁이를 짚었다. 한강물이 난지도를 끼고 샛강이 되어 잠시 흐르다가, 삼각산 쪽에서 내려오는 연신내의 물과 합수되는 지점, 거기를 '용미출'이라 부른다는 것이었다. 아기장수의 용마가 나타났다는 곳. 구보는 노인을 잡아끌고 나무 그늘로 갔다. 노인은 몇 대째 쭉 그곳에 살고 있다며 그 용미출의 아기장수에 대해 이야기를 늘어놓았다. 구보는 노인의 빠진 앞니 사이로 새어 나오는 아기장수를 놓치지 않으려 바짝 다가가 앉았다. 잠시 뒤 구보는 맥이 풀려버렸다. 새로운 게 없었던 것이다. 용미출이란 지명만 달랐다.

아기장수 이야기는 그게 그거였다. 어느 가난한 집에서 아기가 태어나는데 겨드랑이에 날개 아니면 비늘 같은 게 달려 있다. 아기는 태어난 지 사흘 만에 방 안에서 날아다니고 천정에 붙기도 한다. 부모나 문중, 아니면 마을 사람들이 아이의 신이한 능력 때문에 화를 당할까 아기를 죽여버린다. 아기장수가 죽자 날개 달린 용마가 나타나서 울다가 죽거나 사라졌다. 이게 아기장수 이야기의 전말이었다. 또 갓 태어난 아이의 믿기지 않은 능력에 놀란 부모가 큰 돌이나 속이 꽉 찬 가마니로 아이를 눌러놓아도 쉽게 죽지 않자 수심이 그득한 얼굴로 한숨만 푹푹 내쉰다. 그것을 본 아기는 스스로 자기 겨드랑이에 붙은 날개를 떼라고 말한다. 날개를 떼어내자 아기는 곧 죽는다. 조금 다른 아기장수 이야기는 부모가 자기 때문에 화를 당할까 걱정하는 것을 보고 아기 스스로 집을 떠난다. 이때 아기는 어머니에게 팥, 콩, 좁쌀 등을 청해 뒷산

바위 밑이나 못 속으로 사라진다. 아기장수에 대한 소문을 듣고 관군들이 들이닥쳐 아이의 엄마를 다그친다. 아이 엄마는 겁에 질려 사실을 털어놓는다. 관군은 아이가 숨어든 바위 밑이나 못을 뒤진다. 그 속에서 채 거병할 채비를 다하지 못한 아기장수와 곡식군사를 발견한 관군들은 이들을 모두 죽인다. 그러면 용마는 울다가 바위나 물속으로 사라져버린다.

구보가 찾은 아기장수들은 그만그만했다. 어떤 이야기에는 아이가 숨어든 바위를 움직이려 관군들이 안간힘을 써보지만 꿈쩍도 안 하자 그 어머니에게 탯줄을 자를 때 쓴 게 무어냐고 묻고, 억새라 하자 그것을 가져다가 바위를 친다. 그러면 그 억새풀에 커다란 바위는 잘 익은 수박이 쫙 쪼개지듯 양쪽으로 벌어진다. 그 속에 있는 병장기를 든 아기장수와 덜 영근 곡식군사들. 최후는 같았다. 어떤 이야기에는 아기장수가 어머니에게 부탁해 정확한 양의 곡식으로 옷을 만들어달라고 한다. 그 어머니는 정성껏 곡식을 실에 꿰어 옷을 만들다가 실수로 떨어뜨린 곡식 한 알갱이를 먹어버린다. 관군이 오자 아기장수는 그들과 전투를 벌인다. 화살은 그 곡식 옷을 뚫지 못하고 옆으로 튕겨 나간다. 그런데 그 어머니가 먹어버려 한 톨이 비어버린 아주 조그만 틈으로 화살이 날아들고 아기장수는 결국 쓰러지고 만다.

그런 것들이 구보가 주워들은 아기장수에 대한 것이었다. 숭례문 밖, 흥인문 밖, 또 삼개나루 등 각지에서 몰려드는 인파로 붐비는 주막에서 구보가 붙잡고 물어본 사람들은 모두 자기 마을의 아기장수를 품고 있었다. 달포 전에는 홍인문 밖 아차산 용마봉에 오르기도 했다. 거기서도 용마는 아기장수가 죽자 밤새 울다가 한강물로 뛰어들어 죽었다. 그렇게 아기장수는 수없이 태어나고 또 수없이 저 명부로 들어갔다. 드물기는 했지만 더러 관군으로부터 탈출해 나중에 벼슬을 하는 경우도 있고, 임금과 대적하려는 경우도 있기는 했다. 실제 강상죄(綱常罪)를 저지른 자들이 있기는 했다. 홍길동 말고도 임꺽정이니 장길산의 이름은 구보도 잘 알았다. 그럼에도 그것들을 다시 쓸 수는 없는 노릇이었다. 그들을 아기장수 이야기와 결부시키기는 너무도 진부했다. 구보는 뭔가 다른 것이 있을 것만 같았다. 틀에 박히거나 이미 잘 알려진 '율도국'을 다시 세우면 안 되었다. 구보는 자신의 아기장수를 찾아 헤매고 있었다. 자기가 정한 영웅이 될 수 있는 살아 있는 아기장수. 아이들을 위한 아기장수. 구보는 박수가 말한 집안 내력의 하나인 '장사'를 은근 자기가 '영웅'이라 생각하는 궤에다 집어넣고는 했다. 자기가 쓸 새로운 이야기에 우뚝 설, 아기장수를 빌려 그 자리로 들어갈 수 있는 장사. 구보는 백성들이 말하는 아기장수 이야기들이 마뜩지가 않았다. 그 아기장수들은 그야말로 정해놓은 틀 안에서 일상을 되풀이하고 있지 않은가. 저 아기장수들은 구보의 영웅이 될 수 없었다. 꼭 가난한 집에서 태어나는 아기장수, 그리고 자기를 세상에 내

보낸 어머니가 죽음으로 몰고 가는 빌미를 주는 것, 빠지면 아기장수 이야기가 성립할 수 없다는 듯 꼭 끼어 있는 용마, 그리고 끝내 스러진다는 것. 신이한 능력에도 불구하고 역적으로 몰려 죽임을 당하고 마는 결말. 어떤 아기장수가 자신이 세운 영웅이 된단 말인가. 또 그 속에 아이들을 위한 꿈이 어디 있단 말인가. 나비가 날아다니는 그런 꿈이 대체 어디 있다는 것인가. 자기 아이들이 나비를 잡는 심정을 느낄 그런 것들은 아기장수 이야기들 속에서 찾을 수가 없었다. 각지에서 떠도는 엇비슷한 아기장수 이야기들. 게다가 조화옹의 심사가 대체 뭐란 말인가. 용마까지 보내주고도 결국 죽이고 마는 그 심사는.

용미출에 다가간 구보는 분명 어떤 서기(瑞氣)를 느끼기는 했다. 어른 서넛이 누울 만한 너럭바위가 있고, 그 뒤 산허리에 등을 숙이면 들어갈 동굴까지 있었다. 너럭바위 아래로는 물비린내를 풍기며 서늘한 바람을 감돌게 하는 강물이 휘돌았다. 용마가 고개를 쳐들고 울 만한 장소였다. 물론 거기서도 여지없이 아기장수는 죽어버렸다. 너럭바위 밑에서 힘을 기르다가 그만 관군에 의해 채 뜻을 펴지 못하고 죽고 만, 흔한 이야기 속의 한 아기장수. 구보는 너럭바위에 걸터앉아 멍하게 강물을 내려다보았다. 정말 나비를 잡는 아이의 마음으로 용미출의 이 너럭바위를 품을 수 있을까. 헛헛했다. 과장

대신에 택해 온 먼 길이었는데 별게 없었다. 그런 꼴이 남 보기에 부끄럽기도 하고, 속도 상했지만 헛웃음만 나왔다. 용미출은 더 나갈 수 없는 막다른 곳이었다. 구보는 너럭바위에 누워 하늘을 올려다보았다. 몽실몽실한 뭉게구름들이 하늘에 피어 있었다. 눈 깜짝할 새 십만팔천 리를 난다는 '근두운'이라는 이름이 잠깐 스쳤다. 산에 자줏빛으로 핀 칡꽃을 향해 호랑나비가 하늘대며 날았다. 정말 꿈을 꾸는 것일까. 문득 구보는 아까 배다리 근처에서 거미줄에 걸려든 나비를 떠올렸다. 지금쯤 거미의 입속으로 빨려 들었을까. 아까 손으로 떼어줄 걸 그랬나. 그런 생각으로 호랑나비를 눈으로 좇았다. 구보는 자기가 문득 한심스러웠다. 글을 쓰려는 자가 한 문장 제대로 갖추지도 못하고, 과장만을 수십 차례 드나드는 만년 거자일 뿐 지아비로 구실을 못하는 못난 사내. 자기가 쓰려는 아기장수, 아니 정확히 말하면 그가 무릎을 탁 칠 아이장수 이야기에 자신의 '영웅'을 덧씌울 그런 이야기는 까마득히 사라지고 없었다. 구보는 자기가 기껏해야 「길 잃은 영웅의 이야기(英雄失路之言)」 따위밖에 더 쓸까, 자괴감이 들었다.

서쪽 하늘이 붉은 기운을 엷게 품기 시작했다. 서둘러야 인경이 울리기 전에 집에 들어갈 것이었다. 파루가 울리기 전부터 지금까지 하루가 빠르게 스쳐갔다. 구보는 바위에서 벌떡 일어섰다. 산을 내려오는 구보의 눈에 멀리 물레방앗간의 수차가 희미하게 들어왔다. '허허, 아기장수 찾아 헤매는 내가 저런 방앗간을 거인이라고 창을 들고 달려든 당길가덕이란 미친 작자와 뭐가 다르단 말인가……' 바짝 마른입에 쓰디쓴 침이 괴었다. 새만지사라는 인물의 괴이한 일생은 그 바보 같은 당길가덕을 만들어내라고 조화옹이 준 것 아닐까. 선물로. 그러니까 그게 바다 건너 이역까지 알려질 만한 그런 글을 쓰라고. 하지만 구보는 자신이 없는 것이다. 아기장수도, 자기의 집안 내력이라는 장사도, 전부 흐릿하기만 했다. 수많은 아기장수들은 각자의 꿈에서 나비가 되어 날고 있을까. 그렇게 펄펄 날다가 그만 거미줄에 꽁꽁 감기고 만 나비.

주막에 들러 국밥으로 늦은 저녁을 때우는 구보의 귀에 봇짐을 내려놓은 장돌뱅이들의 목소리가 들려왔다. 오늘은 공쳤다며 탁주가 든 사발을 벌떡거리는 사내의 목소리에서 땀냄새가 짙게 풍겨왔다. 불쑥 아까 용미출의 아기장수 사연을 말해주던 노인의 굵게 골이 팬 주름살이 그 냄새 위로 덮였다. 구보는 무릎을 탁 쳤다. 아기장수는 저들 속에 있는 게 아닐까. 순간 구보의 눈에 소반 옆 툇마루 틈새에 낀 쌀 한 톨이 눈에 들어왔다. 아기장수의 갑옷에서 모자랐다던 한 톨. 구보는 나비를 잡는 심정으로 두 손가락을 집게 모양으로 만들었다. 그리고 어둠 속으로 튕겨져 나갈까 봐 손톱 끝으로 조심조심 주워들었다. 구보는 그 한 톨 쌀을 입으로 가져가 살살 혀로 굴렸다. 그러다 마치 불생의 약이라도 먹듯 혀끝에 얹혀 있는 그 한 알을 앞니로 잘근잘근 씹기 시작했다. 아기장수는 그렇게 죽는 게 아니었다. '아기'라는 젖비린내를 떼어낸다면, 그리고 병장기 대신 붓을 쥔다면…… 붓을 쥔 장사…… 이제 그 한 톨을 찾아 나설 때였다. 구보는 어둠 속에서 설핏 미소를 지으며 자기 겨드랑이를 더듬어보았다.

소설가의 초상

김녕(문학평론가)

1

간단히 목차를 들춰보는 것만으로도 누구나 정태언의 두번째 소설집이 긴밀하게 관계 맺고 있는 한국 근대문학의 정전(正典)을 알아볼 수 있을 것이다. 「소설가 구보씨의 일일」. 이 제목을 내건 소설은 지금껏 세 명의 작가에 의해 씌어진 바 있다. 그러니까 세 명의 구보가 있었다. 시작은 박태원으로, 그는 1930년대 경성을 배회하는 동경 유학생 출신 소설가의 하루를 따라가면서 당대 소설가의 사회적 위상 그리고 글쓰기의 의미를 외부 현실과 인물 내면을 병렬·충돌시킴으로써 드러내 보여주었다. 두번째 구보는 30여 년 뒤 최인훈에 의해

1960~70년대 분단 후 개발독재 시대에서, 세번째 구보는 다시 30년 가까운 시간이 흐른 뒤 주인석에 의해 후기 산업화 시대에서 되살아났다.

박태원을 이은 두 작가는 시대와 자신 사이를 견주어보며 '소설가'라는 정체성에 대해 끊임없이 질문을 던지는 주체를 명백히 이어받았다. 그렇게 해서 구보라는 이름을 전면에 걸지 않은 '구보형 소설'들이 여럿 써지기도 했지만, 이름보다 중요한 것은 그 '구보형 인물'들이 늘 철저한 '동시대인'으로 재탄생되어왔다는 사실일 것이다. 그러니까 누구보다 시대착오적이고 반시대적이어서, 시대의 요구에 순응하기보다 거스르는 자로서. 당대인들이 몸담고 있는 수조(水槽)로부터 벗어나 있기 때문에 비로소 수조와 조류(潮流)를 조망할 수 있는 존재로서.

주인석의 구보 연작으로부터 다시 23년이 흐른 뒤 우리에게 도착한 정태언의 『성벽 앞에서』 역시 명백히 「소설가 구보씨의 일일」의 계보를 이어받으면서, 시대라는 변수를 '지금-이곳'에 다시 위치시킴으로써 종전과는 다른 동시대성을 탐색고자 하는 시도일 터. 그의 이야기를 따라가보자.

2

「성벽 앞에서」는 '소설가 G의 하루'라는 부제를 달고 있는 만큼, 구보형 소설의 전형을 가장 충실히 반영하고 있다. 말하자면 서술 시간을 하루에 한정하고, 서울을 별다른 목적 없이 배회하는 소설가 인물을 내세워, 그 주체의 눈에 비친 대상과 시대에 대한 고현학(考現學)적 탐사를 근간으로 한다는 점들이 그러하다. 스스로 '탁발'을 나왔다 자임하면서, 숭례문 부근을 어슬렁거리다 은행에 지점장으로 있는 동창을 만나 대출을 알아보고, 다시 숭례문 부근을 어슬렁거리다 출판사 팀장을 만나 첫 창작집 출간을 거절당하고, 다시 숭례문에 돌아와 어슬렁거리다 '탁발'을 마치고 글을 쓰기 위한 '자리'로 돌아가는 게 이 소설에서 G가 보여주는 동선의 전부다.

물론 많은 것들을 생략한 설명이지만, 이렇게 걷어내고 보니 문득 묘한 점이 눈에 들어온다. 생계를 이어나가기 위한 탁발과 소설가로서의 글쓰기가 서로 극명하게 분리되어 있다는 것. 자신을 한낱 '삼류'라며 깎아내리고 있지만, G는 어쨌든 공인받은 소설가이다. 그의 동창 역시 그게 온전한 진심은 아니라 하더라도 G를 소설가라며 추켜세우지 않던가. 소설가라면 작품을 쓰고 책을 내서 생계를 유지하리라는 세간의 인식과는 다르게 G의 소설가적 지위는 그의 '생활'에 그리 큰 보탬이 되어주지 못한다. 탁발이라 함은 곧 걸식(乞食), 그러니까 밥을 빌어먹는다는 것인데…… 이것은 정말 G가 변변찮은 책 한 권도 내지 못한 삼류소설가이기 때문에 겪어야 하는 오욕인 걸까?

"선생님은 봉급 생활자가 아니시군요. 그렇다면 자영업 하세요? 사업자등록증하고 월매출액을 알 수 있는 자료가 있어야 합니다." G는 자영업자도 아니라고 고개를 저었다. 결국 자기가 소설가란 말은 하지 못했다. 머뭇대는 그에게 대출 담당은 소득을 증명할 수 있는 증빙 자료를 요구했다. 아니면 은행에서 예금 등의 실적이 있어야 한다고 했다. 그런 것은 없었다. 여러 군데 들러보았지만 역시 소득이 문제였다. 지난해 그가 원고료로 받은 돈은 채 이백만 원도 되지 않았다. 소득증명원을 본 대출 담당들은 어렵다고 고개를 저었다. 측은하다는 눈빛, 한심하다는 눈빛들이 날아드는 것만 같아 G는 후닥닥 동네 은행을 나섰다. (21쪽)

앞선 구보들이 살았던 일제강점기-개발독재기-후기산업시대에 이은 금융자본의 시대. 일제, 독재정권과 반공 이데올로기, 반민주주의 같은 '시대의 어둠'이 명확히 보이지 않는 시대. 금권, 특히 부채에 의해 작동되고 유지되는 시대. 성인이 되는 순간 학자금 대출을 시작으로 신용카드 대금, 각종 할부와 약정, 주택융자에 이르기까지 한순간도 빚으로부터 자유로울 수 없는 시대가 여기에 왔다. 금융자본에게 소설가란 무엇인가? 그는 봉급 생활자도 자영업자도 아닌 무엇이다. 사실 아무것도 아니다. G가 은행에서 겪어야 했던 저 상황은 비단 그의 게으름이나 무능 탓에 벌어지는 일이 아니다. 여기에 얼마간의 원고료와 인세를 보탠다고 사정이 크게 달라질까?

예술가로서뿐만 아니라 노동자라는 측면에서 소설가의 정체성을 사유했던 시선은 이미 오래전부터 있어왔지만, 실체도 소용도 없는 아우라와 노동을 노동으로 인정받지 못하는 현실은 전혀 달라지지 않은 채로 슬그머니 심화되어 있음을 「성벽 앞에서」는 적나라하게 보여준다. 신용과 부채를 통한 금권의 통치술은 누구에게나 손을 뻗치고 있거니와 '생활'의 측면에서 소설가는 자본을 소유하지 못한 이들과 함께 세계의 언저리로 밀려나 있는 방외인적 존재이다.

그래서일까. "간을 내놓고 가라"(79쪽)는 말이 툭 던져지며 시작되는 「원숭이의 간」은 읽는 내내 적잖은 씁쓸함을 자아낸다. 금전적인 문제에 숨은 턱 막히고 마감이 임박한 원고는 좀처럼 풀리지 않는데다 간까지 망가져버린 처지. 여기에 시시때때로 G의 귓가를 울리는 아버지의 목소리는 그야말로 촌철살인이 아닌가. "문학을 하는 건 좋지. 그런데 그게 힘든 일이다. 여간해선 직업이 될 수 없거든. 게다가 장가라도 가봐라. 무슨 수로 식구들을 먹여 살리니."(82쪽) 이런 상황에 자비출판을 권하는 선배에게 갖은 화를 쏟아내버린다.

"왜 그랬을까. 후회가 앞"(96쪽)서게 되는 건, 자연스런 흐름일 터다. 안타깝게도 지금 G에게는 그런 선배 한 명조차 절실하므로.

그러므로 "이제 더 이상 술 먹고, 화내면 정말 안 됩니다. 허투루 말하는 거 아니에요"(96쪽)라는 의사의 충고는 그의 간 건강에 대한 것인 동시에, 생활과 처지 전반에 걸친 것이기도 하다. G가 원숭이의 머리에 씌워진 '금고(金箍)'를 쓰고 있는 듯하다고 표현하는 일종의 금제(禁制). G는 분함을 눌러놓고 간을 내어놓을 수밖에 없는 것. 그는 결국 선배에게 여러 차례 전화를 걸게 된다. 그건 자존심이 없어서도, 본성이 비열하거나 겉과 속이 달라서도 아니다. 그것은 안간힘을 써서 버티기 위한 몸부림이 아닌가. 전직 대통령으로부터 받은 훈장이 무색하게 공직에서 물러나고 보증 탓에 몰락한 아버지처럼. 번쩍이는 훈장이 표상하는 옛 영달과 영광을 간 내어놓듯 놓아 보내고 일어선 아버지처럼.

그래서일까. G를 둘러싸고 있는 색채는 대체로 우울하고, 무력하고, 자기비하적이다. 허나 당연하게도, 그게 전부일 리는 없다. G는 도무지 풀릴 기미가 보이지 않는 생활과 시시각각 목을 죄어오는 금전 문제들 속에서도 시종일관 관찰한 것들, 떠오른 상념들을 충실히 따라가며 그것을 글로 옮길 궁리에 젖어 있다. 「성벽 앞에서」는 '강력한 힘'이 담긴 영화와 소설에 대한 기억·아기장수 설화·숭례문 천장의 용들을 종횡

무진 넘나들면서 그들의 생생한 이미지를 글로 옮기기를 소망하며, 「원숭이의 간」에서는 원숭이와 관련된 고사(故事)들과 현재의 체험 그리고 아버지와의 과거들이 작중 G의 소설 '훈장'으로 화하고 있는 것이다. 요컨대 전자에서 G가 나선 탁발은 경제적인 것인 동시에 글쓰기를 위한 것이며, 후자에서 G가 간을 내어놓고 온 힘을 다해 버티는 것은 생활은 물론 글쓰기에도 걸쳐 있는 셈이다.

여러 제반 상황이 그에게 친절하지 않은 것은 분명한 사실일 터. 이러한 상황에서 생활이나 금전에 크게 보탬이 없는 소설을 붙든다는 것, 그리고 글쓰기에 대하여 고민한다는 것은 어떤 의미가 있는 걸까.

3

그에 대한 실마리를 우리는 「집합주유소」에서 짚어내볼 수 있을 것이다. 이 소설에서 G는 어느 날 우연히 「해 뜰 날」이라는 노래와 '집합', '아이큐84'라는 말들의 자장(磁場)에 사로잡히고 만다. 그것은 그야말로 '어느 날 우연히' 달려든 섬광 같아서, 저 세 말들이 어떻게 뒤엉켜 있는가는 쉬이 포착되지가 않는다. 일반적인 경우라면 설핏 의미 없는 연상 작용으로 치부하고 깊게 생각지 않은 채 잊어버리겠지만, G는 암호를 풀어내듯 끝끝내 그것들의 관계를 곱씹어 한 장의 그물에 함께 올리려 애쓴다.

예컨대 「해 뜰 날」이라는 노래는 현재의 시점에서 중학생 아이가 푸는 문제집으로부터 툭 불거져 나와 과거 학창 시절에 굴욕적인 체벌을 당한 뒤 G가 읊조렸던 전언과 이어지고, 그 체벌은 수학의 집합 개념을 이해하지 못해 시험을 망친 연유로 겪어야 했던 것으로, 그 트라우마는 훗날 지능검사에서 IQ 수치가 84밖에 나오지 않아 담임으로부터 조지 오웰의 『1984』를 활용한 비아냥을 들어야 했던 것으로, 이 기억은 무라카미 하루키의 『1Q84』를 '아이큐84'로 오독하게 하는 트리거로 상호 연루되어 있는 것이다.

결국 우연한 것처럼 G의 머릿속을 점령한 '해 뜰 날'과 '집합' 그리고 '아이큐84'라는 말들은 G의 콤플렉스들과 은밀하게 연관되어 있었던 셈이다. 그러나 우리가 눈여겨봐야 할 지점은 세 말 사이에 감춰져 있던 미스터리 자체가 아니라, 서로 무관해 보이는 파편들 사이에서 희미한 별자리를 발견하는 인식, 그리고 신기루처럼 곧 사라져버릴 그것을 끝끝내 글로 옮겨 기록하는 의식이다. 이미 사라진 지 오래인 '집합주유소'라는 지명을 별 의심 없이 받아들이게 하는 자동화된 일상적 인식에 균열을 일으키고, 텍스트를 정해진 풀이와 전혀 다른 방식으로 바라보게 함으로써 '질문' 자체를 가능케 하는 능력. 그러니까, G가 학생운동 시절 어느 '집합'에도 속하지 못하고 한 발 물러나 있었던 것처럼 다수 또는 주류와는 다른 지형에 서서 세계를 다르게 바라보고 기록한다는 것. 그것이 초점이다.

앞서 언급했던 「성벽 앞에서」나 「원숭이의 간」에서도 그랬거니와, G는 중심이나 주류에 속했던 적이 없다. 오히려 G에게 분명한 것은 자신이 어디에도 속하지 못했다는 인식이 아닌가. 불화. 세계와 불화한다는 감정이 그의 존재 전반을 둘러싸고 있다. 당연하게도, 이 감정은 정치적 의미를 지닌다. 세계 그리고 일상과의 마찰 그 자체인 G의 기록들 역시 그러할 테고.

그런 의미에서 「비원 가는 길」에 드러나는 불화 감각은 시의적절하면서도 대담하기까지 한 구석이 있다. 가령 "연일 뉴스를 통해 정말 말이 안 되는 일들이 속속 쏟아져 나"오고, "어마어마한 숫자의 사람들이 광장으로 쏟아져 나"오는 한편 "팩트가 사실도 아니고 있을 수도 없다는 주장을 실은 깃발들이 또 다른 광장을 메우기 시작"(250쪽)했다는 정황은 쉬이 2017년 봄의 '촛불혁명'을 상기시키는바, G는 이러한 시국에 대해서도 모종의 불화 감정을 느끼고 있기 때문이다. G는 자신도 '가만히 틀어박혀 있을 수만은 없다'는 생각에 거리로 나서기는 하지만, '함께 뭉치자'던 약속이 무색하게 그저 거리에 "어정뜨게 있다가 자리를"(253쪽) 뜰 뿐이다.

지하철을 타려고 지하도로 내려섰을 때였다. 지하철이 도착했는지 사람들이 꾸역꾸역 계속해서 쏟아져 나왔다. 그 인파에 뒤섞인 G는 도로 지상으로 끌려 나갈 판이었다. 순간 양쪽 출구를 가리키는 굵게 강조된 화살표들, 벽에 붙은 A4 용지 위의 파란색과 빨간색의 화살표가 G의 눈에 또렷하게 들어왔다. (……) 어깨를 부딪치며 이러지도 저러지도 못하던 G는 틈을 비집고 가까스로 지하철 개찰구 앞에 섰다. 겨우 뚫고 지나온 뒤쪽을 엉거주춤 서서 돌아보았다. 파란 화살표를 따라 계단을 오르는 사람들이 대부분이었지만 빨간색 화살표 쪽도 적은 수는 아니었다. 얼른 카드를 개찰구에 대고 G는 땅 속으로 내려갔다.(253~254쪽)

동창회 장소로 이동하기 위해 지하철로 내려가는 이 장면은 G가 어떤 인물인가를 단적으로 드러내준다. 지상을 향한 두 개의 화살표. 수많은 인파가 그중 하나를 향해 우르르 몰려가고 있을 때에 G는 적극적으로 양자택일을 하거나 소극적으로 흐름에 떠밀리지 않고 그들을 비집고 지하로 향한다. 옳고 그름을 떠나, 거대하고 강렬한 시류로부터 늘 거리를 두는 자세. 그렇게 한 발 물러서서 상황 전체를 보다 명징하게 관찰하는 자세. G는 그렇게 불화를 통해 시대 인식에 이르는 자가 아닌가.

그러나 한편 G는 이제하의 단편소설 「비원」 속 동운의 이야기를 스스로 가져옴으로써 비교점을 만들어놓기도 한다.

가령 이러한 대목.

> 비원이 무섭다던 그 청년. 끝내는 '내 것은 달라!'라고 외치다가 총구 앞에서 쓰러졌다. 한쪽을 선택하지 못하고 중간에 서서 '나는 달라', 아니면 '내 것은 달라'라고 하면 안 되었던 시대였다. 그럼에도 그는 시대를 자기 식으로 읽고 있었던 모양이었다. 찰나 낮에 지하철역에서 화살표를 따라 밀려들던 인파 속에 휩쓸렸던 광경이 G의 눈앞에 오롯하게 펼쳐졌다. 그 속에서 버둥대며 '내 것은 달라'라고 소리칠 수 있었을까. G는 자신에게 의심이 버럭 일었다. (260쪽)

그러니까 이념 대립 속에서 '한쪽을 선택'하는 쉬운 타협 대신 죽음을 무릅쓰고 제3의 길을 당당히 택하는 동운과 다만 소극적인 태도로 '숨을 죽이는 것' 사이에 차이를 설정하는 것이다. 갓난아기 '마리'의 '귀중한' 하루와 동운의 최후의 하루, 그리고 고작 글감 좀 건지겠다고 '마리'의 비(碑)를 찾고 원서동 옛집까지 몰래 갔다가 망신을 당한 자신의 '하찮은' 하루를 견주면서 G는 저 자신과도 불화한다. 그는 자신의 불완전함·무능함·부족함·하찮음에 대해 말하지만 대저 소설(小說)이란 완전무결한 위인들이 아닌 작은(小) 자들에 대한 이야기(說)인바, 그의 하찮은 하루 역시 우리에게 소중한 사유를 제공한다. 시류에 휩쓸리지 않은 채, 자기 자신조차 섣부르게 믿어버리는 대신 의심하고 반성한다는 건 어떤 의미인지에 대해.

여기서 다시 묻건대, G의 불화 그리고 글쓰기는 대체 무슨 의미이겠는가? 명백히 그는 흐름에 뛰어들지 못하고 멀리서 지켜보는 자이다. 그래서 어떤 의미에서는 비겁하고 자신도 거기에 죄의식을 갖지만, 그 덕에 보다 객관적인 눈으로 시대를 바라보는 자이다. 그는 옛 소설가들이 그러했던 것처럼 타인들보다 뛰어난 '지식인'으로서가 아니라, 더욱 부족한 채로 변두리에 선 채로 답을 베풀기보다는 계속해서 '함께' 질문하는 존재이다. 그의 글쓰기는 자신의 혼란과 자괴와 질문이 우리에게 와 닿을 수 있도록, 그와 우리 사이를 매개해준다. 우리는 세계와의 불화 속에 어리둥절한 채 방황하는 G의 의식과 함께하면서, 우리 자신과 세계 사이에 드러나지 않은 채로 놓여 있던 자동화된 구조를 어렴풋이 감지한다.

그러한 방식으로 G라는 소설가는 소설로써 거대하고 거센 흐름에 저항한다. 그가 걷는 길은 분명 다수와 동반하는 길은 아닐 것이며, 그것이 소설가의 고독이라면 고독일 것이다.

4

소설가의 고독이라. 조금 더 나아가보자. 그가 지고 있는

짐이 대체 무엇이기에, 그는 고독히 나아가야 하는가. 정태언의 인물은 글로써 어떤 뜻을 펼치고자 하는가. 남들과 다른 자리에서 시대를 바라보는 일, 그리고 그것을 글로 옮기는 일로 꿈꾸는 바는 무엇인가. 「구보전(仇甫傳)」은 유일하게 G가 아닌 '구보'의 이름을 내건 동시에, 홀로 조선조를 배경으로 삼고 있다는 점에서 시대를 관통하는 '글쓰기' 자체의 본질적 속성을 짚어보기에 도움이 되어줄 듯하다.

이 조선의 구보 역시 전반적인 상황들은 G의 그것과 닮아 있다. 유학(儒學)하는 '선비'이고, 당대의 큰 흐름이 그러했듯 '과거(科擧)'에 매달렸으나 역시 급제하지 못한데다, "성현의 글귀라고 칭송되는 글들만 그대로 답습하라 강요하는"(298쪽) 시류로부터 빠져나와버린 이다. 그리고 "아이들을 위해 뭔가"(288~289쪽)를 써왔고 또 쓰기를 희망하는 문필가이다. 그는 지난날, 과거에 이러한 답을 적고 나온 적이 있다.

그날 과제는 '검'자를 압운으로 '혹 재상검도 있고 혹 장군검도 있다 하니 그 칼만 얻으면 사람이 재상과 장군을 감당할 그릇이 못 되어도 또한 재상도 장군도 될 수 있다는 얘기인가(惑有宰相劒 惑有將軍劒 苟得其劒 人非將相之器而亦可將相歟)'였다. 구보는 아예 떨어질 작정을 하고 답안을 적어나갔다. "칼의 이름이 재상검이니 장군검이니 하는데 그렇다면 진정 재상과 장군이 이 칼을 얻어야만 마땅합니다. 허나 이것을 얻지도 못했거나 설혹 쥔다 하더라도 제대로 휘두를 수 없는 자가 재상과 장군이 되기도 하니 저로서는 이 칼의 이름을 믿지 못하겠습니다."(291쪽)

여기에는 명백히 구보가 몸담은 시대의 부조리와 구태에 머무른 유학에 대한 소신이 담겨 있다. 장자(莊子) 왈, 성왕패구(成王敗寇)라 했던가. '이루면 왕, 패하면 도적'이라는 이 말은 본디 결과의 중요성을 역설하는 말이지만, 오로지 과거라는 유일한 입신의 통로와 단 하나의 정답만이 열려 있는 세계에는 과정의 정의를 내팽개치고 수단 방법을 가리지 않는 결과 지상주의로 귀결되고 있다. 학문 없는 자도 집안의 세도, 금전, 지연 등의 부정으로 급제만 하면 한 벼슬 하는 세태와 구보는 불화한다. 게다가 왕 아니면 도적이라니, 지배층 아니면 피지배층이라니. 이토록 공고하고도 극단적인 이분법이라니. 이것은 분명 구보에게는 유감스러운 세계, 바꾸어야 할 세계였을 터.

그러한 부조리에 편승하는 자들과 달리, 그가 매혹된 것은 앞서 말했듯 '아이들을 위한' 글쓰기이며 특히 '아기장수' 설화를 어떻게 다시 쓸 것인가 하는 과제이다. 그러니까, 그는 세르반테스의 『돈키호테』나 금서가 된 『서유기』와 같은 잡문으로 그러한 과제를 달성하고자 한다. 자신이 몸담은 세계와 불화하고, 그곳을 자신의 뜻대로 바꾸려 할 때 그의 방식은 얼마나 유효할 수 있을까? 그의 글쓰기는 '성왕패구'로 귀결

되는 싸움과 마찬가지로 변화를 꿈꾸지만, 단순한 권력의 역전을 통해 '왕'과 '도적'의 위치를 뒤바꾸는 데에 목적을 두지 않는다. 그는 권력의 구도를 뒤집는 게 아니라, 이후 세대의 인식을 뒤엎고자 한다.

그러나 그러한 야망과 동시에 만만찮은 무력감이 그를 사로잡는다. "필사의 문장. 아니면 은성(殷盛)한 문장들. 그런데 구보는 자신에게 그것이 없음을"(298쪽) 아는 것이다. 아기장수들이 "긴 우화 과정을 거쳐 찬란한 세상으로 나왔지만 별수 없"(301쪽)이 관군에 의해 제압당하고, 풍차를 향해 돌진한 돈키호테가 쓰러지고 만 것처럼. 그럼에도 불구하고 그는 끝끝내 '붓'에 대한 의지를 다져낸다. 아기장수 이야기는 숱한 실패로의 귀결에도 불구하고 계속해서 회자되어왔고, 그럼으로써 더 먼 훗날까지 회자되어갈 생명력을 얻어오지 않았겠는가. '붓'의 힘은 '병장기'만큼 즉각적이지도 강력하지도 않지만, 서서히 시대의 정신을 바꾸어나가지 않는가. 미약하나마 벽을 넘어서려는 시도의 연속들이 결국은 어떤 변화를 만들어내지 않겠는가. 구보는 그렇게 믿을 것이다.

그런 의미에서 구보가 전해 들은 세르반테스의 『돈키호테』는 사실 구보 자신의 이야기이도 할 것이다. 공고한 세상을 향해 미약하고 무모한 저항을 꿈꾸는 구보와 풍차를 향해 돌진하는 돈키호테는 닮은꼴이 아닌가.

5

그러니까, 정태언의 소설은 성공보다는 실패를 통해 말한다. 부정확함, 비껴남, 엇나감, 미약함, 하찮음, 불완전함의 양식(樣式). 이것은 불필요하거나 쓸모없다는 뜻이 아니라, 오히려 단지 실패를 경유해서밖에는 말해지지 않는 어떤 것들에게 목소리를 부여한다는 의미이다.

가령 「이름들」에서 G가 러시아의 사할린에 머물며 자신과 민족적으로는 같은 계보에 속하지만 지리적으로 동떨어진 한인 동포들을 바라볼 때, 그 디아스포라를 바라보는 본토인 소설가로서 그는 무엇을 할 수 있을까. 그는 어떤 마음이었을까. 사할린의 고려인들은 자신들의 정체성과 삶을 소설로써 널리 알려달라고 부탁하지만, 그것은 가능한가. 그들의 이야기를 어떻게 소설화해야 할 것인가? 그는 '기구한 사연'들을 "소재로 뚝딱 한 편의 장편을 만들고, 그 작가들의 유명세를 빌려 화제의 책으로 둔갑시키"(141쪽)는 술수에 동참하고 싶지 않거니와, G의 생각에 '기구한' 것들을 취재나 회상기의 형식을 빌려 구구절절 묘사해버리는 것은 소설적으로는 실패에 이르는 길일 것이다.

그 치열한 글쓰기에의 고민의 끝에 그는 어떻게 하는가? 결과물은 어떤 모습인가? G는 자신과 고려인들 사이에 놓여 있는 연결고리를 놓지 않으면서도, 둘 사이에 놓여 있는 간극을 인정한다. 그는 사할린에 머물며 이런저런 행사에 끌려다니는 내내 손쉽게 민족적 동질성에 의거하여 고려인들과 동포애에 젖어드는 대신 지적·감정적인 거리감을 있는 그대로 노출시킨다. '뿌리찾기' 운동이 유행할 때 손쉽게 애매모호한 '뿌리'에 올라타는 대신 "그냥 상놈으로 살기로"(129쪽) 했던 것처럼. '뿌리가 같다'는 그 믿음은 타자와의 거리를 지우고 공동체로 연대한다는 일시적인 위안의 효과는 있을지언정 실제로 문제를 해결해주는 치료약은 못 된다는 걸, G는 인정하는 것이다. 그렇게 그는 요소와 요소 사이를 이어 붙여놓은 박음질의 솔기를 감추지 않고 드러낸다. 러시아식 이름에 대한 불편, 욕설과 맞닿는 연상들, '박'의 소설에 대한 솔직한 논평들, 사할린 교포들의 비슷비슷한 사연에 대한 지겨움 같은 것들. 온갖 불순한 것들을 G는 자신의 소설 속에 여과 없이 섞어 넣는다. 그 불순물들을 통해서, G의 소설 쓰기의 난감함을 통해서야 비로소, 우리는 사할린의 고려인들과 진실로 얼마나 멀리 떨어져 있는지…… 얼마나 미약한 끈으로 연결되어 있는지…… 아름답게 포장되지 않은 실상을 '느낄 수' 있게 되는 것이 아닌가.

그렇게 먼 것을 가깝다고 말하거나 부족한 것을 족하다고 말하지 않는 것, 불순물과 몰이해의 어둠을 억지로 걷어내지 않는 것. 그것이 G의 소설관이자 인생관이기도 할 것이다. 물론 그는 자기 시대의 소설과 삶은 무엇이고 무엇이어야 하는

지 결코 질문을 멈추지 않을 것이다. 정태언의 소설들은 그렇게 세상의 온갖 어둠과 더러움 그리고 우리들 자신의 갖은 '작음'을 끌어안은 채로, 우리 곁에서 서성이고 있다. 소설가의 초상이란, 그런 것이 아니겠는가.

작가의 말

두번째 소설집을 엮게 되었다. 대략 사오 년 동안 발표했던 작품들이다. 모아놓고 보니 겁이 덜컥 난다. 아니 내가 대체 무슨 짓을 한 것일까. 감히 주제넘게도 우리 문학사 속 유명 인사의 이름을 함부로 차용하다니. 낯이 발갛게 달아오른다. 그래도 이제는 어쩔 수 없는 노릇이 되고 말았다. 그 책임은 모두 나에게 있는 것이라 심호흡을 해본다.

독자 분들께는 재미도 별로 못 드릴 것 같은 이번 소설집이지만, 나름 혼신을 다하기는 했다. 이번 소설들을 잉태하는데 바탕이 된 내 문학의 큰 스승님들의 말씀과 작품들에 헌사를 바치고 싶었다. 솜씨 없게 다루어 그 꽃다발이 초라해진 듯도 하지만 그런 내 마음에는 변함이 없다. 이 지면을 빌려 그분들께 다시 한 번 절을 올린다.

어려운 시절이다. 이 어려운 시절에 책을 낸다는 것 또한 어려운 일이다. 흔쾌히 소설집을 엮어주신 강출판사 정홍수 대표님과 편집과 교정을 맡아주신 이진선 님께도 감사의 말씀드린다. 아울러 작품 해설을 해주신 김녕 평론가께 깊이 감사드린다.

오늘도 G, 아니 구보는 성벽 앞에서, 또 도시 으슥한 곳에서 한 문장이 될 쌀알 하나를 찾아 헤매고 있을지 모른다. 혹 그가 살짝 웃음이라도 머금고 걷고 있다면, 분명 대단치도 않은 그 쌀 한 톨을 찾고서 '환지본처'하는 중일 것이다.

2019년 1월
정태언

수록 작품 발표 지면

성벽 앞에서 **소설가 G의 하루** _『선택』 5인 중편 소설집 2015년 강

원숭이의 간 _『문학과의학』 2014년 8호

이름들 _『학산문학』 2016년 가을호

집합주유소 _『1995』 8인 테마 소설집 2017년 강

비원 가는 길 _『문학무크소설』 2017년 창간호

구보전 _『큰 산 너머 별』 견산 이호철 선생 추모 14인 소설집 2017년 도화